EDEN CITY

Cet ouvrage a été réalisé par les Éditions Milan
avec la collaboration de Marianne Magnier-Ripert
Conception graphique: Bruno Douin
Mise en page: Petits Papiers

300, rue Léon-Joulin, 31101 Toulouse Cedex 9, France
Loi 49-956 du 16 juillet 1949 sur les publications
destinées à la jeunesse.
ISBN : 978-2-7459-2581-7
www.editionsmilan.com

N. M. ZIMMERMANN

EDEN CITY

BIENVENUE EN ENFER

Pour Sindy Trudo

MILAN

Le monde est à présent séparé en deux ; tous vous paraîtront humains. Mais ils sont là. Ils ne sont pas des nôtres : ils doivent être éliminés. Vous chasserez sans relâche les assoiffés de sang, jusqu'à ce que leur souvenir même se soit effacé de votre mémoire. C'est votre mission, votre survie.

Alétéia (I, 1)

Prologue

Le train roulait depuis des heures, s'arrêtant gare après gare. À chaque nouveau départ, la mécanique se remettait laborieusement en marche, produisant un halètement oppressé. C'était une vieille machine, très éloignée des critères modernes de rapidité et de confort. Le wagon était vide et je savais qu'il en était de même pour tous les autres – de l'avis général, personne ne repartait des Terres d'oubli ; sans doute parce que personne n'était assez inconséquent pour s'y rendre. Le train s'y arrêtait pourtant, faisant consciencieusement une pause dans chacune des gares désertes qui ponctuaient le chemin, attendant des voyageurs qui ne viendraient pas. Sitôt les deux minutes réglementaires écoulées, l'inexorable mécanique repartait, impatiente, semblait-il, de retrouver les territoires connus du Middle State.

Ma présence sur le quai de Hiran avait causé une vive agitation parmi le personnel. Aucun de ses membres ne s'était aventuré dans la voiture que j'occupais – ils restaient tous enfermés dans le wagon de tête jusqu'à ce que l'engin ait dépassé ces terres que tout le monde considérait comme maudites. Je n'en fus pas offensée : de toute façon, je préférais être seule.

Il fallait que je reste concentrée.

Le paysage défilait derrière la vitre, et bientôt les froides plaines qui abritaient les villages fantômes des Terres d'oubli cédèrent la place aux montagnes. Lorsque les premières villes du Middle State apparurent, la nuit avait déjà enveloppé le train. À la lueur vacillante de l'unique plafonnier de la voiture, les voyageurs qui me rejoignirent me paraissaient un cortège de spectres. Alors seulement, les wagons prirent vie, les uns après les autres, et on vint me proposer à manger. L'homme me dévisageait d'un air soupçonneux derrière sa casquette bleue.

– Vous étiez dans les Terres maudites depuis longtemps ? s'enhardit-il finalement à demander après que j'eus refusé la nourriture.

– Oui, longtemps, dis-je rêveusement en songeant à ce que ces simples mots signifiaient.

– Qu'est-ce que vous faisiez là-bas, si c'est pas indiscret ?

– J'apprenais.

Son regard se fit insistant, quelques personnes tendirent l'oreille en feignant l'indifférence. Je ne répondis rien et me détournai de nouveau vers la fenêtre, essayant de m'absorber dans la contemplation des habitations qui se succédaient rapidement devant mes yeux. L'homme finit par s'en aller, me laissant seule face à la méfiance glacée qui s'était répandue parmi les voyageurs. J'évitai leurs visages scrutateurs, leurs questions muettes ; l'hostilité qui saturait l'air me rendait nerveuse. Sur les prés, le soleil se levait.

Un petit garçon se planta devant moi, assez près pour me toucher. Je tournai la tête vers lui et il me sourit avec candeur.

Une femme presque assoupie se redressa soudain et, le voyant, se précipita pour le tirer en arrière.

– Reviens tout de suite, Ashley. Tu ne dois pas t'approcher des étrangers.

Je lus dans son regard une terreur qui m'étonna – comment pouvait-on me craindre, moi qui étais si faible ? Je me sentais engourdie et froide, comme si je m'éveillais à peine d'une longue léthargie. Une léthargie de deux ans dont je n'étais pas encore tout à fait sortie. Mon esprit me semblait fonctionner lentement, et j'étais imprégnée de l'odeur écœurante qui s'exhalait des sièges du train. L'apparition des premiers immeubles d'Edencity me remplit de joie et d'effroi. Ça faisait si longtemps.

Enfin, la machine s'arrêta pour moi. Je retins un long soupir de soulagement et remontai le couloir en gardant les yeux fixés sur mes pieds. Les gens du wagon s'écartaient sur mon passage. Lorsque ma valise tomba à terre, les passagers qui descendaient en même temps que moi la fixèrent avec horreur, comme si quelque chose devait en surgir. Je me baissai pour la ramasser et j'entendis une petite fille demander à sa mère si j'étais une maudite.

Une fois sur le quai, perdue au milieu de la foule, on cessa de faire attention à moi. Je me laissai emporter par le courant en direction de la sortie et regardai ces dizaines d'anonymes s'éparpiller dans la ville. Je posai mes bagages sur le trottoir et restai, les bras ballants, écrasée par ce que cet endroit représentait. *Deux ans*, songeai-je. *Il faut tout recommencer*. Un vieil homme me bouscula en pestant, renversant mes affaires au passage.

Je n'étais plus personne.

Chapitre 1

Le 140, Summer Street, était un immeuble à la propreté douteuse dont les vitres ne laissaient passer la lumière du jour qu'en faisant beaucoup de difficultés. Un immeuble serré dans une longue rangée de semblables édifices gris, doté d'un minuscule ascenseur en métal argenté empuanti par des odeurs de cigarette froide et de parfum bon marché. Mon immeuble.

Toutes les affaires que j'avais laissées dans mon ancien appartement avaient été déménagées au troisième étage gauche de ce bâtiment d'allure anodine. L'Organisation ne perdait jamais de temps : mes papiers avaient été remis à jour, ma nouvelle habitation était prête et ma voiture était sagement garée à une rue de là. Comme si je n'étais jamais partie.

La ville n'avait pas tellement changé depuis le temps où j'y faisais mes études, mais les voitures, la foule, tout me rendait nerveuse. *Deux ans.* J'avais oublié cette agitation, cette sinistre inquiétude répandue dans l'air.

Il faisait nuit. J'avais eu près d'une semaine pour m'installer et reprendre mes marques. À présent, j'attendais les ordres. Ils ne tarderaient pas à me contacter : l'Organisation avait besoin de personnel, sans quoi ils n'auraient pas hâté mon retour. Par la fenêtre ouverte, je contemplai un instant la rue déserte, baignée dans l'apaisante obscurité. Après le coucher du soleil, Edencity était exsangue, ses rues vides et silencieuses. Le vent se leva, me fouettant le visage et apportant avec lui les effluves du seul endroit encore en activité à cette heure-ci. Je frissonnai et fermai hermétiquement tous les volets.

Nous seuls savions ce qui rôdait dans l'ombre.

*

Enfin, Justin appela.

Ma voiture protesta au démarrage. Elle était exactement telle qu'il y a deux ans : une véritable épave. Je m'étonnai que l'Organisation ait pris la peine de me la rapporter au lieu de l'envoyer directement à la casse.

La poussière qui s'était déposée dans le véhicule me fit éternuer. Je passai la main sur le tableau de bord et frottai mes doigts gris tout en continuant de fixer la route. Je ne me souvenais même plus de la dernière fois que j'avais conduit, et ne pas laisser mon pied écraser l'accélérateur pour fuir cette ville trop peuplée réclamait toute mon attention. Je pensai avec malaise au nuage de fumée noire que mon pot d'échappement crachait de façon presque continuelle et qui contrariait ma conscience d'écologiste convaincue. Je savais que l'Organisation m'accorderait sans doute un véhicule de fonction si j'en faisais la demande, mais je savais aussi que je ne demanderais rien, car cette vieille voiture poussiéreuse était pour moi l'unique relique d'un passé qui m'échappait.

J'arrivai finalement à l'orée de la forêt et m'engageai sur le chemin de terre que Justin m'avait indiqué. La voiture n'appréciait visiblement pas : toutes les pièces vibraient d'une inquiétante façon à chaque cahot. Je m'arrêtai au bout de quelques mètres, certaine qu'on ne pourrait plus me voir depuis la route. Il y avait déjà plusieurs camionnettes blanches et une grosse voiture noire, que je supposai appartenir à mon supérieur.

Nerveuse, je levai la tête vers les branches des arbres. Je n'étais jamais venue ici : le lieu était isolé, et les journaux locaux lui avaient donné le surnom peu engageant de « Forêt aux Ombres » à la suite de disparitions inexpliquées, effaçant totalement sa véritable appellation des mémoires. Des disparitions inexpliquées, il y en avait tous les jours dans les environs d'Edencity, mais cet endroit était particulièrement sinistre – on s'y sentait encerclé, oppressé par les craquements de bois sec et les bruissements qui émanaient de tous côtés.

Je lissai ma robe du plat de la main, prise du besoin convulsif de reculer. Je m'enfonçai néanmoins au milieu des arbres, scrutant les alentours, et tout entière emplie du goût menaçant de ce lieu.

L'odeur me parvint avant même que j'arrive à la clairière – l'odeur du sang et de la chair commençant à se décomposer. La chaleur du soleil estival qui brillait sans discontinuer depuis des heures avait accéléré le processus. Je passai mes doigts dans mes cheveux, renvoyant en arrière les mèches que la sueur collait à ma peau. Plus j'avançais, plus l'atmosphère devenait irrespirable. L'air brûlant arrivait par bouffées asphyxiantes, apportant les effluves ferrugineux du sang qui imprégnaient la moiteur presque palpable du sous-bois. Je m'arrêtai un instant et m'appuyai contre un arbre. Ils étaient là, eux aussi : je sentais leur odeur se mêler à celle des hommes.

Danger.

Fuir.

Mort.

Leurs messages faisaient vibrer le moindre de mes nerfs. Sentant la terreur me gagner, j'enfonçai mes ongles dans l'écorce, résistant de toutes mes forces à l'appel de la meute.

Je repris ma progression à pas mesurés ; les herbes sèches craquaient sous mes pieds. Je traversai une clairière dans laquelle un homme en combinaison blanche était en train de vomir. Plié en deux, il ne remarqua même pas mon arrivée. Je détournai la tête et tâchai de regarder droit devant moi, mais mon calme m'échappait ; il glissait loin de mon esprit, dévoilant des zones profondes de ma conscience que j'aurais préféré continuer à ignorer.

Je pénétrai de nouveau dans la forêt, m'obligeant à respirer profondément. L'odeur était de plus en plus forte. Je réalisai soudain que mes pieds étaient mouillés. Ce n'était plus l'humidité de la mousse des sous-bois, mais un liquide plus épais et plus poisseux. Je baissai les yeux et m'aperçus que je pataugeais dans une flaque de sang. Elle devait être là depuis plusieurs heures, mais la masse de liquide l'avait empêchée de coaguler. Je m'écartai dans un sursaut et réprimai un tremblement nerveux.

La mort. Hurler, rejoindre la meute et hurler.

Cette peur, cette horrible peur froide...

Une lumière inattendue m'aveugla – des spots étaient disposés un peu partout. Il y avait aussi d'autres hommes en combinaison, peut-être une quinzaine, et leurs tenues étaient encore assez blanches pour que je puisse supposer qu'ils n'avaient pas touché à grand-chose. Certains avaient la moitié du visage couvert par ce qui ressemblait à des bavettes de chirurgien. Ceux qui se tournèrent vers moi me toisèrent tandis que je papillonnais des yeux et essayais de ne pas perdre l'équilibre, désorientée par la lumière qui se réfléchissait sur leurs vêtements. Comptant mes pas, je passai devant trois d'entre eux, adossés à un tronc d'arbre. Un homme barbu d'une quarantaine d'années se curait nonchalamment les dents du bout d'un petit bâtonnet en bois; il cracha par terre, presque à mes pieds. Je me redressai au maximum et tentai de ralentir les battements de mon cœur, ayant l'impression qu'ils étaient si forts que n'importe qui pouvait les entendre. Une vague d'hostilité afflua dans ma direction. Je baissai la tête et vis ce que les spots éclairaient; des débris qui jonchaient le sol et dont l'amas choquait la vue au point de la dérouter complètement. Plusieurs corps, au moins deux ou trois. Et du sang, du sang partout.

Il est difficile de s'imaginer à quoi ressemble un endroit arrosé par près de quinze litres d'hémoglobine – s'il n'y avait eu l'odeur, j'aurais été tentée de penser qu'il s'agissait seulement de peinture. Je fermai les yeux un court instant, consciente d'être le point de mire de tous ces hommes à l'air blasé, et avalai ma salive.

Sang. Nourriture.

Prédateur.

Danger.

Au bord de la nausée et incapable de détacher mon regard du sol, je vacillai. Pourquoi Justin m'avait-il fait venir ici ?

– Saralyn !

Je relevai la tête. Un homme assez petit et dont la combinaison faisait ressortir d'une façon peu avantageuse son estomac légèrement avachi s'approcha d'une démarche précautionneuse, contournant les flaques de sang. Il se débarrassa du tissu qui couvrait le bas de son visage, puis arrangea machinalement les mèches de cheveux châtain foncé censées camoufler le début de calvitie dégarnissant son front. Le tremblement qui m'agitait s'apaisa.

– Justin, dis-je avec soulagement.

– Tu en as mis du temps. Ne me dis pas que tu t'es perdue, de chez toi, il suffit de suivre la route du sud, non ?

– Non, enfin si... Je...

L'un des hommes vint vers nous et s'immobilisa, me dévisageant avec curiosité. Je croisai ses yeux et détournai les miens, déconcertée : ils étaient d'une couleur étrange, comme un bois ciré dont on aurait pu encore deviner les veines. Il ne portait pas de combinaison et exhalait un puissant parfum d'aftershave aux arômes épicés qui dissimulait son odeur. Je me demandai comment il avait réussi le tour de force de conserver ses habits immaculés. Il ôta l'un de ses gants chirurgicaux et passa la main dans ses courts cheveux bruns avec impatience, sans pourtant oser nous interrompre. Malgré moi, je reculai d'un pas, surveillant chacun de ses gestes.

– Non, repris-je, la ville est...

Le seul mot qui me vint à l'esprit fut « tortueuse » : j'abandonnai l'idée de rester professionnelle.

– Justin, implorai-je. Je t'en prie... Je ne peux pas rester là. Pourquoi je suis ici ?

L'homme aux cheveux bruns fronça les sourcils d'un air perplexe. Je reculai encore, attirée par les profondeurs rassurantes du bois.

– Qu'est-ce qu'il y a, Saralyn ? demanda Justin.

– Elle m'appelle, gémis-je. Elle a si peur !

– Qui ça ?

– La meute. Elle veut hurler, il y a trop de sang. C'est encore là.

– Est-ce que ce sont des loups qui ont fait ça ? Saralyn, réponds-moi ! me pressa-t-il.

Incapable de parler, je secouai négativement la tête, partageant la panique de la meute. Elle était proche, terrée, en attendant que la menace s'éloigne. L'homme toucha le bras de Justin et ouvrit la bouche.

– Il y a quelque chose qui ne va pas avec lui, le coupai-je, sans le quitter des yeux.

– Parce que avec vous tout baigne, peut-être ? rétorqua l'homme d'un ton qui me parut augurer plutôt mal de nos futures relations.

– Ça va, il est des nôtres, dit Justin d'une voix apaisante. Saralyn, je te présente Gaspard Flynn, Gaspard, voici Saralyn Fara.

Ce dernier me tendit une main que je serrai sans enthousiasme, l'esprit rendu confus par les impressions qui m'envahissaient. Je pris une lente et profonde inspiration pour retrouver mon calme. *Tu es un être humain, pas un animal.*

– Il y a peu de pouvoir en lui, dis-je, troublée.

– C'est le moins qu'on puisse dire, dit Justin, semblant trouver ça très drôle. Est-ce que ça va ?

– Oui, ils s'éloignent.

– Ce ne sont pas eux ? demanda Gaspard Flynn.

– Non, les loups n'y sont pour rien. C'est autre chose, quelque chose qu'ils ne connaissent pas. Une chose terrifiante.

– Ne les laisse pas prendre le dessus, dit Justin en plissant les yeux d'un air soucieux. Tu es prête ?

– Pour quoi ?

– Tu as fini ton instruction, tu es une spécialiste maintenant. Crois-moi, j'aurais aimé pouvoir te laisser le temps d'observer et de prendre tes marques, mais nous manquons cruellement de personnel et la situation devient ingérable...

Il se tut un instant, comme s'il cherchait un moyen de m'annoncer quelque chose qui ne me plairait pas. Je fis instinctivement un pas en arrière, sentant mes pupilles se dilater sous l'effet de la panique.

Oh, non, pensai-je. *Par pitié, ne me dis pas que je dois m'occuper de cette horreur... Je t'en prie, ne le dis pas !*

– Voici ta première affaire, dit-il en englobant les corps d'un geste navré. Bienvenue dans la section des spécialistes, ajouta-t-il avec un sourire amer. Tu penses pouvoir examiner les corps ?

Il n'y avait aucune ironie dans sa voix, mais l'expression qui se faisait jour sur le visage des autres hommes n'était pas équivoque. Je voulus protester et dire que c'était une erreur, que je n'étais pas faite pour ce travail, mais je me contentai d'avaler ma salive et de prendre la paire de gants qu'il me tendait.

Ma robe était blanche.

Trois cadavres, oui. Ils avaient été dévorés par un prédateur dont l'odeur ténue flottait encore dans l'air. La plupart des os avaient été pulvérisés, et ceux qui restaient étaient parfaitement nettoyés de leur chair. Je tâchai d'observer de près ce que je supposais être un torse – les membres inférieurs de la victime n'étaient plus qu'une bouillie sanglante.

Je clignai des paupières et serrai les dents. Regarder ne me servait à rien : je n'étais pas médecin légiste. Non, moi, tout ce que je pouvais faire c'était sentir, et je n'en avais guère envie. Je me fis une raison : après tout, c'était dans mon contrat. Gênée par ma robe qui m'empêchait de me baisser suffisamment, je m'agenouillai dans le sang tiède et écartai les restes d'un tee-shirt réduit en charpie et gorgé d'hémoglobine pour mieux voir une trace de morsure assez nette. Je tressaillis de douleur, portant la main à ma propre épaule comme si des mâchoires fantomatiques s'étaient refermées sur ma chair.

Il n'y a rien. Ce n'est qu'une illusion, me morigénai-je en essayant de faire abstraction de la sensation de brûlure qui émanait de la plaie imaginaire.

Je fermai les yeux, tâchant de retrouver l'odeur du monstre. Comment en étais-je arrivée à faire une chose pareille ? Le lieu était encore tout imprégné d'agonie et de terreur que je sentais contracter mon estomac.

Je me relevai à moitié pour avoir une vue d'ensemble. L'une de mes chaussures s'enfonça encore un peu plus dans la boue rouge. Je l'en retirai avec un bruit de succion vaguement répugnant. L'un des morts avait eu la moitié du visage emportée, et il restait des traces de son globe oculaire en dessous de son orbite vide. Je voulais penser qu'il était déjà mort lorsque c'était arrivé.

Voilà, quelques heures auparavant trois garçons se promenaient dans les bois, et maintenant il ne restait plus qu'une chaussure de sport qui semblait vieille de trente ans, une casquette bleue tachée de sang et des lunettes disloquées qu'il me semblait entendre hurler de terreur. Et je ne pouvais rien faire pour eux – rien du tout.

Je me mordis les lèvres, ne sachant pas trop si j'allais me mettre à pleurer, m'enfuir en courant ou vomir mon déjeuner.

Je tentai sans succès d'écarter les mouches qui tournaient autour de moi. La forêt en regorgeait toujours en été et l'odeur de pourriture les rendait folles. C'était peut-être ça le pire, ces centaines de mouches qui vrombissaient dans l'air chaud. Elles étaient de plus en plus lentes, comme si le sang leur montait à la tête. Les vibrations sourdes qui émanaient des grappes noires grouillant sur le sol prenaient chaque seconde davantage de place dans mon esprit, au point que je ne perçus bientôt plus rien d'autre.

Je ne peux rien faire. Rien!

Je me retournai. Personne n'avait bougé. Justin restait impassible et les autres hommes attendaient visiblement le moment où j'allais m'évanouir. J'enfonçai mes ongles dans mes paumes, et je les rejoignis d'un pas relativement assuré.

– Je peux les examiner, maintenant? demanda Gaspard Flynn.

Justin l'y autorisa. Je l'observai vraiment pour la première fois: il était moins âgé que je ne l'aurais cru – pas plus de vingt-cinq ou vingt-six ans, à peine plus vieux que moi. Il se déplaçait avec aisance au milieu du charnier, comme s'il avait fait ça toute sa vie. Il repoussa négligemment un morceau de gros intestin du bout de sa chaussure, en lançant à la cantonade une plaisanterie abjecte qui fit s'esclaffer les hommes en combinaison. Je le dévisageai avec mépris. Un tic nerveux contractait spasmodiquement sa mâchoire.

Justin ne prononça pas un mot, l'air pensif. Il posa sa main sur mon bras et y imprima une légère pression, sans même me regarder. Il n'avait pas besoin de le dire: j'étais bien de retour chez moi.

Ma robe était rouge.

Chapitre 2

ORPHS : Organisation pour les Relations et la Pacification entre Humain et Surnaturel.

Spécialiste : chargé de traquer et d'éliminer toute créature hostile (section delta) – chef de section : Justin (Edencity – Middle State).

Toute créature, corbusards comme les produits de leurs invocations, proférant une quelconque menace à l'encontre d'un humain de l'Organisation, ou présentant un comportement suspect sera jugée dangereuse et immédiatement éliminée.

Alétéia (I, 2)

Je considérai d'un œil morose les hommes en combinaison – techniciens, section gamma, me souvins-je – en train de prendre des photographies du lieu du crime. Ensuite, ils feraient tout disparaître, comme si ça n'était jamais arrivé. C'est alors que mon travail commencerait. Je portai instinctivement la main à mon cou et caressai du bout des doigts la fine cicatrice qui me barrait la gorge. Il était trop tard pour reculer, bien trop tard.

– À quoi est-ce que tu penses ? demanda Justin, revenant vers moi.

– Au Livre de la Vérité. J'essayais de me souvenir de ce que je suis devenue.

– Section delta.

– Oui, répétai-je machinalement, section delta.

– Eh, dites, vos chiens de chasse en ont encore pour longtemps ? lança l'un des techniciens depuis la pierre sur laquelle il était assis. Pieuter là ne me branche pas franchement, ajouta-t-il d'une voix aux accents traînants.

Justin se tourna vers Gaspard Flynn qui fit un bref signe de tête.

– C'est bon, allez-y, dit-il.

Le technicien se leva en poussant un grognement, comme si cela lui demandait un immense effort, et commença à houspiller tous les autres pour qu'ils se mettent au travail. Les corps allaient être emportés loin d'ici ; des litres d'eau, des kilos de terre effaceraient les dernières traces. Personne ne saurait.

Justin appela Gaspard et fit un nouveau signe en direction du chemin par lequel j'étais venue, m'entraînant à sa suite.

Gaspard Flynn nous emboîta le pas mais s'arrêta avant d'être sorti du périmètre et s'agenouilla, comme s'il cherchait quelque chose. Il secoua la tête et se releva.

– Qu'est-ce qu'il y a ? lui demanda Justin quand il nous eut rejoints.

– Rien, c'était seulement… une idée. J'avais tort.

Justin sourit d'un air bienveillant et serra un peu plus mon bras pour m'obliger à ralentir, laissant Gaspard Flynn nous dépasser. Celui-ci eut l'air de comprendre le message et ne chercha pas à rester à notre niveau.

– Ça va ? me demanda encore Justin, l'air soucieux.

– Oui, je pense.

– Ton appartement te plaît ? Normalement, tout a été fait pour que tu te sentes chez toi, mais tu peux l'arranger comme tu veux.

– Merci, il est parfait.

Je me tus un instant et avalai difficilement ma salive. Il fallait que je le dise maintenant : après, il serait trop tard.

– Tu sais, je ne suis vraiment pas sûre d'être à la hauteur, avouai-je. En fait, je crois que…

– Je ne me trompe jamais, Saralyn, m'interrompit Justin. Tu y arriveras très bien. Je suis certain que tu seras une bonne spécialiste.

– Je suis partie pendant deux ans, Justin. Je ne connais plus rien à cette ville : comment est-ce que je pourrais capturer cette créature alors que j'ai du mal à trouver un centre commercial près de chez moi ? demandai-je, sentant la panique embrouiller mes pensées. Qu'est-ce que je dois faire ? Les procédures, je…

– Calme-toi, dit Justin d'un air amusé. Tu ne pensais pas que j'allais te laisser te débrouiller toute seule pour ta première affaire, si ? Gaspard est un sale petit prétentieux et il sera probablement odieux avec toi, mais il est très capable.

– Quoi ? Je vais travailler avec *lui* ? demandai-je sans pouvoir retenir une grimace. Il ne va pas vouloir s'embarrasser de moi.

– Crois-moi, je saurai l'y obliger. S'il te pose des problèmes, dis-le-moi, d'accord ?

– Oui, murmurai-je en baissant la tête tandis que nous arrivions au parking improvisé où Gaspard Flynn nous attendait déjà.

– Je n'ai pas de voiture, dit-il en enfonçant ses mains dans ses poches. La mienne est chez le garagiste, ajouta-t-il.

– Ah oui, je me souviens, dit Justin. La collision avec la tombe, c'est ça ? Tu n'as qu'à rentrer avec Saralyn.

Je fis un vague signe affirmatif, inspirant de grandes bouffées d'air frais.

– De toute façon, à partir d'aujourd'hui, vous faites équipe. Saralyn vient d'arriver, alors je compte sur toi pour lui montrer la procédure habituelle et tout ce qui peut lui être utile.

– Hey, je suis pas chaperon ! C'est pas mon job ! protesta mon nouvel ami.

Le regard que lui lança Justin le fit taire. Il monta dans ma voiture d'un air maussade. Je me sentais humiliée, mais soulagée. Justin avait promis de me contacter bientôt.

*

– Fara ? demanda soudain Gaspard Flynn, brisant le silence qui s'était installé après le départ de Justin.

– Saralyn.

– Quoi ?

– Saralyn, pas Fara, dis-je en pinçant les lèvres.

Il eut un haussement d'épaules fataliste et hocha la tête.

– Saralyn, répéta-t-il. Allez, on va déjeuner ! Un steak, ça vous tente ?

– Non.

– Vous n'aimez pas la viande rouge ? Je trouve qu'un steak saignant est la meilleure chose du monde. Ou alors vous ne vous sentez pas assez bien. Ça vous a retourné l'estomac tout ça, hein ? Il faudra vous faire à la compagnie des cadavres, lâcha-t-il finalement avant de s'enfoncer dans son siège, l'air satisfait.

Il me provoquait. Je me souvins de ce que j'avais lu sur les loups, un jour :

Deux alphas mis en présence l'un de l'autre se défient pour obtenir la domination. La lutte continue tant que l'un des deux n'a pas capitulé, il est alors banni de la meute.

Oui, c'était exactement ça. Je fixai la route à en avoir la vue brouillée et refrénai l'agressivité qui m'envahissait. Il m'observait. Je lui adressai un rictus, ravalant le grognement sourd qui montait dans ma gorge.

– Pourquoi y a-t-il si peu de pouvoir en vous, Flynn ?

– Gaspard, corrigea-t-il avec un sourire éblouissant : je préfère qu'on soit à égalité. J'ai étudié la sorcellerie pendant un moment, mais on ne peut pas dire que je sois très doué. Et puis, je me suis rendu compte que je ne prenais pas la bonne direction : mon truc, c'est bousiller les monstres, pas me crever pour faire apparaître un poisson rouge dans un bocal.

– Je ne vous comprends pas, dis-je. Les corbusards ne travaillent pas pour nous.

– Je ne suis pas un corbusard, articula-t-il sans me quitter des yeux. Je suis un être humain.

Je lâchai le volant de ma main droite et la posai sur son avant-bras, essayant de retrouver son odeur au milieu des autres. Je le sentis frémir à mon contact – la crainte surgit dans son esprit.

– Oui, c'est vrai, dis-je en le lâchant.

Le pouvoir qu'il avait développé était trop faible pour avoir corrompu sa nature : ce n'était qu'un être humain qui dégageait un très lointain relent de magie.

– Et vous, vous êtes quoi ?

– La même chose que vous.

– Non, non, pas de ça. Je sais ce que j'ai vu, et vous êtes tout sauf la même chose que moi.

– J'ai joué de malchance.

Encore une fois, j'effleurai la ligne blême qui déchirait mon cou et repoussai les souvenirs confus qui se bousculaient dans mon esprit. Douze ans… le temps passait si vite qu'il m'en restait à peine assez pour me retourner et voir la vie m'échapper.

– Belle cicatrice, vous vous êtes fait ça comment ?

– Quelle importance ? dis-je en balayant la question d'un revers de main.

– Vous ne voulez pas en parler, répondit-il après avoir soupiré avec ostentation.

Je me tortillai sur mon siège, mal à l'aise. Je ne savais pas quoi répondre quand on m'interrogeait là-dessus, parce que j'ignorais tout de cette cicatrice. Ce que je savais, c'est qu'en un sens elle était ma mort. Saralyn Fara n'était plus, elle était sûrement toujours là-bas, couchée sur le lit dur et endormie pour l'éternité. Ces choses-là ne se disent pas, encore moins à un parfait inconnu.

Gaspard se tut, arborant un air tranquille, et se rapprocha insensiblement de la portière. Il garda une expression concentrée pendant plusieurs minutes, me jetant de temps à autre un rapide coup d'œil. Ce silence tendu mettait mes nerfs à vif et sa défiance remplissait presque tout l'espace à l'intérieur de la voiture.

– Je bosse pour l'Organisation depuis presque trois ans et je ne vous ai jamais vue : vous avez été recrutée quand ? demanda-t-il enfin.

– Il y a deux ans.
– À Edencity ?
– Oui. Par Justin.
– Et dans quel secteur vous étiez pendant tout ce temps ?
– J'ai terminé mon instruction il y a une semaine.
– L'instruction ? À la Maison mère ? souffla-t-il, incrédule.
– Dans les Terres d'oubli, confirmai-je en klaxonnant pour faire avancer la petite voiture bleu électrique qui me barrait le passage. J'avais oublié à quel point la ville est déroutante, continuai-je malgré moi. Tous ces bruits, ces odeurs...
– Normal, l'oubli n'a jamais été excellent pour la mémoire, dit-il en s'esclaffant plus bruyamment que le naturel ne l'aurait exigé.
Je me forçai à sourire : personne ne pourrait m'accuser de ne pas avoir d'humour.
– Comment c'est ?
– Vous n'y êtes pas allé ?
– Non, moi j'ai appris sur le terrain. Je ne connais personne qui ait déjà eu ce privilège. La Maison mère, c'est un peu une sorte de mythe. Depuis le temps qu'on m'en parle, je commençais même à croire que ce n'était qu'une légende... Alors, ça ressemble à quoi ?
– À...
Je fronçai les sourcils, surprise de m'apercevoir que je ne pouvais pas le lui dire. Il n'existait pas de mots pour décrire cet endroit.
– Je ne sais pas. C'est beau et terrifiant à la fois. Les Terres d'oubli sont pleines de fantômes, il ne reste presque rien, et en même temps, cet endroit est terriblement vivant.

J'étais désolée. Je ne pouvais pas lui expliquer, j'en étais incapable. La méfiance était reparue au fond de ses yeux bruns.

– Vous n'avez rien à craindre de moi, Monsieur Flynn, dis-je d'une voix hésitante.

– Je sais, dit-il avec brusquerie. On se tutoie : le genre cérémonieux, c'est pas mon truc. Et je m'appelle Gaspard, OK ?

– Oui, bien sûr, balbutiai-je, déconcertée.

Les conversations, les relations sociales... c'était à croire que ce fragile équilibre de forces m'était devenu étranger.

– Que devons-nous faire, maintenant ? Je veux dire, selon la procédure.

– On se fout de la procédure : on fait le maximum pour retrouver cette saloperie de bestiole et on la bute. Fin de l'histoire.

– Oh, je vois, dis-je, comprenant que les efforts de politesse de mon coéquipier étaient officiellement terminés. Par où commençons-nous ?

– Par se changer.

Je frémis en prenant conscience du tissu encore humide de ma robe qui raidissait contre ma peau. Je devais faire peur à voir.

– Où allons-nous ? demandai-je alors que le feu passait enfin au vert.

– Chez toi. Le temps que tu te rendes présentable, j'irai chercher une caisse digne de ce nom et bouffer quelque chose. Tu devrais faire pareil : la nuit risque d'être longue.

*

L'eau rougie s'écoula, laissant des rigoles sur l'émail blanc. J'arrosai ma salle de bains avec près d'un demi-litre de produit d'entretien aux fragrances chimiques pour en effacer les dernières traces de mort. Je jetai ensuite ma robe et mes chaussures – l'odeur n'en partirait jamais. Pas pour moi, en tout cas.

La lumière du jour ne tarda pas à foncer, gommant progressivement les dernières limites entre spectres et chair. Je fermai chacun des volets de mon appartement une fois le dernier rayon du soleil disparu et, à l'abri des ombres du crépuscule, je m'assis à la table de la cuisine. Je coupai avec difficulté un morceau de viande, suivant des yeux ses méandres encore presque vermeils, mais sans parvenir à éprouver le moindre désir de la manger. Du sang s'écoula alors que j'en portais une bouchée à mes lèvres, tombant en pluie d'un rouge boueux sur mon assiette de porcelaine blanche. Il me semblait voir ces pauvres corps massacrés sur ma table – j'eus un haut-le-cœur et m'obligeai à avaler.

Un bruit strident me fit sursauter. Je lâchai ma fourchette par réflexe ; personne ne me voit manger. Je décrochai le téléphone à deux reprises avant d'identifier la sonnerie comme celle de l'interphone.

C'était Gaspard Flynn, bien sûr. Il insista pour monter. Le claquement des semelles sur les marches en bois qui résonnait dans l'escalier s'était déjà dangereusement rapproché quand je m'avisai que j'étais toujours en peignoir et que mon repas était resté sur la table. Je courus mettre mon assiette aux trois quarts pleine dans le réfrigérateur.

– Saralyn ?

Il entra, poussa la porte derrière lui et avança jusqu'au salon avant de pousser un juron en se cognant contre la table basse.

– Je suis là, dis-je en sortant de la cuisine.

– Ça t'arrive d'allumer la lumière ? T'es en panne d'ampoule ou quoi ?

Sa voix s'étrangla lorsqu'il tourna la tête vers moi. Je l'entendis déglutir et appuyai sur l'interrupteur. Il resta sur place, sans me quitter du regard.

– Je n'ai pas besoin de lumière, dis-je.

– Mais qu'est-ce que c'était que ça, bordel ?

– Rien, dis-je en essayant de prendre un ton apaisant. Mes yeux deviennent un peu phosphorescents, c'est tout : ça me permet de voir dans le noir. Je suis nyctalope.

– Ah ouais, dit-il avec un sourire crispé. J'avais pas remarqué tout à l'heure qu'ils étaient si... bizarroïdes.

– Merci, dis-je, mortifiée. Maintenant, excuse-moi : je vais m'habiller. Tu n'as qu'à m'attendre ici, je n'en ai pas pour longtemps. Allume la lampe, si tu veux, ajoutai-je en refermant la porte de ma chambre derrière moi.

Je poussai le verrou et ouvris la penderie, me retrouvant face à une armada de vêtements neufs. L'Organisation avait également eu la prévenance de renouveler ma garde-robe. Je m'habillai à la hâte et rangeai la clef de l'armoire dans le tiroir de ma table de nuit. Le miroir capta mon image. Je m'en approchai et défiai du regard l'étrangère qui me faisait face. J'avais perdu l'habitude de me voir : il n'y avait pas de miroir dans la Maison mère, du moins il me semblait que non, et j'avais tellement changé.

Je ramenai une mèche de cheveux, noire et lisse, en arrière. Qui était cette fille au teint si pâle qu'il en paraissait translucide ? Je restai un instant devant ces grands yeux froids qui me mangeaient le visage, le faisant paraître trop étroit. Je ne me souvenais plus de quelle couleur ils étaient avant... C'était si loin. Je ne me rappelais que mon effroi, le jour où j'avais réalisé qu'ils étaient devenus gris – de cet étrange gris argenté qu'on ne rencontre que chez les animaux. Je fixai mon reflet jusqu'à ce qu'il se fondît en un brouillard indiscernable, puis écrasai mon front contre la glace pour en sentir la fraîcheur.

Quand je retournai dans le salon, Gaspard ne s'y trouvait plus. Il était dans la cuisine, plongé dans la contemplation de mes sachets d'épices, soigneusement rangés par ordre alphabétique sur un tourniquet en plastique transparent. La plupart d'entre eux n'avaient même jamais été ouverts.

– On y va ? demandai-je.

Il se retourna et haussa un sourcil dans un geste très étudié qui n'était pas sans évoquer l'attitude d'un acteur de série Z.

– Qu'est-ce que t'as comme arme ? dit-il d'un ton abrupt.

– Un poignard et un Beretta de petit calibre, dis-je.

– Montre.

J'allai les chercher sans discuter et les lui tendis. Il soupesa mon poignard avec un sourire narquois avant de me le rendre.

– Prends toujours ça, au cas où on se ferait attaquer en route.

Cette idée semblait lui paraître particulièrement amusante.

Le bouton du bas de mon chemisier rebondit sur le carrelage dans un joyeux cliquetis. Je baissai les yeux et m'aperçus que ma main droite tirait nerveusement sur un pan du tissu. Je m'obligeai à le lâcher et croisai les bras pour me donner une contenance.

Se faire attaquer… Comment pouvait-il envisager ça avec autant de calme ?

– Mais *ça*… Gaspard jeta au Beretta le genre de regard qu'on voit habituellement dans les yeux de quelqu'un qui découvre un cafard en train de batifoler dans son plat du jour. Pas la peine de l'emporter. Où est-ce que t'as dégoté un machin pareil ?

– Eh bien en vérité, je l'ignore : c'était dans mes affaires et…

Je m'interrompis, réalisant que ma réponse ne l'intéressait nullement. D'ailleurs, il était déjà sorti de la cuisine.

– Allez, amène-toi, on n'a pas de temps à perdre, dit-il sans se retourner.

Je ramassai le bouton et le posai sur la table, puis glissai mon poignard dans ma manche gauche ; son contact était rassurant. Pourtant, je ne m'en étais jamais servie en dehors des simulations, pas plus que de mes balles, qui n'avaient jamais traversé autre chose que des silhouettes en carton. Un frisson remonta le long de mon échine.

Face à un corbusard, un spécialiste tirera toujours le premier. Le doute est une erreur fatale, pour lui comme pour ceux qu'il doit protéger. Il gardera à l'esprit en toutes circonstances que, quels que soient leurs artifices, les corbusards ne sont pas des nôtres et représentent une menace.

Ne pensez pas à ce que vous faites, mais à ce qu'ils pourraient vous faire.

Chapitre 3

Gaspard m'interdit formellement de prendre ma voiture, prétendant que j'irais plus vite à pied qu'avec cette « poubelle à roues ». Il me fit monter dans une voiture de sport tape-à-l'œil dont la couleur rouge vif agressait la vue. Sa méfiance avait cédé la place à une condescendance écrasante et il parla tout le long du chemin sans daigner me dire où nous nous rendions.

Le moteur ronronnait comme un énorme félin satisfait et je me recroquevillai malgré moi contre la portière. Les rues étaient désertes. *Ville fantôme*, pensai-je en fermant les yeux pour mieux laisser le doux roulis me bercer. Gaspard s'était enfin tu et l'espace me sembla croître autour de moi jusqu'à me faire perdre conscience de mon enfermement dans cette petite boîte de métal.

– Déjà fatiguée ? demanda Gaspard quand la voiture se fut arrêtée.

– Non. C'est seulement que je n'aime pas les endroits étroits.

– C'est une voiture !

– Chaque espace clos est une cage.

– Ça n'avait pas l'air de te gêner, tout à l'heure.

– Quand je conduis, je suis concentrée sur autre chose, alors j'arrive à ne pas y penser. Où sommes-nous ?

– Au Chat gris, dit-il en indiquant un établissement vivement éclairé d'un mouvement circulaire.

– Dans un restaurant ? Mais qu'est-ce qu'on fait ici ?

– On se ravitaille.

Il s'extirpa du véhicule, et me fit signe de le suivre. Je reconnaissais cet endroit : nous nous trouvions dans la fine bande qui séparait le quartier résidentiel du quartier des indigents, une sorte de zone-tampon dont le standing n'était pas encore très bien défini la dernière fois que je m'y étais rendue.

Gaspard pénétra dans le restaurant, que j'analysai immédiatement comme étant un établissement de troisième zone : apparemment, les indigents avaient gagné.

Il y avait une assez grande salle, au milieu de laquelle trônait une tablée d'une douzaine de personnes. Ils parlaient tous très fort en mangeant et riaient aux éclats à quelque blague aussi grasse que la nourriture. Autour d'eux, quatre couples déguisés en bourgeois du dimanche se contemplaient béatement, jetant de temps en temps un coup d'œil les uns sur les autres comme pour les prendre à témoin de leur félicité. Adolescents, ouvriers de l'usine… Le poisson n'était pas frais : nous étions bien dans une gargote comme il y en a des centaines dans le ghetto des désargentés. Je n'avais jamais compris comment Edencity parvenait à endiguer ce flot humain et à maintenir chacun à la place qu'on lui avait attribuée, système aboli depuis plusieurs dizaines d'années dans les autres villes du Middle State. Ici, à quelques rares exceptions près, on travaillait là où ses parents avaient travaillé et on mourrait dans le quartier où on était né.

À notre droite, un frêle Asiatique montait la garde derrière le comptoir tout en maniant avec dextérité la machine à pression. Sa physionomie ne s'altéra pas d'un iota à notre entrée. Sans nous regarder, il inclina presque imperceptiblement la tête en direction de Gaspard au moment où nous passâmes devant lui. Gaspard lui rendit tout aussi discrètement son salut, mais ne s'arrêta pas.

Un serveur vint à notre rencontre et nous conduisit dans la deuxième salle, plus petite que la première et vide. Malgré cela, nous n'échapperions pas au vacarme de fin de soirée des autres clients : le mur qui séparait les deux pièces paraissait mince comme du papier à cigarette, et elles communiquaient par une large ouverture encadrée de rideaux dont le drapé retombait en plis raidis.

— Votre table habituelle, je suppose, dit le serveur…

Harry, il s'appelait Harry. C'était écrit sur son badge.

– Oui, confirma Gaspard.

– Tu viens souvent ici ? lui demandai-je à mi-voix tandis qu'Harry posait un vase garni de quatre marguerites en plastique au centre d'une table et s'agitait pour trouver un poivrier.

– Ça m'arrive.

Je lissai nerveusement mon jean du plat de la main. Je n'aimais pas toutes ces odeurs – la cigarette, les parfums bon marché et la nourriture se mélangeaient dans un pot-pourri déplaisant. Le bruit constant avait quelque chose de menaçant que je n'arrivais pas à m'expliquer. La tête me tournait : cette agitation me rendait folle. Je serrai un peu plus fort mes bras le long de mon corps et me hâtai d'aller m'asseoir. Je repoussai ma chaise jusqu'à heurter le mur.

– Qu'est-ce que vous prendrez ? demanda Harry en sortant un stylo de sa poche.

Je voulus lui dire que j'étais bien incapable de choisir puisque nous n'avions pas eu la carte, mais je ne pus ouvrir la bouche. Ses yeux étaient bien trop inexpressifs : son regard sembla me traverser pour contempler le mur et un frisson de malaise me parcourut l'épine dorsale.

– La même chose que d'habitude, dit Gaspard, ne semblant nullement troublé.

Le serveur referma son calepin sans avoir rien noté, puis s'éloigna pour placer de nouveaux arrivants dans la première salle.

– Qu'est-ce que nous faisons ici ? demandai-je une fois qu'il fut hors de portée de voix. Ce serveur est bizarre.

– Harry ? Qu'est-ce qu'il a de bizarre ?

– Il ne ressemble *pas* à un serveur.

– Quoi ? demanda Gaspard, ayant l'air de trouver ça complètement stupide.

– Il y a quelque chose d'anormal dans ce restaurant, m'entêtai-je, incapable de m'expliquer, mais sûre de mon fait.

– T'as pas l'air très bien, dit-il, m'observant soudain avec attention. Tu vas pas gerber dans ma bagnole, hein ?

– Non, ne t'en fais pas, dis-je, me sentant blêmir.

– T'as la trouille, c'est ça ?

– C'est cette ville, dis-je finalement. Il y a beaucoup trop de monde.

– Eh ben, ça promet, marmonna Gaspard. Il saisit un morceau de pain dans la corbeille et se leva en mordant dedans. « Allez viens, il faut que tu ailles te repoudrer le nez.

Je m'apprêtais à protester – je n'étais même pas maquillée –, mais il prévint toute tentative de discussion d'un signe de tête négatif qui n'était guère équivoque. J'obéis donc docilement, surveillant les clients de la première salle du coin de l'œil. Rien ne m'alerta – visiblement, personne ne nous prêtait la moindre attention. Gaspard ouvrit la porte du fond; je me retournai pour vérifier qu'on ne nous suivait pas, mais il me tira en arrière et le battant se referma dans mon dos. Nous nous retrouvâmes dans une minuscule pièce flanquée de deux portes en vis-à-vis: à gauche les toilettes des hommes et à droite celles des femmes. Seul un mur nous faisait face.

– Qu'est-ce qu'on fait là? demandai-je, pas vraiment rassurée.

Gaspard frappa une dizaine de coups irréguliers contre le mur du fond sans prendre la peine de me répondre. Il y eut un cliquetis et le panneau se mit à coulisser. Je sursautai et reculai d'un pas, mais Gaspard me retint fermement et m'entraîna de l'autre côté. Le mur se referma silencieusement derrière nous. Je me pris à espérer que Gaspard savait comment le rouvrir en cas de besoin. Nous étions à présent dans un couloir étroit dont je ne distinguais pas la fin. Une lumière voilée émanait des appliques sphériques disposées le long des murs.

Un étrange bruit métallique se répéta plusieurs fois, puis un homme surgit de nulle part devant nous et j'étouffai un cri de frayeur. Il fronça les sourcils en me voyant et interrogea Gaspard du regard. Celui-ci acquiesça sans un mot et lui serra la main. Je fus tentée d'émettre quelques réserves quant à la qualité du service, mais Gaspard me lança un coup d'œil si éloquent que je refermai aussitôt la bouche. L'homme nous fit alors signe de le suivre et partit d'un bon pas malgré une démarche bancale. J'identifiai sa jambe gauche comme étant la source du bruit qui résonnait dans le silence. Le couloir bifurquait quelques pas plus loin et nous descendîmes une volée de marches, nous enfonçant peu à peu sous le restaurant.

En me retournant, je m'aperçus que les appliques s'éteignaient derrière nous, tandis que de nouvelles s'allumaient à notre approche. En d'autres termes, à part la zone où nous nous trouvions, tout était plongé dans le noir, et je n'aimais pas ça. Notre guide avançait sans prendre la peine de nous attendre. Nous passâmes par plusieurs portes poussiéreuses sur lesquelles pendaient quelques toiles d'araignées déchirées et une odeur de cave envahit mes narines, tandis que les bruits de la grande salle du restaurant s'affaiblissaient.

Cet homme me rendait nerveuse : tout comme le serveur, il ne paraissait pas à sa place dans cet endroit. Je le détaillai du coin de l'œil, n'osant pas l'observer avec trop d'insistance : il avait une bonne soixantaine d'années et ses cheveux étaient largement grisonnants, mais il conservait la stature massive de quelqu'un qui a fait beaucoup de sport dans sa jeunesse. Sans pouvoir l'expliquer, je trouvais que son allure avait quelque chose de militaire.

Il s'arrêta enfin devant une porte et nous considéra un instant avant de taper un code sur un boîtier métallique. Il valida et la porte coulissa après un bip accueillant. Nous entrâmes et elle se referma derrière nous. Au vu du trajet parcouru, je supposais que nous étions quelques mètres sous le restaurant, probablement à peu près en dessous des cuisines.

Notre guide appuya sur un interrupteur et un flot de lumière blanche se déversa dans la pièce. Je levai la tête, et la clarté trop crue me blessa les yeux. C'était une simple ampoule suspendue au bout d'un fil électrique. Les murs et le sol étaient bétonnés et d'un gris poussiéreux. Il y avait des montagnes d'objets hétéroclites menaçant de s'écrouler dans tous les coins, un immense buffet en bois contre le mur qui me faisait face et ce qui ressemblait à des vitrines de joailliers alignées comme une rangée de petits soldats autour de lui. Une grande table en fer carrée trônait au milieu de la salle et on aurait dit qu'elle venait de s'y téléporter tellement elle paraissait peu à sa place dans ce joyeux fouillis.

– Alors, petit, comment tu vas ? demanda notre guide dont le grand sourire, qui découvrit un trou béant à l'emplacement où aurait théoriquement dû se trouver une (voire deux) incisive, était encore plus effrayant que le sombre mutisme dont il nous avait gratifié jusqu'alors.

– On fait aller, dit Gaspard, qui avait enfin l'air heureux de se trouver quelque part. C'est bon, elle est OK, ajouta-t-il en me désignant du menton.

– Oh, une nouvelle ? demanda l'homme en me détaillant d'un air perplexe. La situation est si mauvaise que ça ?

– Mouais, il paraît qu'on a besoin de chair fraîche, dit Gaspard en haussant les épaules. Boit-sans-soif a fait pas mal de dégâts.

Je ne comprenais rien, mais je sentais déjà que je n'avais pas envie de savoir de quoi ils parlaient. Je fis un pas sur le côté et shootai dans un cube d'environ huit centimètres de hauteur qui rendit un son métallique.

– Au fait, dit l'homme en me tendant la main, moi c'est Fred. Fred Reynolds. Je suis le propriétaire de cette boutique.

– Saralyn Fara, dis-je en lui serrant la main. Propriétaire du restaurant ou de l'armurerie ? demandai-je en considérant d'un œil méfiant les fusils à pompe alignés dans une vitrine.

– Les deux, répondit-il en partant d'un rire sec qui m'évoqua les aboiements d'un gros chien.

– Qu'est-ce que c'est ? demandai-je en me penchant vers le cube.

Gaspard le ramassa et le tourna dans sa main. Les faces alternaient le vert et le bleu, et l'une d'entre elles était rouge.

– Un cube de pouvoir, dit-il. C'est un jouet : les sorciers les fabriquent à la chaîne pour leurs gosses.

– Ouais, j'ai récupéré ça dans une de leurs baraques un jour où on allait faire un peu de ménage après une attaque de renégats. Mais je ne suis pas foutu de le faire marcher.

– Vous faites partie de l'ORPHS ? demandai-je.

– Quand j'étais jeune, j'étais un spécialiste, comme vous. Après, ils ont continué à me laisser venir de temps en temps, pour récupérer des trucs. Maintenant, c'est moi qui fournis tout le monde en *matériel*.

– Ouais, c'est lui le meilleur, confirma Gaspard, qui considérait le cube sous tous les angles.

Il l'agita près de son oreille sans aucun résultat et le posa avec un haussement d'épaules sur une pile de livres.

– Jamais compris ce truc, grommela-t-il à mi-voix.

– Hé, fais gaffe aux grimoires ! dit Fred. Tu sais que ces machins-là valent très cher !

– C'est que des conneries, balança Gaspard en secouant la tête. Un bon herboriste et une berceuse auraient à peu près les mêmes résultats que ces rituels débiles, tu le sais aussi bien que moi. Et j'arrive pas à croire que tu continues à faire des affaires avec Zark la Brocante !

– Tout le monde a faim, petit, dit Fred d'un air grave. Moi j'ai les études de mes enfants à payer et la Brocante me refile ces trucs pour un prix pas croyable. Bon, qu'est-ce que vous êtes venus chercher ici, les gosses ?

– On a besoin de matériel pour du gros gibier, dit Gaspard, à qui ça ne plaisait visiblement pas d'être traité de gosse.

– Quel genre de matériel est-ce que tu veux ? demanda Fred.

Il plongea ses doigts sous le col de son tee-shirt et en extirpa une chaîne au bout de laquelle était accroché un trousseau de clés.

– On va faire dans le basique, elle vient de débarquer, dit Gaspard en me désignant d'un air d'excuse.

Fred et lui se lancèrent alors dans une longue discussion dont je me sentais exclue. J'avais encore une fois la désagréable impression d'être la dernière arrivée dans une classe déjà constituée et je ne savais pas quelle attitude adopter. Je m'approchai de la pile de grimoires en essayant de ne pas trébucher sur les divers gadgets qui parsemaient le sol. Ça me faisait bizarre d'entendre parler des corbusards, ces créatures si abstraites qui se résumaient pour moi à des descriptifs dans des livres ou à des spécimens observés derrière une glace sans tain, comme d'êtres réels qu'on pouvait rencontrer à un carrefour.

Qui pouvaient nous égorger au fond d'une impasse.

Je pris le cube et collai ma paume contre une des faces, refermant mes doigts sur les autres. Je le tournai jusqu'à ce que la face rouge soit vers le plafond. Le métal était froid. Puis le rouge s'intensifia et se mit à briller d'une lumière incandescente. Je manquai lâcher le cube de saisissement, mais ma main refusa de s'ouvrir. Une certaine chaleur irradia et une petite boule blanche et brillante jaillit de la face rouge avec un bruit sec. Gaspard se retourna et précipita Fred par terre pour éviter la sphère qui fonçait droit sur eux. Elle cogna contre le mur, à côté de la porte, où elle laissa une marque en creux légèrement noircie. Le choc la fit s'allumer d'une brève lumière verte, puis elle émit un bip sonore tout en rebondissant vers moi avec force.

– Attention ! cria Gaspard.

Je fis un saut de côté pour l'éviter et la sphère traversa une vitrine qui explosa avec un bruit de détonation, projetant du verre brisé sur le sol. Le choc envoya la balle cogner le plafond. Elle rata l'ampoule de peu, et alla taper contre une pile de cages vides. Je poussai un glapissement de terreur alors qu'elle revenait vers moi et me baissai juste à temps. La balle traversa une espèce de lutrin en bois et perdit de la vitesse. Elle rebondit sur le sol, de plus en plus mollement, puis devint rouge, avant de faire entendre un bip désapprobateur. Alors, elle s'arrêta et demeura immobile sur le béton. Gaspard la considéra avec méfiance, puis se releva précautionneusement, époussetant son pantalon. Fred en fit autant, quoi qu'il eut visiblement plus de difficultés à se remettre debout.

– Tu es sûr que c'est un jouet ? demandai-je.

Gaspard s'approcha de la sphère et la repoussa du bout du pied. Elle se remit à briller d'une lumière blanche et se précipita vers moi, si vite que j'eus à peine le temps d'avoir peur. Elle heurta la surface rouge du cube qui l'absorba. Des chiffres apparurent, puis le cube s'éteignit.

– Trois à deux, dis-je, reposant avec crainte le cube sur la pile de grimoires. Je crois que j'ai gagné.

– C'était un authentique lutrin de la période dragonnique ! se lamenta Fred, passant le bout de son index sur les bords du trou que la balle avait laissé dans le bois.

– Je suis désolée, dis-je, sans pouvoir réprimer une grimace. Je ne pensais pas que…

– Comment tu as réussi à faire fonctionner le cube ? demanda Gaspard, me scrutant d'un air indécis.

– Je ne sais pas. Je l'ai seulement pris. Les sorciers laissent vraiment leurs enfants jouer avec ça ?

– Oui, c'est une sorte de ping-pong, si tu veux : les faces bleues du cube servent à envoyer la balle à droite et les vertes à gauche. On doit taper dans la balle en alternant les faces pour gagner un maximum de points. Mais il n'y a que les sorciers qui peuvent les activer.

– Non. Je n'ai jamais vu un sorcier de ma vie ! ajoutai-je, ayant la désagréable impression de me justifier. Peut-être que j'ai détraqué le cube en le cognant tout à l'heure ?

– Ouais, peut-être bien, dit Fred.

Il posa sa main sur le bras de Gaspard et lui fit signe d'en rester là. Celui-ci n'insista pas, mais dans ses yeux comme dans ceux de Fred, je voyais qu'ils se méfiaient de moi. Je me mordis la lèvre inférieure et baissai la tête.

– Je suis désolée, m'excusai-je de nouveau en contemplant mes nouvelles baskets noires. Je peux vous rembourser les dégâts. Enfin, je le pourrai quand j'aurai reçu ma paye…

– Bah, laisse tomber. De toute façon, ce lutrin n'était plus à la mode, personne n'a envie d'avoir un truc dans son salon qui lui fasse penser à Dragon. Mais touche plus à rien, OK ?

– Non, je ne bouge plus, dis-je, osant un regard dans sa direction.

– Par contre, je suis pas sûr de me remettre d'avoir vu une gamine faire marcher en deux secondes un truc que j'essaye d'allumer depuis six ans, ajouta-t-il avec un sourire édenté.

– Les humains ne peuvent pas faire fonctionner un cube de pouvoir, s'entêta Gaspard.

– Revenons-en à nos affaires. J'imagine que vous ne voulez pas d'armes folkloriques ou d'antiquités de la Grande Période vampire, reprit Fred, ignorant l'intervention de mon coéquipier.

– Non. Pour nous ce sera du classique.

– Dommage, soupira Fred. J'avais parié que j'arriverais à écouler ces deux chandeliers de cérémonie avant la fin du mois. Je crois que je suis bon pour la corvée de vaisselle pendant tout le mois prochain.

– Faut dire qu'ils sont pas terribles, dit Gaspard en fronçant les sourcils devant l'étrange créature de métal enroulée autour du pied du chandelier.

– Ils ont servi pour la cérémonie d'intronisation de Virgile, précisa Fred, comme si cela leur conférait une valeur inestimable.

– Et tu les as récupérés quand même ? T'es vraiment qu'un pourri ! dit Gaspard en se mettant à rire.

– Qui est Virgile ? demandai-je, décidant qu'il était temps que le brouillard commence à se dissiper.

– Ben mon vieux, on peut dire qu'elle débarque, dit Fred. Virgile est le maître sorcier de cette ville, autant dire le numéro un derrière le grand manitou.

– C'est le dirigeant sorcier ?

– Ouais, c'est ça.

Des coups frappés contre le plafond résonnèrent, me faisant sursauter.

– Bon les gosses, j'ai pas toute la nuit devant moi, grogna Fred. Il va falloir que je retourne là-haut, ils sont incapables de se débrouiller tout seuls. Alors, comme classique, voilà ce que j'ai.

Il saisit une autre clef entre son pouce et son index puis repartit de sa drôle de démarche cahotante vers le buffet. Remarquant mon regard, il me gratifia une fois encore de son horrible sourire et tapa sur sa jambe gauche avec le trousseau de clefs. Elle rendit un son étouffé qui m'était désagréable.

– Un mage m'a laissé ça en souvenir, dit-il en relevant sa jambe de pantalon. Son animal, c'était le grizzly.

La vue de sa jambe de métal fit passer un léger frisson le long de ma colonne vertébrale.

– Un pote me l'a faite quand cette saloperie a pris ma jambe pour un os à moelle, il y a pas d'échardes, et c'est plus solide qu'une jambe de bois. Je suis probablement le seul type dans cette ville à pouvoir tuer quelqu'un d'un coup de pied. Enfin, c'est à cause de cette foutue jambe que j'ai dû partir en « retraite anticipée » après vingt ans de bons et loyaux services.

Je déglutis, ne sachant quoi répondre. Mon estomac se contracta à la pensée qu'il était possible que la même chose m'arrive dans un très proche avenir. Fred hocha lentement la tête puis se servit de la clef pour ouvrir le grand buffet. Il en ôta un large tiroir et le posa sur la table carrée sans rien dire.

J'aurais préféré que la lumière fût éteinte.

Fred passa pensivement sa main sur une des taches de graisse qui maculaient son pantalon et tourna le tiroir vers nous. Les armes étaient bien astiquées et rendaient un éclat mat. Poignards, armes à feu et d'autres choses encore que j'étais incapable d'identifier ; je me crispai en pensant au moment où il faudrait en faire usage.

– Je dois retourner en cuisine, je vous laisse réfléchir. Pas de blague, hein petit ? dit-il en se dirigeant vers la porte.

– Pourquoi est-ce qu'il pense que tu pourrais le voler ? demandai-je alors que la porte se refermait.

– Quoi ? Qu'est-ce que tu racontes ? dit Gaspard, l'air passablement énervé, en tirant le tiroir à lui.

– Il n'a pas confiance en toi. Ça se voit.

Tout comme tu n'as pas confiance en moi, pensai-je.

– Maintenant que tu es dans le milieu, tu peux bannir « confiance » de ton vocabulaire. Mais de toute façon, on ne sait pas comment sortir d'ici, et même si on y arrivait, on serait obligés de passer devant ses gorilles.

– Je n'ai vu personne nous surveiller.

– C'est pas parce que tu les vois pas qu'ils ne sont pas là. Crois-moi, quand on fait ce genre de boulot, on prend des précautions.

– Oui, je suppose. D'où viennent ces objets ? demandai-je en considérant la montagne hétéroclite qui remplissait la pièce.

– Il te l'a dit : il vient avec nous sur les lieux après les *incidents* importants et il récupère tout ce qu'il peut.

– Tu veux dire qu'il va piller les maisons des corbusards qui se font tuer ?

– Il est prêt à leur faire les poches si nécessaire. Dans ce boulot, on ne peut pas se permettre d'être trop regardant et Fred a tout ce dont nous avons besoin. Ce qu'il fait du reste, ça ne nous concerne pas, dit-il en repoussant du pied une cape de nécromancien.

Il sortit une vitrine dans laquelle se trouvait l'attirail complet du parfait petit tueur de vampires, à deux détails près. J'hésitai un instant entre garder un doute de plus et risquer une honte ineffable.

– Ni croix ni eau bénite ? demandai-je.

Gaspard eut un ricanement méprisant.

– Ne me dis pas que tu crois encore à ce genre de trucs.

J'ouvris la bouche, mais je restai muette devant l'expression de profond mépris que je lisais sur le visage de Gaspard.

– Mais qu'est-ce qu'ils t'ont appris, à la Maison mère ? reprit-il.

– Je... je ne sais pas, balbutiai-je.

Non, je ne savais pas. Deux ans en formation, dont il ne restait qu'un grand vide : à part ce que contenait le Livre et quelques procédures, je n'avais plus le moindre souvenir de ce qu'on m'y avait enseigné.

– Eh ben, si tu tiens à survivre à ta première semaine, il faut que tu saches au moins ça. Dis-moi, qu'est-ce qu'on t'a raconté exactement sur les vampires ?

– Certains consomment du sang humain et il est de notre devoir de les éliminer avant qu'ils ne causent trop de dégâts ou de retombées médiatiques susceptibles de provoquer des mouvements de panique au sein de la population humaine. En revanche, la plupart se nourrissent de sang animal, ce qui les rend parfaitement inoffensifs. Enfin, c'est ce que dit le Livre.

– Oublie ce que racontent les bouquins : ça n'a rien à voir avec la réalité. Nos ennemis sont tous pareils et les vampires inoffensifs n'existent pas, ces corbusards-là sont peut-être même plus pervers que les autres. Quand tu en vois un, assure-toi d'attaquer la première. C'est ta seule chance : dans cette ville, il y a plus de corbusards que de rats dans les égouts.

Il s'arrêta un instant, une expression profondément écœurée sur le visage. Son pied se mit à dessiner des demi-cercles sur le sol comme s'il écrasait un insecte. Gaspard suivit mon regard et arrêta le mouvement d'un ultime coup de talon.

– Il n'y a qu'une façon de se débarrasser efficacement d'un buveur de sang : lui couper la tête et lui arracher le cœur, dit-il. Un pieu dans le cœur ça marche aussi, mais c'est vraiment dégueulasse. Il faut appuyer comme un dingue pour réussir à l'enfoncer. Alors tu passes deux plombes à peser de tout ton poids dessus pendant que le sang gicle de partout, et tu t'angoisses parce qu'on dirait à chaque fois que le vampire va jamais mourir. Après, tu ne sens plus tes bras et tes fringues sont foutues. C'est l'horreur !

Gênée, je fis mine de m'intéresser à un pistolet – ces armes se ressemblaient toutes, et je ne m'étais jamais servie que de celles qu'on m'avait mises d'autorité dans les mains –, priant toutes les puissances possibles et imaginables pour n'avoir jamais à faire quelque chose d'aussi abominable.

– Pour le reste, demande à Justin : il prétend en avoir abattu plus d'une quinzaine, même si je ne te cache pas que j'ai des doutes là-dessus, reprit Gaspard après un silence. Il ne règle jamais rien lui-même, son truc, c'est le commandement. Enfin ça, tu le sais sûrement, quoique t'as pas dû le voir beaucoup, là où t'étais.

– Il venait assez souvent. Enfin, je crois, ajoutai-je à voix basse. Mais, pour notre affaire... Ça ne peut pas être un vampire, n'est-ce pas ? Il se serait nourri du sang, pas de la chair.

– Ouais, il faut de sacrées dents pour pulvériser les os de cette façon. On a besoin d'un truc assez balèze, dit Gaspard en sortant un Browning d'un tiroir. Tiens, essaye ça, ça fait de gros trous. Peut-être pas encore assez gros, ajouta-t-il d'un ton songeur.

Il retourna au meuble et en sortit ce que mes vagues notions en la matière me permirent d'identifier comme un lance-flammes. Il me visa avec un sourire narquois ; je m'écartai nerveusement.

– Hé, relax ! Je ne vais pas le mettre en marche. J'crois même pas qu'il y ait de l'essence, là-dedans. L'humour et toi, ça fait deux, hein ?

– Désolée. J'ai un peu de mal à me réhabituer aux humains.

– Il y avait bien des gens dans la Maison mère, non ?

Je pensai aux semaines que j'avais passées enfermée dans ma chambre avec le Livre pour seule compagnie. *Alétéia*. Personne ne l'appelait par le nom incrusté sur l'épaisse couverture de cuir polie par les innombrables mains qui l'avaient caressée. L'étude, le tir… personne, juste des villes mortes. Mes souvenirs n'étaient déjà plus très clairs.

Je secouai lentement la tête. Il soupira et passa la main dans ses cheveux tout en considérant le contenu du tiroir posé devant lui. Il arrêta finalement son choix sur un pistolet massif qui devait faire trois fois la taille de mon Beretta. Il le pointa vers le mur avec l'air ravi d'un gamin qui vient de rentrer en possession d'un nouveau jouet.

Là, il commençait à me faire peur.

Il s'approcha de la commode et ouvrit un autre tiroir. Il en tira une sorte de long glaive à la lame effilée et me lança un poignard que je rattrapai sans hésitation. Il eut un vague sourire approbateur, et, après longue réflexion, me tendit un Colt.

– C'est un Combat Commander. Il tire du .45 ACP : ça devrait suffire.

Je pris un air entendu tout en me demandant ce que ça pouvait bien être que cette histoire d'ACP. J'aimais la sécurité que m'apportait la possession d'une arme à feu, mais mes connaissances sur le sujet se limitaient à remplir et à vider le chargeur.

– En tout cas, c'est déjà mieux que ton Beretta, reprit-il. C'est un flingue de grand-mère : parfait pour protéger tes économies, mais pas pour une tueuse de monstres professionnelle.

J'espérais de tout cœur qu'aucune grand-mère ne possédait ce genre de chose. Il regarda mes doigts serrés sur le manche du poignard.

– T'arriveras jamais à trancher une tête avec ce truc. Tiens, prends aussi ça, au cas où.

Il me lança un pieu en métal d'un poids certain. Au moment où je refermai ma main sur l'objet, la procédure me revint si clairement à l'esprit que j'en tressaillis.

Enfoncer dans la chair, entendre craquer les os et maintenir la pression malgré le voile rouge qui recouvre tout. Regarder sans frémir le vampire s'étouffer avec son propre sang et mourir. Ne pas faiblir jusqu'à ce que la cible soit détruite. (simulation 12)

Un bruit de pas venant de derrière la porte me parvint. Intrigué, Gaspard suivit mon regard. Il sursauta lorsque le battant s'ouvrit pour laisser passer Fred – moi pas. Les yeux de mon coéquipier me parurent teintés d'un éclat haineux quand ils glissèrent sur moi avant de se fixer sur le trafiquant. J'enroulai une mèche de cheveux autour de mon index et détournai la tête.

– Alors, vous avez trouvé votre bonheur ? lança Fred.

– Ouais, on dirait, dit Gaspard.

Il déposa le matériel qu'il s'était approprié sur la table, et Fred eut un sourire approbateur.

– Hum, excellent choix. Je déteste les buveurs de sang, ajouta-t-il à mi-voix.

– À chacun ses bêtes noires, pas vrai ? dit Gaspard en m'observant bizarrement.

– Eh, vise-moi un peu ça, dit Fred.

Il ouvrit une des vitrines à l'aide d'une autre clef et en sortit un fusil rutilant, qui ressemblait à ceux qu'utilisent les vétérinaires pour envoyer des fléchettes anesthésiantes, ainsi qu'une boîte remplie de cartouches transparentes contenant un liquide verdâtre. Fred en glissa une dans le chargeur avant de l'enclencher.

– Alors, tu devines ce que c'est ?

Gaspard fronça les sourcils, prit une des balles et la porta inutilement à son nez. Puis son visage s'éclaira.

– Un para-djinn !

– Tout juste, le dernier modèle. Impressionnant, hein ?

– Mais où est-ce que t'as dégoté ça ?

Je jetai un coup d'œil interrogateur vers Gaspard.

– C'est le seul moyen de buter les djinns, m'informa-t-il. Je croyais que c'était interdit à la vente, maintenant.

– Ça se peut, dit Fred avec un petit sourire modeste.

– Je pensais que les djinns étaient neutres, dis-je, déconcertée.

– C'est pour ça que le para-djinn est interdit. L'Organisation ne veut pas de problèmes avec eux, alors elle a fait détruire tous les champs de doigts-de-mort. Enfin, presque tous, ajouta-t-il en tournant une cartouche vers la lumière. On dit qu'elle en garde encore quelques carrés en réserve dans un endroit tenu secret, au cas où ils se retourneraient contre nous.

– Qu'est-ce que c'est ? demandai-je en regardant le liquide.

– Ce sont des plantes, expliqua Fred. On appelle ça des doigts-de-mort. C'est sans danger pour les humains, mais les djinns ne les supportent pas : un petit coup en salade ou en piqûre et c'est rideau.

– Oh, murmurai-je. J'étais persuadée qu'ils étaient immortels.

– Ouais, ils font leur possible pour que ça se sache pas trop, mais les infos de ce genre finissent toujours par se propager, dans le coin.

– Comment est-ce qu'on a pu savoir que cette plante était toxique pour eux ? demandai-je.

– D'après la légende, c'est à ça que carbure leur grand chef. Il paraît que bouffer des doigts-de-mort lui donne des visions sur l'avenir et tout le tralala. Le hic c'est que ça n'a marché que sur lui.

– D'un autre côté, nous on leur en file qu'en intraveineuse, intervint Gaspard avec un rictus.

– Non, je t'assure. Moi j'en connais un qui a essayé, dit Fred.

– Un djinn ? dis-je. Mais pourquoi aurait-il fait ça ?

– C'était un marché entre nous, rien de très important.

– Et il a vu quelque chose ? demanda Gaspard.

– À part le sang qui coulait de ses yeux ? Non, je crois pas. De toute façon, il a pas eu le temps de me raconter.

Le liquide avait l'air inoffensif dans ces cartouches. J'en pris une dans la caisse et la levai vers la lumière. La douleur me prit par surprise et je la lâchai avec une exclamation. Elle retomba sur la table et Gaspard l'arrêta avant qu'elle ne roule par terre.

– Eh, fais gaffe ! Ça vaut une fortune, dit Fred tandis que Gaspard rangeait la cartouche dans la boîte.

– Bon, je crois qu'il vaut mieux qu'on y aille, dit Gaspard.

– Ouais, t'as pas les moyens pour ce genre de matériel, dit Fred en rangeant le fusil.

Gaspard regarda l'arme disparaître avec de visibles regrets, puis il commença à discuter argent avec Fred. Pressant mes doigts endoloris de mon autre main, je n'osais plus bouger ou dire quoi que ce soit. Gaspard sortit un carnet de chèques et régla.

– Ils font des notes de frais à l'ORPHS ? questionnai-je pour essayer de dissiper l'étrange tension qui s'était instaurée entre lui et moi.

– Ils nous doivent bien ça. C'est que ça coûte drôlement cher ces machins, dit-il en contemplant pensivement le pistolet dont il venait de faire l'acquisition, un demi-sourire étirant ses lèvres.

Suivant ses indications, je glissai le second poignard dans ma manche grâce à un fourreau fourni par Fred, puis je fixai le holster du Colt sous mon tee-shirt. Je dissimulai le pieu au niveau de ma cheville et laissai retomber le tissu souple pardessus. Le contact des armes était réconfortant, même si je n'ignorais pas à quel point s'en servir était difficile.

L'hésitation est fatale, le remords inutile.

J'observai Gaspard, occupé à remettre son blouson. Ses vêtements dissimulaient de nombreuses armes, disposées avec une habileté qui trahissait une longue habitude. *À classer dans la catégorie « prévoyant »*, songeai-je avec amusement. Mais, tout au fond de ma conscience, le loup qui grognait savait : l'odeur du sang flottait autour de mon coéquipier. Il ne m'inspirait aucune confiance.

La paix n'a jamais été que factice entre les loups et les chasseurs.

– C'est quel genre de bestioles ? demanda Fred.

– Je sais pas encore, dit Gaspard. Si tu veux, je pourrais t'en ramener un bout quand j'aurai mis la main dessus, dit-il en riant.

Je trouvai la plaisanterie de mauvais goût. Dans les yeux de Fred, je vis qu'il regrettait de ne pouvoir se joindre à nous : certaines personnes n'arrivent jamais vraiment à prendre leur retraite, et j'aurais parié qu'il était de ceux-là. Vingt ans d'Organisation, ça devait laisser des traces.

Nous repartîmes par une autre porte, qui débouchait sur les cuisines. Fred me fit un clin d'œil.

– On va se revoir souvent maintenant, hein ? Bienvenue dans la profession !

Gaspard me poussa dehors après l'avoir salué. Nous nous glissâmes dans la cohue en passant par-derrière le comptoir du bar. Il m'entraîna ensuite vers la sortie, faisant un dernier signe de tête en direction du barman.

Nous regagnâmes la voiture. Il me précisa tout en démarrant que le barman en question était l'un de ses meilleurs informateurs. D'après Gaspard, il avait surtout le grand mérite de ne pas être l'un des *leurs*. Cependant, mon équipier l'avait déjà interrogé et il semblait ignorer tout de l'affaire qui nous occupait.

Je jetai un coup d'œil à Gaspard. Il avait beau parler d'un ton tout à fait neutre, je ne pouvais que sentir à quel point il m'en voulait.

– Qu'est-ce qui t'a pris de lâcher cette balle, finit-il par demander.

– Je me suis brûlée, dis-je.

– Ne dis pas n'importe quoi : j'ai touché la balle juste après toi et elle n'avait rien de spécial. On te l'a dit, cette plante ne marche que sur les djinns. Avoue plutôt que tu es une fichue empotée.

J'avais décidé de ne pas me plaindre, mais je me sentis vexée. Alors, je lui présentai mes doigts – sur mon pouce et sur l'index, à l'endroit où la balle avait été en contact avec ma peau, celle-ci s'était couverte de petites cloques blanches.

Gaspard déglutit puis, après un rapide regard vers moi, il vissa ses yeux sur la route, faisant comme si j'avais subitement cessé d'exister.

Le chemin qu'il prenait n'était pas celui de mon quartier. J'aurais voulu que Justin soit là.

Chapitre 4

– Où est-ce qu'on va ? m'autorisai-je à demander en étouffant un bâillement. Il est tard.

– Tu vas devoir t'habituer aux journées de vingt heures. Un spécialiste, ça dort pas beaucoup et ça saute pas mal de repas. Il faut être solide, dit Gaspard en me jetant un regard goguenard. Un instant d'inattention et crac... fini.

– On dirait que ça te plaît.

– On s'y fait, dit-il en haussant les épaules. Le tout c'est de rester en forme et de garder l'esprit clair. Pour répondre à ta question, on va dans le Quartier Rouge, essayer de savoir si quelqu'un a une idée de ce qui se passe dans cette foutue forêt.

Le *Quartier Rouge...*

Je cherchai la crosse de mon pistolet du bout des doigts pour m'assurer qu'il était toujours là. Pourtant il serait inutile, parfaitement inutile, contre ce qu'il y avait là-bas.

– Comment les corps ont-ils été retrouvés ? demandai-je pour me laisser le temps de reprendre mon calme.

– Le garde forestier est tombé dessus en faisant son inspection matinale, il s'en est pas encore remis, le pauvre type.

On n'a rien pu en tirer et je crois qu'il est bon pour sept ans d'analyse.

– J'ignorais que quelqu'un s'occupait de ces bois. Tout le monde a tellement peur des ombres.

– Oh que si, beaucoup de gens s'en occupent au contraire: les producteurs de films d'horreur, les photographes de journaux à scandales et les fondus de phénomènes paranormaux. On a un mal de chien à les empêcher de s'approcher de trop près. D'ailleurs, on a même deux équipes de patrouilleurs sur le coup.

– Quoi ? On avait des patrouilleurs sur place et ils n'ont rien vu ? demandai-je.

– Non. Ça faisait plus de deux mois qu'ils n'avaient rien croisé de spécial à part un gros sanglier qu'on suspectait d'être possédé, personnellement, je crois qu'il avait seulement mauvais caractère. Bref, ils ont préféré aller passer la nuit dans une boîte branchée plutôt que de surveiller les bois. Le savon qu'ils vont se prendre... À mon avis, ils sont pas près de déserter encore leur poste, enfin si la commission disciplinaire décide de les réintégrer.

– Qu'est-ce qui va leur arriver, sinon ? demandai-je.

– Va savoir, soupira Gaspard. Regarde, on y est.

La voiture s'immobilisa dans un petit parking. Dehors, l'air était chaud, bien que la nuit soit tombée depuis déjà plusieurs heures, et amenait avec lui des effluves caractéristiques. Leurs odeurs. Je pris une profonde inspiration et me sentis électrisée par le mélange de pouvoir, de mort et de magie qui imprégnait profondément cet endroit.

Le *Quartier Rouge*...

La plus importante communauté de corbusards de toute la partie nord du Vieux Continent et la plus puissante jamais réunie. Découpé en six secteurs très délimités, me rappelai-je. Les communautés ne se mêlaient pas les unes avec les autres, mais si elles décidaient un jour de s'allier, elles seraient suffisamment fortes pour transformer Edencity en un vaste cimetière. Peut-être pourraient-elles davantage.

Tous les types de créatures étaient là, si proches et tellement invisibles au milieu des humains. Cette menace planait au-dessus de nos têtes en permanence, telle une titanesque épée de Damoclès, et nous étions les seuls à la voir. Un frisson de terreur m'agita l'espace d'un instant.

– Pourquoi « Rouge » ? demandai-je en rattrapant Gaspard qui s'éloignait sans m'attendre.

– Le coin grouille de vampires, et du rouge, ils en laissent derrière eux, si tu vois ce que je veux dire. Rassure-moi : tu as déjà vu un corbusard de près ?

– Rarement de l'autre côté des barreaux, répondis-je.

– Hein ?

– Pas vraiment.

Il leva les yeux au ciel et regarda sa montre en passant sa main libre dans ses cheveux.

– Parfait, minuit c'est l'heure idéale pour s'initier à ce genre de truc. Reste cool, OK ?

J'acquiesçai en silence et le suivis. En sortant du parking, il prit une des petites rues transversales qui remontaient le long d'une zone mal famée parsemée de vieux entrepôts dont la plupart étaient aujourd'hui désaffectés.

– Où est-ce qu'on va, exactement ? demandai-je, pas rassurée.

J'aurais préféré rester dans les rues passantes, il y avait moins de risques de se faire attaquer dans un endroit plein d'humains.

– Dans un bar, sur le Grand Boulevard.

– C'est par là, le Grand Boulevard, dis-je en indiquant la rue principale qui continuait tout droit devant nous.

– Non. Pas aujourd'hui, dit-il.

– Si. Je n'ai pas mis un pied dans cette ville depuis deux ans, mais je me souviens très bien de cet endroit-là. Je pense que ce serait plus sûr de continuer par là, où il y a des lampadaires, et du monde.

– T'en fais pas, il y aura du monde.

– On sera arrivés beaucoup plus vite en prenant cette rue, plaidai-je en désespoir de cause.

– Ça, c'est pas sûr, dit Gaspard entre ses dents. On tentera le raccourci une autre fois, ce soir, on passe par le nord. Et ne traîne pas : on ne traîne pas par ici.

Il pressa le pas et je le suivis – j'avais trop peur qu'il me laisse seule. J'évitais déjà ce secteur du temps où je ne savais pas ce qu'il abritait réellement, mais alors, c'était pour de tout autres raisons. Ce qui m'inquiétait à l'époque n'avait aujourd'hui plus tellement d'importance : comment penser aux voleurs de sacs à main quand on peut se faire arracher la jambe par un grizzly ? La rue était déserte. J'aperçus le coin d'un entrepôt, mais Gaspard bifurqua vers ce qui me semblait à première vue être un paisible quartier résidentiel que je ne connaissais pas. C'était mieux éclairé et il y avait enfin des gens dehors. Je respirai, soulagée.

Deux femmes assez bizarrement coiffées de chignons à plusieurs étages auxquels étaient entremêlées de fines chaînes de perles métalliques nous dépassèrent, se taisant à notre approche. Elles nous jetèrent un regard scrutateur, lourd de méfiance.

Je remarquai alors qu'il y avait effectivement beaucoup de monde dans les rues. La majorité des gens était répartie en de petits attroupements sur le trottoir, accoudés aux balustrades qui bordaient la route ou appuyés contre les murs des immeubles. Il y avait aussi des marchands qui tenaient de petits stands, comme si nous avions été un jour de marché. Cependant, la plupart ressemblaient davantage à des camelots de foire qu'à de véritables commerçants et il faisait nuit. Un certain nombre de femmes étaient coiffées comme celles que nous venions de croiser tandis que beaucoup d'hommes portaient un chapeau qui ressemblait à un haut-de-forme mais évasé vers le haut. Il y en avait de toutes les couleurs et certains étaient ornés d'une plume, le modèle vert bouteille à plume bordeaux remportant visiblement un grand succès.

Au fur et à mesure que nous avancions, le manège se répétait : les gens se taisaient et nous regardaient passer d'un œil mauvais, puis les discussions et les criailleries des marchands repartaient quand nous nous étions assez éloignés. Il y avait aussi des passants qui, comme nous, semblaient tout à fait étrangers à cette drôle de société secrète.

– C'est bizarre, dis-je à mi-voix, un peu troublée par l'ambiance particulière qui régnait dans ce lieu. Cette rue est éclairée par des lanternes.

En effet, il y en avait une suspendue au-dessus de chaque porte. Je commençais à me demander qui allumait tout cela quand je vis l'une d'elles prendre feu spontanément.

– Mais, qu'est-ce que...

– Tu n'as aucune idée de l'endroit où nous sommes, hein ? demanda Gaspard en secouant la tête, semblant plus navré qu'exaspéré. Regarde un peu autour de toi : leurs vêtements, ce qu'ils vendent... Tu vois, maintenant. Bienvenue dans l'arrière-monde, lâcha-t-il finalement.

Sans cesser d'avancer, je tournais la tête en tous sens, fascinée par ce qui se présentait à ma vue. Oui, je voyais, mais contrairement à ce qu'avait dit Gaspard, nous n'étions visiblement pas les bienvenus – la façon dont les habitants du quartier nous considéraient n'était guère équivoque. Dans la vitrine d'un magasin de jouets il y avait toutes sortes d'objets étranges que l'incompréhensibilité rendait magnifiques, dont des cubes translucides qui ressemblaient au cube de pouvoir que j'avais vu chez Fred. Je sus alors avec certitude où nous nous trouvions : nous étions bien en plein secteur sorcier.

– C'était un vieux modèle, dit Gaspard en suivant mon regard. Maintenant, ils sont beaucoup plus perfectionnés.

– C'est une impression ou tout le monde nous observe ? demandai-je.

– Ils nous feront rien. Ils ne veulent pas de problèmes avec nous et il y a trop de témoins pour qu'ils tentent quoi que ce soit.

– Ils sont curieusement habillés. Ils n'ont pas peur d'attirer l'attention ?

– Ah, aujourd'hui c'est spécial – c'est un genre de fête traditionnelle, si tu veux. D'habitude, ils évitent de se faire remarquer, mais là, les fringues servent à indiquer leur rang. En gros, plus le chapeau est haut, plus le chignon a d'étages, et plus ils sont importants. Il y a aussi des distinctions de couleur – ceux habillés en violet bossent dans la religion, les verts sont profs, les rouges sont des planqués de l'administration... Tu vois le type, là-bas ?

Je regardai dans la direction qu'il me montrait. Il y avait un homme entre deux âges qui portait un pourpoint gris et un pantalon noir. Son chapeau était haut et orné d'une plume blanche.

– Lui c'est un preux. Il fait partie des hauts gradés dans l'armée et il a complété le cursus du Centre, c'est pour ça qu'il porte du gris.

– Une armée ? On les laisse avoir une armée ? demandai-je en ouvrant de grands yeux.

– Il y a un truc qu'il va falloir que tu te mettes dans la tête : quoi qu'on fasse, même si on arrive à les empêcher de mettre cette ville à feu et à sang, ils restent plus forts que nous. À long terme, si on ne veut pas se faire bouffer, il faudra les pulvériser jusqu'au dernier.

– Vraiment ? dis-je, pas certaine de me sentir à la hauteur d'une telle tâche.

– Te bile pas, tout ce que t'as à faire c'est d'appuyer sur la gâchette quand on t'en donne l'ordre, la hiérarchie se charge du reste.

– On va voir un sorcier ? demandai-je.

– Non, on est seulement passés par le haut pour éviter le secteur 6.

– Qu'est-ce qu'il a de spécial, ce secteur 6 ?

– Allez, arrête de traîner, lâcha-t-il soudain, l'air exaspéré.

Je levai la tête et observai toutes ces créatures fantastiques qui m'entouraient soudain. Des choses, des gens, apparaissaient et disparaissaient, me faisant sursauter sans cesse. Il régnait partout une atmosphère particulière, comme si cette rue était différente du reste du monde mais de façon infime : un monde un peu plus coloré, un peu plus imprévisible. C'était comme de lever le voile, de voir enfin la réalité sous celle qu'on avait toujours cru discerner. Et c'était magnifique.

J'aurais voulu pouvoir rester ici des heures pour observer ces sorciers curieusement accoutrés qui interpellaient leurs semblables pour leur vendre des objets d'où s'échappaient des sons inouïs et dont je n'arrivais pas même à concevoir l'utilité, ou des aliments aux formes exotiques qui semblaient sortir d'un livre d'images. J'aurais voulu entendre ce qu'ils avaient à dire, eux qui semblaient posséder les secrets de l'univers. Mais Gaspard allait sans cesse plus vite, m'obligeant presque à courir à sa suite, et je devais surveiller mes pieds pour ne pas trébucher sur les pavés inégaux de ces ruelles étroites dans lesquelles les voitures ne passaient pas.

Nous empruntâmes plusieurs autres rues et traversâmes rapidement un quartier à l'allure sensiblement différente. Au nombre d'animaux, je l'identifiai sans peine comme celui des mages. On trouvait les bêtes les plus improbables en pleine rue, et personne ne semblait y prêter attention. Les oiseaux faisaient un bruit assez réjouissant et je souris malgré moi, rassurée : c'était tellement loin de ce que je m'étais imaginé. Ces gens vivaient seulement en communauté avec leurs enfants et leurs particularités, pourquoi nous en inquiétions-nous tant ?

– Personne ne s'aperçoit de rien ? demandai-je soudain.

– Les humains ne veulent pas voir, et tant que ça durera, ils ne se rendront compte de rien. On arrive, dit-il après une pause. Je sais ce que tu penses, mais tu as tort : ce n'est pas un monde merveilleux, c'est un monde dangereux.

– Mais… protestai-je.

– Tu sauras quand tu les connaîtras mieux. Fais-moi confiance.

Je songeai que, pour le moment, j'avais plus confiance en eux qu'en ce type déplaisant et bardé d'armes qui semblait capable de m'enfermer dans une caisse pleine de serpents à sonnette juste pour voir si j'arriverais à en sortir.

Nous rejoignîmes finalement le Grand Boulevard et il était assez éloigné de mon souvenir. À première vue, c'était seulement un endroit où bars et boîtes de nuit se pressaient les uns contre les autres et étaient sources d'une grande activité nocturne. C'était du moins ce que j'y voyais du temps où j'étais étudiante. À présent, je sentais qu'il y avait autre chose, quelque part sous ce décor, et ne pas savoir quoi me rendait nerveuse.

Gaspard m'entraîna dans un bar pompeusement intitulé « Aux Délices de Bacchus ». Rien ne lui convenait moins que ce nom : c'était l'archétype du bar miteux pour individus douteux. La saleté régnait partout, tant au niveau de la salle que des clients, et un vague relent de mauvaise bière se mêlait à celui des cacahuètes rancies auxquelles je n'aurais pas touché même si ma vie en avait dépendu. Dans la salle exiguë, des gens écrasés entre leur propre table et celle d'à côté discutaient autour d'un verre, produisant un brouhaha entêtant.

Il n'y avait pas assez d'espace, ici.

Les baffles crachaient une musique assourdissante, et les vibrations de la ligne de basse pulsaient jusqu'à l'intérieur de mon estomac. J'avais une furieuse envie de sortir de cet endroit en courant. Je penchai craintivement la tête de côté.

– Faut pas être claustrophobe pour travailler là, hurlai-je en direction de Gaspard, prise du besoin subit de dire quelque chose.

Il haussa un sourcil sans répondre et s'approcha du comptoir. Je le suivis tandis que mon audition devait être en train de subir des dommages irrémédiables. Je ne comprenais toujours pas ce que nous faisions ici : la salle était trop petite, les gens trop nombreux, sales et bruyants. Je me recroquevillai un peu sur moi-même – je voulais partir, maintenant. Je fixai soudain mon attention sur un détail curieux : tous les consommateurs installés devant le comptoir buvaient du bloody mary. Mais, alors que je m'en rapprochais, l'odeur qui vint frapper mes narines était celle du sang. Nous étions dans un bar à vampires. J'eus un léger mouvement de recul. Gaspard me retint par la manche et se pencha vers moi.

– Tout à l'heure, tu disais toi-même que ceux qui se nourrissaient de sang animal étaient inoffensifs, pas vrai ? susurra-t-il.

Je pouvais sentir son souffle chaud contre ma peau ; je m'écartai brutalement. Il eut un sourire ironique et se fraya un chemin parmi les personnes agglutinées contre le comptoir. En le suivant, je m'aperçus qu'une partie de ceux-ci étaient humains.

– Allez John, va voir ailleurs si j'y suis, dit Gaspard à l'un des humains. Toi aussi, dit-il en en poussant un autre.

Le barman le regarda faire sans intervenir. Le premier homme que Gaspard avait interpellé voulut protester, mais deux autres consommateurs l'entraînèrent plus loin en lui faisant signe de ne pas résister.

– Tu le connais ? demandai-je.

– Non, pourquoi ?

– Tu l'as appelé John, dis-je sans comprendre.

– Oh, ils s'appellent tous John, dit-il en éclatant de rire. John Stock.

– John Stock ? répétai-je.

L'hilarité de Gaspard redoubla et il fit signe au barman. Lui aussi, c'était un parfait archétype : blond et musclé avec quelques anneaux dans les oreilles et un corps féminin tatoué à l'encre bleue sur son avant-bras droit.

– Eh Flynn, comment tu vas ? Ça faisait longtemps qu'on t'avait pas vu dans le coin, dit-il en éclatant d'un rire gras. Tu me présentes ta copine ?

– Salut Cal. Cal, c'est Saralyn, Saralyn, c'est Cal.

– Saralyn ? répéta-t-il.

Une expression étrange passa sur son visage. Il me considéra longuement, comme pour s'assurer que j'étais bien réelle, et hocha très lentement la tête.

– Louve, dit-il sans me quitter des yeux.

La formule me sembla d'une politesse mitigée. Interpellée par son odeur, je fixai mon attention sur la veine saillante de son bras. Elle ne battait pas : ce type était mort.

– Un vampire, lâchai-je malgré moi en montrant les dents.

Un filet de sueur glacée se mit à couler le long de mon dos, tandis qu'un instinct aussi ancien que la vie me poussait à le défier et à laisser mon regard heurter le sien.

– Bon, assez de cérémonie, coupa Gaspard à mi-voix. On va éviter d'attirer trop l'attention, alors c'est Saralyn, un point c'est tout.

Nous tournâmes la tête vers lui. Il ne pouvait rien comprendre de ce rituel immuable – nos instincts lui étaient étrangers. Edencity n'était peut-être pas si éloignée de mon monde, finalement : nous étions tous des animaux.

Je tiquai et pressai mon poing contre mes lèvres. Si seulement cette nuit n'avait pas eu lieu, si cette chose avait choisi l'un des autres lits blancs et non le mien... jamais je n'aurais quitté le monde des humains. En vérité, je ne l'avais pas vraiment quitté et c'était peut-être ça le plus douloureux : être parmi eux et se sentir parfois tellement autre chose.

Le vampire détourna les yeux et baissa la tête. C'était un subalterne, un vampire relativement récent et encore sans grand pouvoir. Je le lâchai du regard, certaine qu'il n'attaquerait pas. La vision de ce corps mort m'horrifiait ; cette chair pâle et inerte qu'aucun cœur ne venait faire palpiter, et cette rigidité qui entravait ses expressions et mouvements. En lui, je voyais le cadavre et l'artificialité de ce qui l'animait. Lors de mon instruction, j'avais dû oublier le fatras de bêtises qu'on raconte à propos des vampires – toutes ces histoires qui nous font croire que la lumière du soleil va les réduire en un petit tas de cendres grises ou qu'on doit les inviter pour qu'ils puissent entrer quelque part : les vampires se comportent comme les humains, excepté lorsqu'il s'agit de nourriture. Mais ils ne sont pas humains ; ce sont des monstres, des cadavres qui boivent du sang. Notre sang, parfois.

– Allez, ça suffit : on s'assoit. Et toi, dit Gaspard en se tournant vers moi, tu l'appelles Cal, OK ? C'est comme ça que tout le monde l'appelle, et c'est jamais bon de se faire trop remarquer.

Assise, je laissai mes pieds posés à plat par terre, prête à me relever d'un bond. Être entourée de prédateurs me donnait l'impression d'être enfermée dans la cage aux fauves.

– Un bloody mary, mais contente-toi de saigner une tomate, cette fois, dit Gaspard en riant avec l'air de se trouver terriblement spirituel. Tu veux quelque chose ?

– Non, merci.

– Cette fille ne mange rien et ne boit pas, dit-il d'un air moqueur.

Cal rendit un écho affaibli de son rire, et posa le verre devant lui en évitant de me regarder. La plupart des vampires installés à nos côtés avaient arrêté de boire et nous surveillaient avec hostilité. Je me tournai de manière à leur faire face et essayai de garder chacun de leurs mouvements dans mon champ de vision. *Ridicule, cet endroit est plein d'humains. Ils ne tenteront rien.*

– Je croyais qu'on devait garder l'esprit clair, dis-je.

– Lorsqu'on se prépare à une longue nuit, on a droit à un petit remontant, et puis c'est plein de vitamines, répondit tranquillement Gaspard en sirotant son verre, visiblement peu pressé de partir.

Je me renfrognai : plus je le connaissais, moins mon coéquipier me plaisait. En vérité, j'avais l'impression qu'il adorait se trouver là, dans cet endroit où notre vie ne tenait qu'à un fil – et moi, je détestais ça.

– Alors, qu'est-ce qui t'amène dans le coin ? demanda Cal en remettant de l'ordre sur le comptoir.

– Je me demandais si tu savais des trucs sur ce qui se passe en ce moment par ici, dit Gaspard d'un ton badin. Personne n'est arrivé en ville, ces derniers temps ?

Cal prit quelques instants pour réfléchir.

– Non, pas que je sache. J'aimerais pouvoir t'être utile, mais là, je vois pas. Il s'est passé quelque chose ?

– Rien que tu aies besoin de savoir. Mais c'était pas beau à voir, et t'as pas idée de jusqu'où on est capables d'aller quand on est en rogne. Et pour tout te dire, ma patience commence à trouver ses limites. Alors, au cas où la mémoire te serait brutalement revenue, je te conseille de m'en parler tout de suite. Compris ?

Cal passa la langue sur ses lèvres sèches.

– Je serais toi, j'irais voir le Vieux. Il pourra peut-être t'aider.

– OK, je te crois, dit Gaspard en reposant son verre vide. T'as de la chance : aujourd'hui c'est mon jour de bonté. On y va, ajouta-t-il à mon intention.

– Où ? demandai-je en lui emboîtant le pas après avoir jeté un dernier coup d'œil derrière moi.

– Voir la personne la mieux informée de la ville en matière de magie.

– On va chez lui maintenant ? À cette heure-ci, il doit dormir, non ? dis-je, ne pouvant m'empêcher de remarquer que Gaspard n'avait pas payé sa consommation.

– Trouver le plus ancien mage de tout Edencity en pantoufles et en bonnet de nuit, ce serait vraiment un scoop d'enfer, mais crois-moi, y a aucune chance pour que ça arrive un jour. Je me demande même s'il dort encore de temps en temps. En fait, personne ne sait quel âge il a : certains disent qu'il a plus de deux cents ans.

– Ah bon ? Et ta théorie c'est que plus on est vieux, moins on dort ?

– On s'essaye à l'humour ?

Je me tus. Des choses bougeaient dans l'ombre.

– Qu'est-ce que faisaient tous ces humains dans un bar à vampires ?

– Ce n'est qu'un bar, n'importe qui peut aller y boire un coup. Ils vendent juste quelques boissons un peu plus... substantielles.

– Et cette histoire de John Stock ?

– Oh, ça, lâcha Gaspard avec indifférence. Les John et les Jane Stock sont des volontaires : ils donnent leur sang et espèrent être un jour choisis pour devenir vampires.

– Quoi ? Je croyais que les vampires n'avaient plus le droit de consommer de sang humain.

– Rien n'a été prévu pour le cas où la victime serait un donneur volontaire. Le seul truc c'est qu'ils n'ont en fait aucune chance d'être choisis : il y a des politiques de quotas et très peu de nouveaux vampires sont créés chaque année. Sans compter que c'est le grand patron qui choisit les candidats et qu'il ne vit pas à Edencity.

– On leur a dit ?

– Aux Stock ? Ça servirait à rien, et les laisser jouer les dealers de sang est le seul moyen de les empêcher d'aller raconter tout ça aux médias. Pas que je pense que quelqu'un croirait ces paumés, mais on ne peut jamais savoir…

– Oh, soufflai-je, totalement abasourdie. Je n'y comprends rien, ça ne ressemble pas du tout à ce que je pensais trouver. J'avais déjà vu des corbusards, bien sûr, et j'ai été entraînée, j'ai lu tout ce qui existe à propos d'Edencity, mais jamais je n'aurais imaginé que votre univers était si…

Si quoi ? Effrayant ? Excitant ? Je n'aurais su le dire, pour l'instant.

– Maintenant l'arrière-monde est aussi ton univers, tu peux faire une croix sur celui que tu croyais connaître avant, dit Gaspard. Cal est un bon informateur et les vampires te laisseront tranquille tant que tu te mêleras pas trop de leurs affaires, alors quand t'as besoin d'infos sur les nouveaux venus, tu peux aller le voir. Il a une dette envers moi.

– Tu es certain qu'il dit la vérité ? je l'ai trouvé un peu nerveux, pas toi ?

– À sa place je le serais aussi.

Je le considérai tout en marchant, devinant les contours des armes dissimulées sous ses vêtements. Gaspard portait une véritable tenue de camouflage : pantalon un peu large, kaki, des baskets noires et un tee-shirt assorti. L'ensemble était complété par un blouson en cuir. La tenue du parfait petit militaire macho. Je me demandai avec un peu d'inquiétude s'il comptait terminer la nuit embusqué dans la Forêt aux Ombres. J'espérais que non.

– Tu sais t'en servir ? demanda-t-il brusquement.

– De quoi tu parles ?

– De ton flingue, tu sais t'en servir ?

– J'ai été entraînée en simulateur. Donc, oui, en théorie.

– Est-ce qu'il y a un seul truc que tu aies fait ailleurs qu'en simulateur ?

– J'ai été envoyée dans la Maison mère une semaine après avoir été recrutée. Je viens à peine d'en sortir, m'excusai-je.

– OK, soupira-t-il. Une expression étrange passa sur son visage. Si tu apprends suffisamment vite, tu auras une chance d'être encore là pour les fêtes de fin d'année. Il va falloir que tu changes, tu comprends ? demanda-t-il après un silence.

– Je ne sais pas, hésitai-je.

– La prudence, c'est bien pour la plupart des gens, continua-t-il. À partir de maintenant, si tu veux rester en vie, tu devras être paranoïaque. Ne sors pas de ton appartement sans au moins une arme, rase les murs, ne relâche jamais ta vigilance sur ce qui se passe derrière toi. Et reste très concentrée quand tu parles à un corbusard : ils peuvent manipuler ton esprit.

Quoi qu'il arrive sois toujours prête, ou ton corps sera froid avant même que tu t'aperçoives qu'ils te voulaient du mal.

– Qui allons-nous voir exactement ?

– Un des leurs. Peu importe ce qu'il est ou qui nous croyons qu'il est; pour nous ce sont tous les mêmes: ils sont tous dangereux.

– Pourtant, vu son âge, il ne risque pas de te rattraper à la course, plaisantai-je.

– Bientôt tu comprendras, ça n'est que le début, dit-il d'un ton grave.

Oui, ce n'était que le commencement. Aurais-je bientôt ce fardeau de terreur et de haine à porter ? C'était ce que je voyais en lui: Gaspard Flynn avait lui aussi quitté le monde des hommes sans même s'en être aperçu. Quoi que nous fassions, il était trop tard pour nous – l'innocence ne pouvait nous être rendue, à présent que nous savions.

– On y est, dit-il sèchement en pilant devant une porte.

C'était un immeuble comme un autre, dans une rue grise. La porte était ouverte. Gaspard poussa un juron en découvrant l'ascenseur en panne et monta les marches au pas de course. Je grimpai les cinq étages à sa suite, essayant d'alléger mon poids pour ne pas faire grincer le bois sous mes pieds. Dans la cage d'escalier, la peinture, qui avait originellement dû être crème, avait pris une couleur sale et s'écaillait. Une boule d'angoisse se forma dans ma gorge: la banalité du décor semblait lui faire recouvrir des choses plus horribles encore.

Sur le palier du cinquième, un vieil homme attendait devant une porte entrouverte, très droit. Ses traits étaient presque jeunes derrière sa barbe et ses cheveux blanchis. Je songeai qu'il avait dû être bel homme un ou deux siècles plus tôt. À présent, les ans s'étaient imprimés en lui – son corps resterait vivant durant encore plusieurs vies humaines, et pourtant, il portait la trace profonde de chaque instant, comme s'il avait voulu se les rappeler tous.

Combien y avait-il de siècles au fond de ces yeux profonds et noirs tels deux insondables puits ? Avait-il connu les Grandes Guerres ? La Famine ? Des milliers de questions me montaient aux lèvres et je restais interdite tandis que Gaspard le toisait avec hauteur. Le mage demeura hiératique. Il m'évoquait quelque magistral personnage de conte entouré du mystère de sa sagesse. C'était moi qu'il regardait.

Je n'avais pas peur.

– Entrez, dit-il en s'effaçant. Qu'est-ce qui m'amène le plus spirituel chasseur de notre vieux continent et la plus jeune recrue de l'Organisation ?

Son ton me sembla teinté d'ironie, mais son visage était tellement impassible que j'en vins à me demander si je n'avais pas rêvé. Je sentis mon coéquipier se crisper. Dans l'entrée, les murs étaient recouverts par de grands panneaux de paille tressée presque blanche. Je percevais la présence d'un prédateur – de quel animal pouvait-il être le maître ?

– Vous le savez, dit Gaspard. Je n'ai pas le temps de jouer à ce jeu-là avec vous, alors dites-moi ce qui se passe dans la Forêt aux Ombres. Je ne le répéterai pas, ajouta-t-il, alors que l'homme gardait le silence.

Je remarquai que les mains de mon coéquipier tremblaient nerveusement.

Le mage leva les yeux vers Gaspard – j'aurais voulu pouvoir lui faire ravaler ses paroles : il faisait tout pour provoquer un affrontement inutile. Mais nulle colère ne vint troubler la tranquillité du mage: qu'est-ce qui pouvait avoir encore de l'importance après deux cents ans d'existence? Je remarquai qu'il ne portait pas le vêtement de sa caste – l'élégante étoffe qui retombait en larges plis le faisait ressembler aux prêtres de l'Ancien culte que j'avais vus sur des tableaux.

– Je n'en ai pas la moindre idée, répondit-il finalement en haussant les épaules. Il est probable que l'un d'entre nous a joué avec des forces qui le dépassent, et qu'il s'en est repenti.

– Vous ne pourriez pas être plus précis? s'énerva Gaspard. Vos énigmes ne sauveront personne et vous le savez.

– Tout cela n'a plus d'importance, à présent: quelque chose de bien plus grave se profile. Les affrontements commenceront bientôt, maintenant qu'*Il* est ici.

– Dites-moi ce qu'il y a dans cette forêt, dit Gaspard en détachant chaque mot.

La colère lui contractait la mâchoire au point que ses dents crissaient. Je sentais une sorte de désespoir en lui – il semblait prêt à faire n'importe quoi, et ça me terrifiait.

– Je l'ignore.

– Vous vous moquez de moi? gronda Gaspard d'une voix heurtée en sortant une arme. Dites-moi qui a fait ça ou je vous descends!

Le mage sourit calmement, ne faisant pas un geste pour se défendre. Je posai la main sur le bras de Gaspard, le forçant à baisser son pistolet.

– Gaspard, range ça. S'il te plaît, ajoutai-je.

Ma voix tremblait et ma main aussi, mais je savais que je devais l'empêcher de faire quelque chose de stupide.

– Personne ne résiste aux balles, pas même eux, lâcha Gaspard avec un rictus, le doigt pressé contre la gâchette.

– Ne fais pas ça, je t'en prie. Il n'y est pour rien, criai-je, l'estomac noué.

– Si c'est pas pour ces trois-là, ce sera pour tous les autres.

Sans réfléchir, je lui pris l'arme des mains. Son visage se tourna vers moi avec fureur. *Trahison, vengeance*, me hurlait-il. *C'est moi qu'il va tuer*, pensai-je. Mais il prit une inspiration heurtée et tourna les talons, irradiant la haine.

– La prochaine fois, vous serez froid quand je partirai, dit-il d'un ton dur en dévalant les escaliers.

Je restai sur le palier, entre le mage immobile et Gaspard qui me tournait le dos, me demandant lequel des deux était le plus dangereux.

– Qui est arrivé ? Vous avez dit qu'« il » était ici, de qui parliez-vous ? demandai-je.

Le mage ne répondit rien, se contentant de me sourire paisiblement et balançant presque imperceptiblement sa tête d'avant en arrière dans un va-et-vient glaçant. Alors, je jetai un dernier coup d'œil vers lui et reculai en direction de l'escalier pour suivre Gaspard. Au moment où je posais le pied sur la première marche, une main me retint. Je sursautai et me retournai lentement, évitant de faire un geste brusque.

– Tout dépendra de vous. Si vous vous trompez, vous pourriez bien être cause d'un massacre. Partez maintenant, dit-il en me lâchant, le regard vide.

J'ouvris la bouche pour demander ce que cela signifiait, effrayée et fascinée par ce qu'il représentait.

– Partez, répéta-t-il d'une voix forte comme s'il reprenait ses esprits.

Je courus dans l'escalier sans oser me retourner, espérant que Gaspard m'avait attendue. Je le trouvai près de la porte d'entrée. Il était adossé au mur, une cigarette allumée à la main et la bouche agitée par un léger tic nerveux. L'odeur de son après-rasage m'avait sans doute empêchée de sentir la cigarette froide sur ses vêtements. Je tiquai, désapprobatrice.

– Je croyais que les spécialistes étaient censés préserver leur santé pour pouvoir protéger la population.

Il la porta à sa bouche sans rien dire, semblant hypnotisé par le pavement inégal du trottoir.

– Tu sais, tu auras du mal à sprinter à travers les bois quand tu cracheras tes poumons, lâchai-je.

– Un esprit sain dans un corps sain, hein ? dit-il en me soufflant la fumée au visage. Foutaises !

Il écrasa sa cigarette contre le mur, contempla un instant le bout encore rougeoyant et la jeta à terre. J'hésitai puis lui tendis son arme. Il la prit et la fit disparaître sous son blouson sans un mot. La colère émanait de lui en ondes quasi électriques. Le goût du sang, encore.

– Pourquoi tu as fait ça ?

– Le tuer ne nous aurait avancés à rien. Nous n'avions aucune raison de le faire.

– C'est un des leurs.

– Tuer est mal !

Gaspard ricana et ses lèvres se tordirent. Une lueur de démence apparut dans son regard. Je reculai, sentant tout mon être gronder sourdement.

– C'est notre seule raison d'être ; je te conseille de t'y faire.

– Pas s'il y a une autre solution, protestai-je.

– Tu n'aurais pas dû m'en empêcher.

– Tu as dit toi-même que c'était un des plus anciens mages de cette ville. Les siens auraient répliqué.

– Non, c'est un exclu.

– Tu sais qu'ils ne cherchent qu'un prétexte. Cet homme n'est pas une menace, ajoutai-je.

– Ce n'est pas un homme, c'est un putain de corbusard qui se fout de notre gueule. Il refuse de coopérer et laisse les nôtres se faire massacrer pour avoir la satisfaction de penser qu'il en sait plus que nous. Il est tout sauf un gentil petit vieux respectable. Et ces choses, cet endroit...

Il ferma les yeux, submergé par la peur. Je fronçai les sourcils sans comprendre – rien de ce que j'avais vu ne m'avait semblé menaçant.

– Tu t'es fait avoir, hein ? balança-t-il après m'avoir jeté un coup d'œil. Je t'avais dit de rester concentrée : il peut te faire voir ce qu'il veut. Tu ferais mieux de m'écouter, parce que la prochaine fois, ça pourrait bien te faire buter.

Je baissai la tête et l'observai à la dérobée durant le trajet du retour. Peu à peu, il se détendit, comme si la colère se retirait progressivement de son esprit.

– Qu'est-ce que tu regardes ? demanda-t-il, finalement.

– Toi.

– Ça fait vraiment longtemps que tu vis plus avec des humains, pas vrai ?

– Tu me tuerais ? demandai-je.

– Ahou, ça fait mal, dit-il avec une grimace. D'habitude, ce n'est pas exactement ce qu'une fille demande après avoir avoué qu'elle te regardait.

– Je suis sérieuse.

– Bien sûr que non, je ne tue pas l'un des nôtres sans une bonne raison. Et Justin m'a demandé de veiller à ce que tu restes en vie.

Ça aurait dû me rassurer, mais je n'étais pas sûre d'être des leurs, je n'étais même plus certaine d'en avoir envie.

*

Je m'enfouis sous les draps avec un soupir de satisfaction, pour m'en extirper quelques instants plus tard. Il faisait beaucoup trop chaud et je ne parvenais pas à m'endormir : mon appartement semblait tout à coup tellement vide. J'essayai d'examiner froidement les événements de la journée écoulée, mais chacun d'entre eux m'apparaissait comme une pièce terrifiante à ajouter à la fragile construction de ma nouvelle vie. Les corbusards, les monstres, Gaspard et cette implacable machine qu'était l'Organisation. Comment pouvais-je décider de qui devait vivre ou mourir ? Comment supporterais-je de choisir ?

Je me recroquevillai sous les couvertures. Des images de sous-bois rouge vif et de corps mutilés restaient devant moi, tout comme lorsque le soleil continue de danser dans le noir après qu'on l'a regardé trop longtemps. Persistance rétinienne, oui, c'était de la persistance rétinienne. Je m'obligeai à ouvrir les yeux et à les promener lentement dans la pièce. Lorsque j'éteignais la lumière, mes démons revenaient et m'effrayaient toujours autant que si j'avais eu dix ans de moins.

J'eus brusquement envie de décrocher mon téléphone pour appeler une de mes anciennes connaissances, juste histoire d'entendre la voix de quelqu'un. Mais on était au beau milieu de la nuit. Je pris quand même le combiné et pianotai le numéro d'une de mes camarades de fac sans valider l'appel. C'était incroyable que je m'en souvienne encore après deux ans. Le visage de Rachel me revint en mémoire, avec ses dents légèrement tordues, ses taches de rousseur qui la désespéraient et des cheveux d'un brun si terne qu'elle avait toujours l'air d'avoir un shampoing de retard. Je savais qu'elle ne m'en aurait pas voulu de l'appeler en pleine nuit juste pour me plaindre. Pour lui dire quoi ? « Salut, je sais que j'ai disparu pendant deux ans sans aucune explication, mais j'ai pensé que ce serait sympa qu'on se revoie. Au fait, je suis devenue tueuse de monstres, et toi ? »

– Pauvre idiote, murmurai-je entre mes dents.

J'effaçai le numéro de l'écran puis reposai le téléphone sur son support. Je me retournai et m'abîmai dans la contemplation des chiffres rouges de mon réveil qui clignotaient dans l'obscurité. Cinq heures dix.

*

Il faisait noir et froid. La neige tombait et mes bottes s'enfonçaient dans sa blancheur cotonneuse. L'éclat de la lame du couteau m'aveuglait tandis que mon dos heurtait le mur. Et cette odeur, cette horrible odeur d'alcool. Le couteau, le sang qui m'éclaboussait, puis plus rien. L'hébétude.

Ce fut la sonnerie de l'interphone qui me réveilla en sursaut. Il était sept heures.

Chapitre 5

Je ramenai la couverture sur ma tête, certaine que mon visiteur matinal se lasserait avant moi. Mais il était opiniâtre, tellement que je finis par me lever. Je me traînai jusqu'à la porte, essayant de chasser les lambeaux de rêve qui s'accrochaient encore à mes pas. Pourquoi est-ce que ce jour-là refusait de s'effacer, de tomber dans l'oubli comme l'avaient fait toutes ces années ? Pourtant, Justin avait promis qu'avec le temps... mais l'odeur de mort revenait sans cesse, et je savais d'avance que jamais elle ne disparaîtrait.

– Oui ?

– C'est Gaspard.

– Dites-moi que c'est un cauchemar, murmurai-je.

– Non.

Je soupirai et reposai le combiné de l'interphone. Ouvrant la porte, j'étouffai un bâillement et cherchai vainement à m'éclaircir les idées. Gaspard monta les escaliers d'un pas énergique, l'air aussi fringant que s'il sortait d'une nuit de douze heures de sommeil.

Il ne pouvait pas être humain.

Il sourit et entra avant même que je n'aie eu le temps de l'y convier. Je ramenai les pans de mon peignoir l'un sur l'autre et nouai la ceinture en essayant de me donner une contenance. Non qu'il me vînt une seule seconde à l'esprit que Gaspard puisse être intéressé par mon apparence – c'était seulement que je ne savais vraiment pas quoi faire d'autre. Je refermai la porte et m'appuyai contre le battant.

– T'as pas l'air dans ton assiette, remarqua-t-il, une expression faussement ingénue plaquée sur le visage.

– Ça t'arrive de dormir de temps en temps ?

– Parfois. En fait, deux ou trois heures par nuit me suffisent amplement. Tu t'y feras.

– Je vais préparer du café, capitulai-je.

Je m'absorbai dans la contemplation de l'eau qui bouillait dans une casserole en aluminium, faisant mon maximum pour ignorer Gaspard en train d'inspecter méticuleusement le contenu de mon salon. Ce furetage me semblait indélicat, mais je ne dis rien, me contentant de l'observer du coin de l'œil.

– Tu es complètement maniaque, ma parole ! s'exclama-t-il en faisant crisser son index sur le bord d'une étagère. Je te jure, on se croirait dans un magasin. T'habites vraiment ici ?

– Oui, murmurai-je.

Je me sentais incompréhensiblement honteuse de cet aveu, mais je ne savais que répondre d'autre.

La forme d'un holster se dessina sous ses vêtements alors qu'il se penchait pour passer en revue ma bibliothèque. Mal à l'aise, je détournai les yeux et tentai de ne plus y penser.

Dans la salle de bains, je me plongeai la tête dans un lavabo d'eau glacée et enfilai la première robe venue. Mes cheveux, tirés en arrière, laissaient à découvert la cicatrice de ma gorge ;

elle était déjà moins visible qu'il y a quelques années, cependant elle serait toujours là, tout comme chacun des événements qui avaient déclenché ce non-sens : l'Organisation, les monstres, et maintenant Gaspard... Il était si étrange de penser qu'une seule nuit pouvait vous marquer pour le restant de votre vie.

Je terminai de préparer le café, puis versai le contenu de la casserole dans deux mugs. Gaspard me rejoignit dans la cuisine après avoir reposé le livre qu'il était en train de feuilleter sur son étagère.

– Jolie collection, commenta-t-il en s'asseyant.

Je pressai nerveusement mes mains contre la tasse en porcelaine et les y maintins malgré la brûlure. Je tendis à Gaspard la boîte de sucre qu'il réclamait et il attrapa mon poignet, me la faisant lâcher. Elle s'écrasa sur la table avec un bruit mat.

– Beaucoup de cicatrices pour une nouvelle recrue, dit-il en suivant du bout des doigts les marques blanches sur mon avant-bras. Beaucoup trop.

Je frémis et essayai de me dégager, laissant échapper un glapissement apeuré.

– Dis-moi, dit-il en resserrant son étreinte.

Ce contact était insupportable, je me sentais au bord de la nausée. La peur m'asphyxiait et ma respiration devenait haletante.

– C'est... le sang, balbutiai-je. Ils le veulent toujours. Ils changent, mais ça n'est jamais assez long...

– Qui ça « ils » ?

– Les loups, dis-je, étonnée qu'il n'ait pas compris. Ils veulent dire, penser, mais ils n'y arrivent pas... Alors ils hurlent sans jamais s'arrêter jusqu'à ce que le sang ait coulé.

– Quel sang ?

– Le mien ! dis-je, au désespoir, luttant pour me libérer de son étreinte. Lâche-moi !

– Oh, merde ! Une lycaride, soupira-t-il. Il manquait plus que ça.

– Je t'en prie, lâche-moi.

Il ouvrit brusquement sa main. Je fus projetée en arrière et mon dos cogna contre la cuisinière. Je reculai mon siège le plus possible du sien.

– Comment tu m'as appelée ?

– Lycaride, dit-il, maître des loups. Tu les fais parler, pas vrai ?

Je hochai la tête en silence et tentai de maintenir mes souvenirs enfouis là où je ne pourrais pas les déterrer.

– Qu'est-ce que c'est que cette cicatrice ? demanda-t-il en désignant du menton celle qui barrait mon cou.

– C'est... je ne sais pas, avouai-je. J'avais dix ans, il y avait quelque chose dans le noir, à côté de mon lit. Je n'ai pas osé appeler les autres, je suis restée sans bouger. Quand je me suis réveillée, il y avait du sang partout.

Personne n'avait rien dit, mais moi je savais... je savais que j'aurais dû mourir cette nuit-là.

Je partis d'un rire nerveux – je n'aimais pas penser à ça. Gaspard termina sa tasse. Je regardai la mienne qui refroidissait peu à peu.

– Je n'ai aucune idée de ce qu'était cette créature ou de ce qu'elle m'a fait, mais c'est après ça que j'ai commencé à les entendre.

– Les loups ?

– Oui. C'est à ce moment-là que tout a changé, mais je n'y comprenais rien, et... j'ai cru que j'étais devenue folle.

– Tu en as parlé à quelqu'un ?

– Oui, au début. Ils ont pensé qu'il s'était passé autre chose et que j'étais traumatisée. Ils ont voulu me faire suivre un traitement. Alors, je n'ai plus rien dit et tout est rentré dans l'ordre.

– Personne n'a cherché à savoir ce qui t'est vraiment arrivé ?

– Non. Ils avaient déjà assez de mal avec les autres sans s'occuper de moi.

– Famille nombreuse ?

– Orphelinat de Central Town.

– Oh, dit-il avant de marquer une légère pause. Comment tu as compris pour le sang ?

– Je savais. Ils me disaient ce qu'ils voulaient. J'étais terrifiée, j'obéissais sans réfléchir. Mais l'appel me faisait si mal...

Je pressai mes paumes contre mon front, comme pour chasser une douleur lancinante. Peut-être était-ce le cas après tout. Gaspard montra mon café tiède pour m'inciter à le boire. Je secouai négativement la tête, soudain affligée de me sentir si peu humaine.

– Ça va être froid, insista-t-il.

– Non, je... – Un éclat de rire qui ressemblait autant à un sanglot me secoua – je n'avale rien devant des gens.

Gaspard poussa un long sifflement et passa la main dans ses cheveux.

– Pourquoi tu es venu ?

– Nouvelle journée, nouvelle victime, dit-il, l'air presque amusé. Attends-toi au pire.

Il sortit de son blouson une pochette du format d'une enveloppe et me la tendit. Elle contenait une dizaine de photographies des corps des victimes de la veille. Je hoquetai de dégoût devant un nouveau cliché.

– Qu'est-ce que c'est que ça ?

– Une vache, répondit placidement Gaspard.

– Qui peut avoir fait une chose pareille ?

– Un des leurs.

La bête avait eu le ventre complètement ouvert ; ça me rappelait certaines dissections du cours de sciences naturelles. Sauf que celle-ci avait été entièrement vidée de ses organes. À l'exception de la peau, de la tête et d'une partie du squelette, il ne restait pas de quoi remplir un pot à crayons. Je pouvais voir la colonne vertébrale, blanche et luisante. Je déglutis avec difficulté et me forçai à parcourir les photographies restantes.

– Ça va ? Je te trouve un peu pâle, dit-il en souriant.

– Oui, je... ça va aller, mentis-je, remettant les clichés dans leur pochette pour éviter de les avoir sous les yeux. Il y a autre chose ? demandai-je après un silence, de la voix la plus assurée possible.

– Oui, le récit complet de la vie de chacune des quatre victimes et les résultats des analyses.

– Qu'est-ce que ça donne ?

– Rien du tout : on a pu distinguer trois agresseurs différents, ce qui ne veut pas dire qu'il n'y en a pas d'autres. Les traces de dents font penser à des mâchoires de chiens ou de loups, avec quarante-deux dents et tout le baratin. À part qu'il est clair qu'aucune bête de ce genre n'aurait pu faire ce carnage. Pas même à trois : les marques sont trop profondes. Et puis on aurait retrouvé les bestioles, alors que là, elles se sont littéralement volatilisées.

– Oui, dis-je dans un souffle. Bien sûr. Et au sujet des victimes, on a quelque chose d'intéressant ?

– Intéressant ? À moins de se passionner pour la vie d'étudiants fauchés, pas vraiment. Je dirais même que la fiche de Marguerite est encore la plus palpitante.

– Marguerite ?

– La vache.

Je me demandais comment il arrivait à faire de l'humour face à une telle situation.

– Je vois, marmonnai-je.

– En ce qui concerne les meurtres, ça nous apprend que dalle.

– Est-ce que je peux… les lire ? demandai-je soudain, prise du besoin de mettre des noms sur ces corps, de me souvenir qu'ils étaient humains, même s'ils n'étaient plus désormais que lambeaux de chair et os calcinés.

– Brûlés, dis-je à voix haute.

– Qu'est-ce que tu as dis ? articula Gaspard d'un air incrédule.

– Oh, rien. En fait, je ne sais pas : ça m'est venu comme ça.

– Comme ça ? répéta-t-il en claquant des doigts.

– Ça arrive de temps en temps, me justifiai-je pour échapper à son regard méfiant. Quand j'ai été en contact avec eux, je me souviens de choses.

– Tu veux dire que tu vois ce que les loups ont vu dans les bois ?

– Pas exactement, c'était plutôt une odeur, une impression. J'ai juste un sentiment de… « brûlé ».

Il sortit une photographie pliée en quatre de l'une de ses poches et l'agita sous mon nez. Je la saisis pour mieux la voir ;

c'était un cercle noir dessiné sur l'herbe, plutôt grand d'après ce que le cliché laissait voir.

– Brûlé, dit-il. Il y avait ça par terre, près de la vache, un cercle d'herbe cramée d'environ cinquante centimètres.

— Rituel sorcier ? demandai-je.

– Non, d'après ce que nous pouvons voir, personne n'a *allumé* ce feu, et le cercle est trop régulier.

– Et ça veut dire ?

– Qu'au moins une de ces bestioles crache du feu.

Je me sentis blêmir. La chaleur, l'odeur de la chair qui grésille et se racornit... je déteste le feu. Non, j'ai peur du feu.

– Les dragons, ça n'existe pas ?

– À ma connaissance, ils ont disparu il y a des milliers d'années.

Je ne pus retenir un soupir de soulagement et me levai pour vider mon café froid dans l'évier.

– Mais ça peut être pire, reprit-il d'un ton neutre.

– Les fiches... demandai-je encore pour l'empêcher de se lancer dans la description complète du pire en question, j'avais déjà suffisamment de mal à m'endormir.

– Pour quoi faire ? Je t'ai dit qu'il n'y avait rien dedans, dit Gaspard, ouvrant de grands yeux.

– J'aimerais... je voudrais bien savoir qui étaient les victimes, avant... balbutiai-je, me sentant rougir sous son regard pesant.

Il sourit finalement, et il me sembla que c'était la première fois qu'il me regardait sans la moindre trace d'animosité.

– Tu es peut-être une lycaride, mais tu es des nôtres, Saralyn, aucun doute là-dessus, dit-il, presque gentiment.

Bizarrement, j'eus l'impression qu'on venait de m'ôter un grand poids, comme si, par cette simple affirmation, il venait de m'autoriser à faire de nouveau partie du monde des humains. Je pris une profonde inspiration, et mes mains cessèrent de trembler.

– Matthew Looney, vingt et un ans, étudiant en histoire, rien de particulier à signaler; Howard Stank, vingt-trois ans, mécano, parents divorcés; Henri Pol, vingt-trois ans, étudiant en histoire, rien à signaler, débita finalement Gaspard.

– Rien à signaler, répétai-je avec amertume. Qu'est-ce qu'ils faisaient dans cette forêt ?

– J'ai bien ma petite idée…

– Vas-y, je t'en prie.

– Je pense que ces types se faisaient un plan frousse, genre « camping au milieu des morts vivants ». Tu sais, on dit que les bois sont hantés, et ces conneries poussent les gens à y aller la nuit pour se faire peur ou essayer un peu de magie. On a tous fait ce genre de trucs quand on était mômes.

Il perdit son regard dans le vague comme si cela lui rappelait certains souvenirs restés longtemps oubliés.

– Tu penses qu'ils sont allés jouer aux chasseurs de fantôme et qu'ils se sont fait surprendre par les créatures ? demandai-je, anéantie par l'absurdité de cette fin: des gamins qui vont chercher des sensations fortes dans une forêt « hantée » parfaitement inoffensive et y rencontrent leur pire cauchemar.

– Ouais, quelque chose dans ce goût-là.

– Et pour les trois…

– J'ai vraiment aucune idée de ce que les monstres foutaient là, m'interrompit-il en secouant la tête, l'air navré.

– Les victimes ont pu les invoquer sans faire exprès.

– Non, ce n'étaient pas des corbusards, juste des êtres humains, remâcha-t-il d'un ton haineux. Ils n'avaient pas le pouvoir.

– Qu'est-ce qu'on a dit à leurs parents ?

– Accident de voiture, explosion et incendie. Il ne reste presque rien des corps.

– Je suis désolée, murmurai-je sans savoir pourquoi.

– T'en fais pas, on ne laissera pas les corbusards s'en tirer.

– La mort ne se rachète pas, dis-je.

– Le sang lave le sang.

Je secouai lentement la tête : c'était aussi ce que disait Justin, mais je ne pouvais y croire – je ne voulais pas y croire. Gaspard se leva et prit son blouson.

– Quand ?

– Je passe te prendre à vingt-trois heures.

Je le rattrapai avant qu'il n'ait atteint la porte ; trop de points d'interrogation se bousculaient dans mon esprit pour que je puisse continuer à les taire.

– L'Organisation contrôle quoi exactement ? demandai-je.

– Tout. Elle avale tout et rien n'en sort, jamais.

– Comment est-ce possible ? Les médias, la police…

– Tu ne veux pas le savoir et moi non plus, dit-il d'un air sombre. Ne pose pas de questions. Peut-être qu'un jour, nous saurons ; peut-être qu'un jour, le monde entier saura. Mais pour le moment, mieux vaut ne pas se montrer trop curieux, tu peux me croire.

Je retournai dans la cuisine après avoir refermé la porte derrière lui et humai longuement l'odeur de musc mêlée à celle du café qui flottait encore dans l'air.

Le secret devait être gardé, nous y étions tenus par serment. Là-bas, à la Maison mère, on m'avait montré ce qui arrivait quand les humains apprenaient la vérité ; j'avais vu des gens en mal d'éternité chercher à se faire mordre par un vampire, ou des types bourrés partir dans les bois équipés de fusils et de balles en argent pour faire la chasse au loup-garou. Alors, j'avais compris. Même nous, ses petits soldats, les instruments de la guerre permanente entre les corbusards et les humains, ne devions rien savoir du véritable visage de l'Organisation pour qu'au cas où l'un d'entre nous se mettrait en tête de tout dévoiler au monde, elle puisse régler le problème sans être inquiétée. *Nous œuvrons pour le Bien ; si les gens voulaient vraiment savoir, ils sauraient depuis longtemps déjà.*

Le visage enfoui dans la fraîcheur des draps, je restai parfaitement immobile, attendant le sommeil. Je m'obligeai à fermer les yeux, me souvenant que la porte était bien verrouillée. Prise dans la langueur de la pénombre, je n'avais même plus la volonté d'arrêter mes lèvres qui murmuraient : « Matthew Looney, Howard Stank, Henri Pol. »

Chapitre 6

Je contemplai mon repas de la veille, indécise. La faim commençait à me tordre l'estomac, mais la simple vue de la viande rouge me donnait la nausée. Je lui infligeai un séjour prolongé au four. Je ne savais pas à quel degré de noircissement on pouvait dire qu'un steak était « bien cuit », mais lorsque je posai le mien sur la table, j'étais plus que certaine qu'il était prêt à concourir pour le titre « cuisson avancée ». Pour tout dire, il ne ressemblait même plus à de la viande : il n'y avait pas de sang, rien qui pouvait signaler que cette chose avait été vivante un jour.

Je jetai le contenu de mon assiette à la poubelle et nettoyai le four.

Il fallait que j'aille m'entraîner.

Je sortis mon sac de sport de dessous mon lit et enfilai des baskets avec un soupir résigné. Course et natation. J'ai toujours détesté ça – ces gens agglutinés et ces odeurs exacerbées par l'effort me rendent folle. Sans parler de toute cette eau. Mais j'avais pour ordre de m'entraîner chaque jour, et mes supérieurs s'étaient assurés que je n'aurais pas envie de désobéir. Je frottai nerveusement mon bras gauche au souvenir du craquement qui avait résonné à mes oreilles.

– Voilà ce qui t'arrivera si tu n'es pas bien entraînée. Ça et pire encore.

C'était ce qu'avait dit Justin en refermant la porte de la cage, juste après m'avoir permis de sortir du parcours.

Depuis, je n'avais jamais manqué une seule heure de sport. Jamais.

*

Le soleil écrasait tout de ses rayons de plomb. C'était comme ça d'avril à novembre, ici. J'avais perdu l'habitude ; il faisait tellement froid dans les montagnes des Terres d'oubli. Des filets de sueur tièdes me dégoulinaient le long du dos. Lorsque j'en eus terminé avec mon heure d'endurance, je retournai à ma voiture d'un pas chancelant, le souffle encore court : malgré mes efforts, je n'étais pas taillée pour la course. Je passai devant un homme qui faisait du jogging avec son chien. L'animal se figea à mon approche. Le poil hérissé, les oreilles aplaties, il grondait sourdement en retroussant ses babines. Je m'arrêtai aussi, contrainte de répondre à sa provocation. Les animaux deviennent nerveux à mon approche, parfois même mes propres congénères – ils sentent le loup. Il arrive que les chiens réagissent violemment : ils peuvent devenir agressifs alors que la plupart des autres animaux se contentent de fuir sans demander leur reste. De toute façon, les animaux ne m'ont jamais tellement appréciée.

Malheureusement, le spécimen en question, que j'identifiai comme un doberman, semblait faire partie de la catégorie agressive. Le maître tirait sur la laisse en balbutiant des excuses à mon égard et en criant « couché ! » à l'intention de la bête, qui n'en avait cure. Je regardai l'animal droit dans les yeux. S'il me sautait dessus, ainsi qu'il semblait en avoir l'intention, c'était à ses risques et périls. Il hésita puis finit par reculer en couinant. Son maître me regarda, étonné. Je souris et haussai les épaules, essayant d'avoir l'air innocente, puis repartis d'un pas rapide vers ma voiture.

Assise à l'intérieur du véhicule, j'observai par la portière grande ouverte les nouveaux arrivants qui se garaient avant de se diriger vers l'un des grands complexes de sport. Je m'enfonçai dans mon siège pour boire quelques gorgées d'eau à même la bouteille. Je sortis et récupérai mon sac dans le coffre pour y ranger discrètement mon Beretta – je ne tenais pas particulièrement à introduire ce genre d'engin dans une piscine municipale où les casiers étaient régulièrement vandalisés par des bandes de gamins désœuvrés.

La surface de l'eau était étrangement lisse et calme, comme si une créature s'était retirée dans les profondeurs après en avoir chassé les intrus. Je me précipitai dans la piscine avant d'avoir réfléchi ou cédé à la panique. Il n'y avait presque personne à cette heure-ci, et encore moins dans l'eau. Pourtant je me sentais oppressée, comme si tous ceux qui se trouvaient ici avaient leurs yeux fixés sur moi.

Tu es stupide, Saralyn ! Personne ne fait attention à toi. Personne ne fait jamais attention à toi !

Une quarantaine de longueurs plus tard, je ressortis de la piscine, à bout de souffle, ruisselante, et imprégnée de l'odeur du chlore. La désagréable sensation d'être observée me fit tourner la tête. Deux femmes parlaient en me jetant des regards curieux.

Pourquoi ? Est-ce que j'avais fait quelque chose ?

Non, bien sûr, je savais quelle était la source de leur étonnement. Je tournai par réflexe mon avant-bras gauche vers moi pour regarder les cicatrices qui le zébraient. Baissant les yeux, je m'emmitouflai dans ma serviette pour dissimuler les traces laissées par les vaccins qui descendaient de mon épaule droite jusqu'à la pliure de mon coude.

Je me hâtai de retourner sous les douches et courus presque jusqu'aux cabines, me sentant atrocement vulnérable sans mes vêtements. Une fois habillée, plus une seule portion de ma peau n'était visible et je respirais plus librement.

Quatre ans. Dans quatre ans, les traces des vaccins auraient disparu. Justin me l'avait promis – je détestais ces larges taches livides sur ma peau déjà trop pâle. Mais c'était nécessaire : le poison était trop fréquemment utilisé dans nos combats contre les corbusards pour que nous puissions prendre le risque de ne pas y résister.

Le souvenir des séances de vaccination m'échappait, lui aussi. J'avais eu mal, j'avais été malade, je crois. Je ne me rappelais plus combien de jours j'étais restée couchée après les séries d'injections. Parfois, je les sentais encore, les morsures du venin dans mes veines. Mais j'avais survécu, et à présent, je vivrais.

Quant aux cicatrices... Je passai nerveusement ma main sur la manche couvrant mon avant-bras gauche. Les cicatrices resteraient, elles, et elles continueraient de me rappeler chaque bataille, les victoires comme les défaites, jusqu'au jour de ma mort.

*

Lorsque je pénétrai à nouveau dans mon appartement, une vague de fatigue déferla sur moi. Je m'assis sur le canapé et observai le va-et-vient des gens derrière les vitres de l'immeuble d'en face, comme des poissons colorés dans un bocal. Me sentant incapable de faire quoi que ce soit, je me contentais d'enfoncer mes ongles dans mes paumes pour m'empêcher de m'endormir. Les rêves... je détestais mes rêves : ils se terminaient toujours de la même façon – la neige, le couteau et le sang. Pour le monde, ce meurtre n'avait peut-être jamais existé, mais la vision de la Mort s'emparant peu à peu du visage de cet inconnu ne quitterait jamais mes nuits. Jamais. Des coups secs frappés à la porte me firent bondir hors de mon siège. Je m'obligeai à aller ouvrir à pas mesurés au lieu de courir me cacher dans un placard comme me le conseillait une petite voix.

C'était ma voisine de palier, une assez jolie rousse d'environ trente ans qui vivait avec son mari et son fils de huit ans, Sean. Je ne savais pas pourquoi mais tout chez elle était chaleureux, jusqu'à la façon dont ses cheveux retombaient sur ses épaules : la voir me donnait toujours l'impression que la vie n'était pas si tragique qu'elle en avait l'air. C'était la seule personne à être passée me voir quand j'avais emménagé et je lui devais d'avoir goûté le premier gâteau fait maison de toute mon existence : elle croyait profondément aux relations de bon voisinage telles qu'on n'en voyait habituellement que dans les feuilletons télévisés. J'effaçai mon air maussade et tentai de sourire.

– Mary ? Est-ce que je peux faire quelque chose pour vous ?

– Non, merci. J'espère que je ne vous dérange pas, dit-elle avec son entrain coutumier.

– Non, vous pensez, c'est toujours un plaisir, dis-je en ravalant un bâillement.

– Vous avez l'air fatigué.

– Tout le monde l'est, il n'y a que vous… Où trouvez-vous donc toute cette énergie ?

Mary se mit à rire. Je remarquai alors qu'elle se dandinait d'une drôle de façon, comme si elle cachait quelque chose.

– C'est vrai que je n'ai pas à me plaindre, dit-elle gaiement. En fait, je viens vous voir parce qu'un jeune homme, qui est passé cet après-midi, m'a demandé de vous remettre ceci de sa part.

Tandis qu'elle parlait, elle sortit un énorme bouquet de roses de derrière son dos. Je demeurai un instant subjuguée, tandis que Mary me scrutait avec un sourire narquois. Les fleurs étaient d'un rouge très sombre, tirant sur le marron. La couleur du sang à peine coagulé, me surpris-je à penser.

– Merci, dis-je, c'est très aimable à vous.

– Les fleurs ne sont pas de moi, dit-elle. Alors, comment s'appelle-t-il ?

– Je comptais sur vous pour me le dire.

– Vous ne le savez pas ? J'ai pensé que c'était votre… ami.

– Non. À quoi ressemblait-il ?

– C'est étrange… Il m'a fait une bonne impression, seulement, je n'ai pas dû faire très attention parce que j'en garde un souvenir assez flou. Jeune, bien habillé… Je suis vraiment désolée, mais je n'arrive pas à le décrire plus précisément.

– Ça ne fait rien, répondis-je, agacée. A-t-il dit autre chose ?

– Oui, il a dit que vous vous verriez bientôt.

Elle secoua la tête, troublée. Je préférai ne pas insister, tant pour ne pas la tracasser que parce que je savais qu'il valait mieux ne pas trop attirer son attention sur le côté étrange de ma vie – connaître le secret de ma profession ne pouvait que lui apporter des ennuis.

Je la remerciai encore en l'assurant que ça n'avait rien d'important : tôt ou tard, je finirais bien par savoir qui était le mystérieux inconnu.

Après avoir mis les fleurs dans un vase, je le posai sur la table basse du salon et m'assis par terre. Le rouge presque noir des roses semblait capter la lumière, la réduire en d'obscurs reflets. Leur beauté était glaçante – figée, parfaite et morte. J'effleurai les pétales du bout des doigts et humai leur trop riche parfum. Je n'avais jamais vu de roses semblables auparavant ; l'idée me vint qu'elles pouvaient fort bien n'avoir rien de naturel. Je fus incapable de le déterminer : elles étaient la Nature elle-même, l'incarnation de tous ses attributs portés au plus haut degré d'idéalité.

J'eus envie de les jeter, mais elles étaient trop belles : c'eût été un crime. Je pris le vase et le plaçai sur l'une des deux bibliothèques, le plus loin possible de mes regards. Le soleil de cette fin d'après-midi l'entoura d'une aura obscure, se heurtant au vase noir comme aux fleurs sombres. J'admirai le spectacle un instant, saisie par cette somptueuse harmonie, puis m'en détournai avec angoisse.

Gaspard ne serait pas là avant des heures. Je m'installai devant la table de la cuisine avec du papier et un crayon, espérant qu'une idée me vienne, qu'un miracle se produise et que le moyen de stopper ces crimes atroces m'apparaisse.

Je ne voulais pas aller dans cette forêt et me retrouver face à ces choses. J'avais honte de ma lâcheté, mais la meute avait tellement peur.

J'avais tellement peur.

Ce n'était plus une simulation : aucun instructeur ne pourrait ouvrir les portes et remettre le monstre dans sa cage. Gaspard ne m'aiderait pas, il se défiait de moi parce que j'étais un animal. Une lycaride. J'appuyai mon visage contre la table et laissai ma main courir sur le papier. Une simple morsure et j'avais quitté mon monde pour toujours.

Il ne restait plus un seul espace vierge sur la feuille, mais le crayon continuait de glisser sur elle. Enfin, je m'arrêtai et fermai les yeux.

Je pressai doucement mes paupières, épuisée par la terreur, puis je me redressai pour voir les cercles gris argentés laissés par la mine de plomb sur le papier blanc.

Non, ce n'était pas ça. C'étaient ces herbes brûlées tachées de sang. Du nôtre, bientôt.

Chapitre 7

Gaspard arriva pile à l'heure. Je l'attendais déjà en bas, faisant les cent pas devant la porte de mon immeuble. Dans la voiture, il me jeta à peine un coup d'œil avant de démarrer. Il portait un survêtement, tout comme moi, mais c'était à peine suffisant pour dissimuler les deux armes qu'il transportait.

– Ça doit être lourd, remarquai-je.

– Oui, dit-il avec fierté. Plus de cinq kilos à vide. Chacun. Ce sont des armes prévues pour les tirs à longue portée et elles sont d'un calibre exceptionnel.

– Ah, tu choisis tes armes en fonction de l'intensité des courbatures de tes lendemains de battues ?

Il resta un instant sans répondre, sans même me regarder.

– Tu sais, je crois qu'en fait je préférais quand tu n'avais pas d'humour.

– J'ai l'impression que le sens des relations sociales est en train de me revenir, tu n'es pas au bout de tes peines, dis-je en serrant mes jambes l'une contre l'autre pour arrêter le tremblement convulsif qui les agitait. Il y a quelque chose qui m'étonne, repris-je.

– Ah oui ?

– Je n'ai vu aucune femme parmi les membres de l'Organisation.

– Il y en a très peu, et aucune ne travaille sur le terrain. Du moins, pas que je sache.

– Pour quelle raison ? J'ai bien été engagée.

– Ouais, on dirait. Je ne sais pas. D'un autre côté, l'Organisation s'ingénie à réduire au minimum les contacts entre ses employés – je n'en ai pas rencontré beaucoup. En plus, on fait tout pour éviter les fuites, et il est de notoriété publique que les femmes ne savent pas tenir leur langue.

Il continua de fixer la route, un sourire en coin. Là, ce n'était plus de la provocation, c'était de l'agression. Je respirai un grand coup et ne dis rien. Je continuai de ruminer ma colère assez longtemps pour oublier les frissons spasmodiques qui m'agitaient à la pensée de ce que nous étions en train de faire.

J'essuyai une fois de plus mes mains moites contre mon pantalon et me plongeai dans la contemplation du paysage : tout changeait tellement après le coucher du soleil. Il en avait toujours été ainsi dans la région, et, à cette heure-ci, il ne restait rien des jolies routes joyeusement embouteillées qui menaient vers la campagne – le silence régnait en maître sur l'asphalte désertée, et les champs, vidés de leurs occupants, agitaient sinistrement leurs herbes, comme pour prévenir l'imprudent de ce qui l'attendait tapi dans les ténèbres.

La voiture s'immobilisa, les phares noyant toujours les fourrés qui nous faisaient face dans une flaque de lumière jaune. Gaspard coupa le contact et l'obscurité fut complète. Ma vision nocturne prit le relais. Gaspard, lui, aurait quelques difficultés à se déplacer dans cette nuit d'encre. Je me demandai comment il espérait pouvoir se battre à l'aveuglette. Il se tourna vers moi et baissa les yeux. J'aurais voulu rester dans la voiture, voire même faire demi-tour tout de suite. Il était si facile de dire à Justin qu'on y était allés et qu'on n'avait rien trouvé.

– Je n'aime vraiment pas quand tu fais ça, dit-il au moment où j'ouvrais la bouche pour le supplier de me ramener chez moi.

Il ne pouvait pas savoir à quel point ma vision nocturne avait toujours été un cauchemar. Ces yeux n'avaient jamais été les miens : ils me faisaient ressembler à un animal, et tel un animal je devais me terrer après la tombée du jour pour éviter que quelqu'un ne les voie. Les éclairages de la ville me rendaient bien service du moment que je restais dans la lumière, mais généralement j'évitais tout de même de sortir, car la peur d'être démasquée devenait vite obsessionnelle.

Que penserait de moi un humain remarquant ces yeux ? Probablement la même chose que Gaspard : il penserait que je suis un monstre. Mais ça n'était pas vrai, non, pas du tout !

– Je n'y peux rien. Il fait nuit, murmurai-je.

– Merci, j'avais remarqué.

De là où j'étais, j'apercevais les maisons du village voisin et les balançoires abandonnées dans les jardins qui se balançaient doucement au gré du vent.

Vous ne reculerez pas, et jamais vous ne céderez à la panique. L'affolement est la mort de l'esprit – c'est votre mort et celle des vôtres.

Je pressai la main sur ma bouche, heureuse que Gaspard ne puisse me voir. Notre mission devait être accomplie, pour ceux qui n'étaient plus et pour tous ceux qui vivaient encore.

– Dis-moi, comment est-ce que tu comptes te battre ? Tu ne vas pas allumer un feu de camp, quand même ? m'obligeai-je à dire, ne parvenant pas moi-même à trouver ça drôle.

Gaspard sourit et sortit une paire de lunettes à infrarouges de sa poche. Il avait l'air tellement confiant et sûr de lui ! Il ouvrit le coffre de sa voiture tandis que je restais appuyée contre la machine – seule garantie que j'avais de repartir d'ici. Je remarquai machinalement que le hayon ne grinçait pas et restait suspendu bien sagement, contrairement au mien, qui semblait toujours devoir vous retomber sur la tête au moment où vous serez penché en dessous. Gaspard entreprit d'enlever méthodiquement tout ce qui se trouvait devant lui, jusqu'à la grosse bâche étalée au fond du coffre. Il était vide.

– Est-ce que tu étais censé avoir apporté quelque chose ? demandai-je avec un peu d'inquiétude.

Sans prendre la peine de répondre, il déboîta les sièges arrière, révélant une grande caisse rectangulaire, assez plate pour pouvoir y être glissée facilement. Gaspard sortit une clef qui était suspendue à son cou par une chaîne et se pencha plus avant dans le coffre, me bouchant la vue. J'entendis le déclic de la serrure, puis le chuintement bien huilé de la caisse qui s'ouvrait. Après l'avoir refermée, il se redressa et me lança une arme beaucoup plus volumineuse que celles que j'avais l'habitude de manier.

– C'est un 475 Magnum. Avec cet engin on peut faire de la purée de presque n'importe quoi. Mais seulement à condition de bien viser, alors, quoi qu'il y ait en face de toi, ouvre les deux yeux. Ne garde pas ça pointé sur moi ! s'écria-t-il avec exaspération en m'obligeant à baisser le bras que j'avais stupidement laissé tendu vers lui.

– Désolée, dis-je en écartant le plus possible le canon de moi.

Lui tenait une sorte d'arme que je n'avais jamais vue de ma vie. Ma perplexité sembla le satisfaire au plus haut point.

– Pas la peine de le chercher dans le commerce : c'est un produit maison. Fusil à canon scié, livré avec de nombreux accessoires en sus : pas toujours facile de viser avec mais plutôt efficace.

– Oui, bien sûr, marmonnai-je.

Combien d'armes lui fallait-il pour qu'il se sente protégé ? Je me plaçai derrière lui : être accompagnée par une armurerie ambulante ne me plaisait pas. Il remit les sièges, la bâche et referma le coffre à clef avec des gestes méticuleux de maniaque du rangement.

– Je suis très soigneux avec mes affaires ; je m'en voudrais que quelqu'un tombe dessus par accident, il y aurait de quoi se faire mal, dit-il, comme pour désamorcer une éventuelle réflexion de ma part.

Il mit un chargeur de rechange dans sa poche et nous avançâmes jusqu'à l'endroit approximatif où les corps avaient été retrouvés. Je sentis les muscles de mes épaules se raidir, mais, de la meute, il n'y avait plus trace.

Partir. C'était trop dangereux de rester ici.

Il ne subsistait rien de ce que j'avais vu la veille, pas même une goutte de sang. Les techniciens étaient passés et n'avaient laissé derrière eux qu'une innocente trouée entre les arbres, un tapis d'herbe douce et verdoyante qui appelait un pique-nique. Cependant, cela ne pouvait réduire au silence les échos funèbres qui résonnaient à mes oreilles, comme si les esprits des trois garçons hantaient encore ces lieux. L'odeur de la mort… elle était à peine perceptible, à présent, mais je la sentais.

Un nœud se forma dans mon estomac. Comment pouvait-on effacer une telle chose ? La nettoyer et laisser les dernières traces se perdre au milieu des herbes comme si ça n'avait pas d'importance.

– On ne se sépare pas. Quoi qu'il arrive, tu restes près de moi sauf nécessité absolue, dit Gaspard à voix basse, me faisant sursauter.

Les bras le long du corps, il avançait dans une attitude parfaitement détendue. Surveillant les alentours, il évitait les obstacles avec souplesse, sans paraître se préoccuper de l'arme qui se balançait contre son flanc. Mais je sentais sa nervosité, la tension qui parcourait ses muscles en soubresauts électriques et ses doigts déjà crispés sur la détente. Il serait prêt. À tout moment. Il avait ouvert plus largement son blouson afin de pouvoir dégainer une autre arme en cas de besoin. Je me souvins de ce que m'avait dit un instructeur : il vaut mieux avoir une seconde arme à portée de main qu'un chargeur de rechange – on n'a jamais le temps de recharger.

Nous avancions lentement, en scrutant l'ombre, nous attendant à chaque instant à voir une bête immonde (voire même trois) surgir de nulle part. La pensée que nous aurions aussi bien pu nous promener les yeux fermés avec un baladeur sur les oreilles me traversa l'esprit. Après tout, voir les monstres arriver un peu plus tôt ou un peu plus tard ne changerait pas grand-chose à l'issue de la rencontre.

Tu ne dois pas céder à la panique.

Justin ne t'aurait jamais envoyée là s'il pensait que tu n'en reviendrais pas, n'est-ce pas ?

C'est à cet instant que je pris conscience qu'il ne pouvait *pas* le savoir : il ignorait même de quel monstre il s'agissait.

Gaspard s'immobilisa brusquement et je manquai de le heurter.

– Tu sais s'ils ont mis des pièges dans le coin ?

– Les monstres posent des pièges ? demandai-je d'un air de doute. Je croyais que c'était notre boulot, ça.

– Non, les techniciens, idiote ! Quelquefois, après avoir nettoyé l'endroit où on a retrouvé les corps, ils laissent des pièges au cas où l'assassin reviendrait sur le lieu de son crime. Tu sais, c'est étonnant de constater à quel point même les corbusards adorent se conformer aux stéréotypes.

– Je n'en sais rien. J'ai vu la même chose que toi et je ne suis pas tellement au courant des procédures. Qu'est-ce qui te fait penser qu'il puisse y en avoir ?

– Je sais pas, peut-être le fait que mon pied soit cloué au sol.

C'est seulement à cet instant que je remarquai son attitude crispée et son air un peu figé.

– Essaye de ne pas bouger !

– Ça, je risque pas, dit-il d'un ton dégagé.

Je m'agenouillai devant lui et examinai le piège. Il était assez semblable à ceux qu'on pose pour les ours. Par chance, sa chaussure l'avait un peu protégé, mais les dents d'acier s'étaient malgré tout profondément enfoncées dans la chair. Je levai les yeux vers Gaspard. Il était un peu pâle mais souriait avec nonchalance. Je ne pus m'empêcher d'admirer son stoïcisme – à sa place, il n'est pas dit que je n'aurais pas été en train de hurler comme une damnée.

– Mauvaise nouvelle, tes chaussures sont foutues, tentai-je de plaisanter.

– Qu'est-ce que je ferais pas pour te voir prosternée à mes pieds ! dit-il entre ses dents.

Il laissa échapper une grimace quand je touchai l'acier. Je n'osais plus rien faire, pétrifiée à l'idée de lui faire mal. Au loin, un chien hurla. J'espérais que l'animal ne terminerait pas en steak tartare : ça ne me disait vraiment rien d'aller examiner les restes. Je réprimai un frisson. Si les créatures arrivaient nous ne serions pas vraiment en position de nous défendre.

– Magne-toi, sors-moi de là, s'impatienta-t-il.

– Je suis désolée, je suis désolée, me mis-je à psalmodier à voix basse.

Je fermai les yeux et tirai de toutes mes forces sur les deux pans du piège pour essayer d'ouvrir les mâchoires. J'avais du mal à empêcher mes mains de trembler, et mes doigts glissaient sur le métal, rendu poisseux par le sang. Je mis quelques instants avant de trouver le mécanisme, et encore plus de temps à le faire fonctionner. J'extirpai précautionneusement le métal de la chair et enlevai la chaussure, dont une longue lanière de cuir pendait lamentablement. La plaie faisait presque tout le tour du mollet, quelques centimètres au-dessus de la cheville. Elle était assez profonde et saignait abondamment, mais Gaspard arrivait à bouger son pied. Je respirai avec soulagement.

– Rappelle-moi de toujours mettre de grosses chaussures montantes quand je vais en forêt avec toi, dis-je d'une voix que la nervosité faisait encore chevroter. Ça n'a pas l'air trop grave, enfin, je crois, hésitai-je. Il vaudrait mieux aller à l'hôpital : ils pourront au moins te donner quelque chose pour la douleur. Tu peux marcher ?

– Ouais, ça ira. J'ai vu pire. Par contre, on laisse tomber l'hôpital : je peux pas aller voir un médecin comme ça, un flingue à chaque main et incapable d'expliquer ce qui m'est arrivé, sans attirer l'attention. Aide-moi juste à atteindre la voiture, je vais rentrer chez moi, et demain je me débrouillerai avec l'Organisation – ils auront bien un toubib pour moi.

Ça me paraissait être une très mauvaise idée. Je ne croyais pas sa blessure trop grave, mais je redoutais les complications qui pourraient survenir s'il n'était pas soigné rapidement. Je lui remis sa chaussure ainsi qu'il me le demandait et me penchai pour empocher le morceau de cuir qui s'en était détaché : *ne laissez jamais de traces de votre passage ; vous n'existez pas, ni pour Eux ni pour personne.*

Nous nous dirigeâmes avec peine vers la voiture. Gaspard s'appuyait sur mes épaules et boitait fortement. Il était beaucoup plus lourd que moi, et j'avais du mal à le soutenir. Soudain, une branche craqua dans les buissons. Il y eut un bruissement dans les feuillages. Je pointai mon Magnum dans la direction du vacarme, mais le poids de Gaspard me déséquilibrait et il m'était impossible de viser correctement. Je l'aidai à s'appuyer contre un arbre pour pouvoir m'approcher de l'endroit d'où sortaient à présent des bruits désordonnés. Le doigt sur la détente, je gardais les yeux fixés sur les buissons. Il y eut un craquement sinistre – instinctivement, Gaspard fit jaillir une boule de feu dans sa main. Je ne pus m'empêcher d'éclater de rire. Elle était d'une taille ridiculement réduite : au mieux, nous réussirions à mettre le feu à la forêt.

– Tu comptes faire fuir un monstre cracheur de feu en agitant une allumette ou est-ce que tu veux l'aider à allumer son barbecue ?

– C'est un réflexe, mâchonna-t-il en faisant disparaître la flamme.

Le bruit s'était tu un instant, mais il reprit de plus belle et je m'enfonçai à contrecœur dans les buissons. La chose en surgit. Je hoquetai de terreur et lâchai mon arme de saisissement. Le coup partit quand elle toucha le sol et la balle se ficha dans le tronc d'un arbre, manquant ma jambe d'un demi-centimètre. Mon cœur rata un battement. Je me baissai pour ramasser mon pistolet, tandis qu'un minuscule chaton noir venait se frotter contre moi. Je l'attrapai et rengainai mon arme après avoir enclenché la sûreté.

– Un chat ! Ben on peut dire qu'il nous a foutu une sacrée trouille ! Mais, sur quoi t'as tiré ? demanda Gaspard, alors que je brandissais mon trophée dans sa direction.

– Un accident, marmonnai-je.

– On peut pas le laisser ici, il va se faire bouffer. C'est déjà étonnant qu'il soit encore en un seul morceau. En plus, il a l'air de t'adorer.

Il avait raison, l'animal se blottissait contre moi avec une satisfaction certaine. Je passai une main hésitante dans sa douce fourrure, convaincue qu'il allait se mettre à cracher et se sauver. Comme tous les autres.

– Est-ce qu'il… ronronne ? demandai-je.

– Ça me paraît plutôt évident, lâcha Gaspard en me regardant bizarrement.

– Je ne comprends pas, d'habitude les animaux ont peur de moi.

– C'est un signe dit-il d'un ton de circonstance. Ou alors il est débile. Adopte-le : un peu de compagnie ne te fera pas de mal. Maintenant, si on pouvait y aller…

Remarquant sa subite pâleur, je me glissai sous son bras pour le soutenir. Je dis une prière silencieuse pour qu'il ne s'évanouisse pas. À présent, j'avais les deux bras occupés et ça me rendait vaguement nerveuse. Je me sentis beaucoup mieux une fois que nous fûmes arrivés à la voiture.

– Qu'est-ce que je vais faire d'un chat ? Je n'ai vraiment pas besoin de ça en plus de… – je fis un vague signe de tête –, de tout le reste, conclus-je avec désespoir.

Gaspard leva un sourcil, affalé contre la portière.

– Tu serais prête à le laisser là ? Il passera pas la nuit.

– C'est bon ! Je vais l'héberger jusqu'à ce que je lui trouve une famille d'adoption, capitulai-je.

– Il lui faut un nom.

– Pas question. Je ne tiens pas à m'y attacher. Assieds-toi, commandai-je. Je conduis, tu n'es pas en état.

Gaspard protesta un peu, pour la forme, mais se laissa finalement faire. Il insista quand même pour être à l'avant. Je posai le chaton sur la banquette arrière et démarrai. Nous laissâmes derrière nous la forêt sombre où les arbres agitaient sinistrement leurs branches. Quoi que ce fût, c'était toujours là. Je ne me retournai pas.

Chapitre 8

Je restai un instant dans l'embrasure de la porte à regarder Gaspard, assis sur un des tabourets de la cuisine, et le chaton qui miaulait doucement à ses pieds. Jamais mon appartement n'avait été aussi rempli, aussi vivant.

– Ça va ?

– Oui, répondis-je, un peu gênée. Je n'aime pas beaucoup les ascenseurs. En fait, ce serait plutôt à moi de te poser la question.

– Tu es claustrophobe, dit-il en évacuant ma demande implicite d'un geste de la main.

– Les petites boîtes... ça m'étouffe.

Oui. L'ascenseur pouvait tomber en panne pendant qu'on était dedans et il était impossible d'en sortir avant d'être arrivé au bon étage. Ça me rendait malade. En réalité, mon malaise avait autant à voir avec la proximité qu'avec l'espace : rester enfermée avec quelqu'un dont je pouvais sentir l'odeur, la moindre saute d'humeur, me rendait folle. Néanmoins, je n'avais pas eu l'ombre d'une hésitation entre passer deux minutes dans un ascenseur et porter soixante-quinze kilos de muscles jusqu'au troisième étage. Ça n'avait été qu'une fois à l'intérieur que j'avais été incapable de me souvenir de ce qui avait bien pu me pousser à entrer là-dedans.

– Tu n'étais pas obligée. Tu aurais dû me laisser dans l'ascenseur et prendre les escaliers.

– Et s'il s'était bloqué ? Dans ton état ?

– Tu n'aurais pas pu faire grand-chose, de toute façon. Et je ne suis pas à l'article de la mort.

– Est-ce que c'est très douloureux ?

– Non, tu penses, dit-il en grimaçant.

Je lui tendis un verre d'eau et une boîte d'antalgiques. Il me considéra longuement avant de les prendre en hochant la tête.

– Sale boulot, hein ? T'aurais pas de l'aspirine plutôt ? J'ai un de ces mal de crâne...

– Non ! Ça liquéfie le sang : je ne tiens pas à ce que tu meures d'hémorragie dans ma cuisine.

J'allai chercher de quoi soigner sa plaie sur les étagères de mon armoire à pharmacie blanche. Justin avait fait aménager cet appartement exactement comme je l'aurais fait moi-même : avec ordre et symétrie. Chaque chose était à sa place.

Le chaton se mit à miauler pathétiquement alors que je posais la bouteille de désinfectant et les bandes sur la table. Il se jeta sur le lait avant même que je n'aie eu le temps de terminer de le verser.

– Tu devrais le garder : tu es déjà une mère pour lui. Et puis, il est assorti à ton intérieur.

– Ne dis pas de bêtises. Laisse-moi voir ta jambe, ajoutai-je en défaisant sa chaussure.

– Tu sais, il paraît que la façon dont on décore son appartement révèle beaucoup de sa personnalité. Est-ce que tu détestes les couleurs à ce point-là ? J'ai rien contre le noir et le blanc...

Sa voix se perdit dans un hoquet de douleur. Il serra les dents. Sa chaussette était gorgée de sang à demi coagulé et la blessure se rouvrit quand je l'ôtai. Je commençais à me sentir mal – la souffrance de Gaspard me gagnait au point de me donner la nausée.

– Je suis navrée.

– C'est rien. Donc, pourquoi t'as décoré comme ça ?

– Tu as moins mal quand tu parles ?

– Ouais.

– Ce n'est pas moi qui me suis occupée de l'ameublement ; ni de quoi que ce soit, en réalité. Quand je suis rentrée, l'Organisation avait déjà tout fait, dis-je en versant une bonne rasade d'un produit qui sentait l'eau de javel sur la plaie.

Gaspard saisit ma main dans un sursaut et la serra à la broyer. Je poussai un cri. Il me lâcha brutalement.

– Désolé, grommela-t-il entre ses dents.

– Il te faut des points de suture, dis-je, comme si de rien n'était. Ça dépasse de loin mes compétences : ne me demande pas de te recoudre avec un fil en coton et une aiguille, je m'en voudrais qu'on ait besoin de t'amputer par la suite.

– Ça y est, j'ai saisi. Tu fais des plaisanteries nulles quand tu es mal à l'aise. C'est ça ?

– Je suis très sérieuse, Gaspard. Ça risque d'empirer.

– Arrête ou je vais finir par croire que tu t'inquiètes pour moi.

– Vous faites quoi d'habitude dans ce genre de situation ?

– Rien.

– Quoi ? Mais si quelqu'un est gravement blessé ? Je croyais que l'Organisation possédait son propre réseau médical.

– C'est exact.

– Alors, tu as forcément un moyen de les contacter, m'énervai-je.

– Le numéro de bippeur de Justin, mais te fatigue pas : à cette heure-ci, il doit dormir.

– Tu l'as sur toi ?

– Ça suffit, dit-il d'un air irrité. C'est rien du tout.

– Je ne veux pas que tu joues au héros ! répliquai-je, presque furieuse tellement je me sentais désemparée. Je veux que tu me donne ce numéro, tout de suite !

Il céda. Je composai le numéro du bippeur, puis j'attendis que Justin me rappelle en faisant semblant de m'affairer au milieu de la vaisselle. Quelques interminables minutes se succédèrent dans le silence. J'aurais aimé connaître une prière qui m'aurait occupé l'esprit afin de contenir cette affreuse panique que je sentais m'envahir.

S'il ne répond pas, alors... Qu'est-ce que je vais faire ?

Je bondis sur le combiné avant la fin de la première sonnerie, emplie d'une gratitude infinie pour Justin, qui gardait son bippeur sur lui à une heure aussi tardive.

– Saralyn ? Qu'est-ce qui se passe ? Et comment as-tu eu mon numéro de bippeur ?

– Par Gaspard. Je crois qu'on a un problème.

Je lui expliquai la situation dans un style télégraphique, puis m'arrêtai pour reprendre mon souffle.

– Bougez pas, on arrive.

– Ils viennent, dis-je en posant le combiné.

Gaspard ne répondit pas. Je pris le chaton sur mes genoux et le caressai, essayant de me rendre sourde aux émanations de douleur et de colère qui remplissaient la cuisine. J'avalai ma salive et baissai les yeux. *Le chef de meute est en train de perdre ses fonctions*, songeai-je avec un peu d'amertume.

– Je suis désolée. J'ai pensé que c'était ce qu'il y avait de mieux à faire.

Il ne prononça pas un mot, néanmoins la colère retomba, ne laissant qu'un vague goût d'humiliation. J'aurais voulu le réconforter, mais je m'en sentais incapable. Ça aussi, j'avais oublié.

– Tu as été très... courageux, dis-je au moment d'aller ouvrir la porte.

Je l'entendis rire, tandis que Justin et un homme en costume sombre entraient dans le couloir qui me servait de vestibule. L'homme avait un air froid, il ne me plaisait pas. Je m'écartai pour les laisser ressortir. L'homme voulut soutenir Gaspard, mais ce dernier se dégagea d'une secousse et boita sans aide jusqu'à l'ascenseur. Justin leur fit signe de descendre sans lui et sortit un flacon en plastique blanc de son pardessus.

– Tiens, dit-il en me le tendant. C'est ce que je t'avais promis la dernière fois... tu te rappelles ?

Comme si j'avais pu oublier l'objet de tous mes espoirs ! Je fis un signe affirmatif et secouai le flacon, faisant résonner un bruit mat. Il n'y avait rien d'écrit sur l'étiquette.

– Est-ce que ça va marcher ? demandai-je avec appréhension.

– Oui, ça devrait bloquer le processus. L'effet est quasiment immédiat, mais fais attention : ça ne dure que quelques heures et souviens-toi que c'est réservé aux cas exceptionnels, d'accord ? Préviens-moi quand il t'en faudra d'autres.

– Merci, soufflai-je en glissant le flacon dans ma poche.

Si ça fonctionnait... si ça fonctionnait réellement...

– L'affaire avance ?

– Pas vraiment, soupirai-je, oubliant immédiatement le flacon. Justin, je ne crois pas être à la hauteur... Gaspard se débrouillerait bien mieux sans moi.

– C'est lui qui te l'a dit ?

– Non, non. C'est juste que je me sens complètement perdue. Tout le monde autour de moi parle sans arrêt de choses et de personnes que je ne connais pas. Je ne comprends rien à rien et j'encombre plus qu'autre chose.

– Il n'était pas meilleur que toi, au début. Les autres non plus, d'ailleurs. Il faut bien commencer.

– Mais si des gens meurent à cause de moi ? Si je ne suis pas assez rapide ?

– Tu feras des erreurs, on ne peut pas sauver tout le monde. Ça ne fait rien : tu dois apprendre. Tu as visité le Quartier Rouge ?

– Oui, un peu, mais nous sommes passés assez vite hier soir.

– Fascinant, non ? On se croirait dans un univers différent où tout serait plus facile et plus beau...

– L'arrière-monde, dis-je.

– Oui, je vois que Gaspard s'est chargé de te mettre au courant. Ça a l'air si vrai vu de l'extérieur, mais ce ne sont que des mensonges qui se nourrissent de sang et de mort. Tu ne te méfieras jamais assez d'eux, Saralyn, plus ils paraissent inoffensifs et plus ils sont dangereux.

– Comment tous ces gens peuvent-ils vivre au milieu des corbusards sans s'en rendre compte ? Hier j'ai vu des vêtements extraordinaires, des feux qui ne brûlaient rien et des meutes d'animaux étranges qui suivaient des mages en pleine rue ! Comment peuvent-ils ne pas les voir ?

– Ils ne sont séparés de la réalité que par une frontière très mince : un simple voile opaque, comme une légère couche de poussière qui étoufferait tous les détails que les humains ne veulent pas connaître. Les ivrognes, les enfants et les fous peuvent parfois les apercevoir, mais ils s'empressent de laisser retomber le voile : l'humanité n'est pas prête pour l'arrière-monde et elle ne le sera jamais, c'est la raison pour laquelle nous ne devons pas laisser les corbusards et leurs créatures le quitter. S'ils envahissaient notre monde, ils le dévoreraient.

Je hochai la tête sans être certaine de saisir ce qu'il voulait dire. C'était si confus – ils semblaient tous savoir quelque chose que j'ignorais et qui rendait cet horrible chaos parfaitement clair.

– Tu comprendras, dit Justin avec un sourire patient. Un jour tu verras et tu sauras. Commence par retourner dans le Quartier Rouge, il faut que tu te fasses connaître et respecter. C'est difficile, mais il est impératif que tu les observes pour pouvoir les combattre. Tu sais ce qu'on dit : connais ton ennemi...

– Mais l'affaire, je dois la résoudre, protestai-je, effrayée à l'idée de me retrouver seule au milieu des monstres.

– Ne t'en fais pas : Gaspard sera sur pied dans quelques jours. En attendant, va t'informer : si ça ne te sert pas aujourd'hui, ça t'aidera plus tard. Ils n'oseront rien te faire : ils savent qui tu es.

– Comment ?

– Ils nous connaissent. J'en viens à penser qu'il y a des fuites dans les deux sens. Peu importe, nous ne cherchons pas à nous cacher. Ils sont comme des rats dans une cave, mais nous combattons en pleine lumière ; la vérité n'a pas honte d'elle-même. Tu feras ce que je t'ai dit ?

– Oui, bien sûr, dis-je.

– Je t'appellerai demain pour te donner des nouvelles de Gaspard. Et n'oublie pas : regarde-les, mais ne crois pas un mot de ce qu'ils te diront. Ils nous haïssent tellement.

J'éteignis la lumière alors que ses pas résonnaient encore dans l'escalier. Le chaton tournait en tous sens dans l'appartement, totalement perdu. À deux nous l'étions déjà moins : je le laissai dormir sur mon lit.

Chapitre 9

Ma chambre. Tout était calme, si calme – immobile et mort. Il faisait nuit, cependant, la lumière filtrait par la porte entrebâillée. Quelque chose n'était pas normal. Ma vision s'adapta à l'obscurité et je distinguai les rangées de lits vides dans la grande pièce. Je sus ce qui n'allait pas : je ne pouvais pas être ici. J'étais partie de cet endroit il y a plusieurs années.

Je n'étais pas ici.

Je ne voulais pas être ici.

Mais ça recommençait encore et encore et, alors que je me levais, je sentais à nouveau le parquet ciré sous mes pieds nus et l'odeur de désinfectant qui s'exhalait des draps. J'avançai vers la lumière et ouvris la porte.

C'était l'hiver – il neigeait. J'étais derrière la grande fenêtre de la maison. Dans un vaste salon, devant un feu de cheminée, je pouvais me voir. Un homme de haute stature, aux longs cheveux noirs et lisses comme les miens entra dans la pièce. La vitre était glacée sous mes doigts.

– Saralyn, le temps approche. Ton sang doit empêcher le leur de couler. C'est toi.

L'image se dissipa. Dans la salle de bains, la baignoire débordait. Je m'avançai pour arrêter cette eau rouge qui coulait. Le cadavre qui y reposait ouvrit les yeux et me regarda de ses orbites vides. Je le reconnus immédiatement. Pourquoi n'était-il plus dans la forêt ?

– La cause d'un massacre, dit-il de sa voix rauque.

J'étais dans une grande salle de bal déserte, sans personne pour me raccrocher. Tout ça tournait trop vite. Le Vieux était devant moi et je voulus le supplier de ralentir. Mais on n'entendait rien, tout se mélangeait.

– Ce sera le pire chaos que le Continent ait jamais connu. Vous devez faire le bon choix. Vous devez les empêcher de régner. Parmi les sept il n'en restera qu'un. Pouvoir partagé, pouvoir perdu.

Il partit d'un rire dément. Je lui criai de m'expliquer et de me ramener chez moi, à l'abri des monstres.

Alors les murs commencèrent à suinter. Je reculai d'un pas, mais je n'avais nulle part où m'enfuir.

Pourquoi les murs saignent-ils ? C'est à cause de moi ?

Je me réveillai en entendant un hurlement. Il venait de ma propre gorge. Je me tus, et, haletante, restai quelques instants dans le noir. Mon réveil indiquait quatre heures du matin. Le chat, l'air vaguement affolé, se demandait probablement s'il n'aurait pas mieux fait de rester dans les bois. Je repris progressivement mes esprits. J'y avais à peine repensé depuis, mais je devais admettre que ce que m'avait dit le Vieux m'avait plutôt effrayée.

Je frottai nerveusement mon front de mon index. C'était ridicule de m'être laissé impressionner de la sorte par les mises en garde floues du mage – il n'avait visiblement pas toute sa tête.

Je pris le pauvre chaton sur mes genoux pour le calmer et m'obligeai à rester immobile, m'interdisant d'allumer la lumière pour me rassurer.

– Il n'y a rien dans cette chambre, dis-je à voix haute.

Et c'était vrai, mais d'affreux picotements me parcouraient la nuque. Après plusieurs heures, incapable de me rendormir, je me levai, les membres raides et douloureux. Le ciel pâlissait et se fondait dans les grises lueurs de l'aube. Je demeurai longtemps à la fenêtre, à regarder l'apaisante clarté se répandre sur la ville. Les volets s'ouvrirent les uns après les autres, puis les portes des immeubles, et la vie revint dans Edencity.

– Le château de la Belle au bois dormant, murmurai-je.

J'aurais aimé qu'on puisse me réveiller. Et ce rêve, ce stupide, ridicule rêve. « Pouvoir partagé, pouvoir perdu. » Maintenant, ça me revenait : c'était un vieux proverbe sorcier. Oui, sans doute, ces derniers jours avaient été éprouvants et mon subconscient avait joliment mélangé tout cela. Il n'y avait vraiment aucune raison d'avoir peur.

Je me souvins du flacon, resté dans ma poche, et allai le chercher. Je le secouai pensivement, puis dévissai le bouchon. Les pilules étaient vert et bleu. J'en saisis une et l'agitai près de mon oreille pour entendre le son de la poudre avant de la remettre dans le flacon et de le reboucher.

Je me demandais si Gaspard allait bien.

*

À onze heures, mes obligations sportives étaient remplies, Justin avait appelé pour me dire qu'après quelques jours de repos mon coéquipier serait comme neuf, et la table de la cuisine était encombrée par le courrier du jour. J'entrepris de décacheter une série d'enveloppes absolument sans intérêt tout en buvant un bol de café noir très amer. Il n'y avait, comme d'habitude, que de la publicité pour des choses que je n'achèterais jamais et pour des associations auxquelles je n'avais aucune intention d'adhérer.

Je soupirai en froissant les prospectus un à un. Je savais que c'était impossible puisque Justin et Gaspard étaient les seuls à savoir où j'habitais, mais j'avais toujours le vain espoir de trouver une lettre qui me soit adressée de façon réellement personnelle. Ça m'aurait sûrement donné le sentiment d'exister quelque part pour quelqu'un.

Je décachetai une enveloppe émanant d'un organisme de recherche pour la protection de l'environnement. J'y trouvai un chèque ainsi que des papiers concernant l'emploi officiel qui me servait de couverture. On m'avait fait apprendre une foule de détails par cœur avant mon départ de la Maison mère. J'en savais suffisamment pour ennuyer n'importe qui et endormir ainsi tout soupçon quant à mes activités. Le chèque venait du même organisme – je supposais que l'Organisation devait posséder quelques entreprises fictives du même genre pour justifier du travail de ses employés. Combien étions-nous ? C'était une chose dont je n'avais pas la moindre idée. Eux, les corbusards, étaient des centaines rien que dans le Middle State. Combien de spécialistes fallait-il pour les empêcher de massacrer la population ? L'Organisation savait ce qu'elle faisait, mais le jour où le barrage céderait, ce serait le chaos.

Le chat vint se frotter contre mes jambes, réclamant de la nourriture à grand renfort de miaulements. Je n'avais jamais eu d'animal auparavant, je m'étais par conséquent retrouvée très démunie face à un immense rayon de produits en tout genre. La vendeuse à qui j'avais demandé conseil m'avait fait acheter un véritable arsenal et je commençais à présent à douter de la nécessité de mes acquisitions. Une si petite bête avait-elle réellement besoin de ces kilos de pâtée, de gelée et de croquettes ? Debout devant sa gamelle neuve, j'étais incapable de savoir laquelle de ces choses j'étais censée lui administrer. Je pris les barquettes une par une : « Suprême de saumon à la crème et à l'émincé de champignon à la royale », « Bœuf en gelée avec sa jardinière de légumes printaniers »...

Je haussai un sourcil – il ne manquait plus que le foie gras aux truffes et le caviar. Le chat miaulait sans discontinuer, manquant d'attraper un torticolis à force de tordre sa tête vers la boîte que j'avais à la main. Je ne pus m'empêcher d'avoir un doute quant à sa capacité à différencier des menus aussi élaborés d'une simple souris morte. J'ouvris finalement les « Fines bouchées de lapin chasseur » et, au relent nauséabond qui envahit mes narines, j'eus la certitude qu'à sa place j'aurais choisi la souris sans hésitation. J'écartai vivement la mixture, dont le fumet rappelait un délicat mélange entre un tas de compost et une décharge municipale.

– Il paraît que les autres chats mangent ça, dis-je à voix haute. Désolée, vraiment, je ne pensais pas que ce serait aussi répugnant.

Maintenant, je comprenais pourquoi tant d'animaux mouraient prématurément dans des accidents domestiques : si trouver son écuelle pleine de cette horreur à chaque repas ne vous ôtait pas toute envie de vivre, rien ne pouvait y arriver.

Je versai le contenu de la boîte dans l'écuelle, et le chat mangea avec autant d'enthousiasme que si je l'avais emmené dans un quatre-étoiles. Cet animal n'allait pas bien, c'était la seule explication possible.

– Et toi, ma pauvre Saralyn, tu parles avec un *chat*, marmonnai-je.

Je secouai la tête avec lassitude et entrepris de ranger les affaires de l'animal en question dans les placards de ma cuisine.

*

Le Quartier Rouge paraissait tellement innocent, sous la lumière du soleil. J'avais refait exactement le même chemin que la veille et je laissais à présent mes semelles battre le pavé, errant dans les rues chaudes sans savoir où m'arrêter ou qui observer. Il y avait peu de vampires à cette heure-ci, mais jamais je ne me serais risquée dans les parages la nuit, pas seule, en tout cas.

Je passai à nouveau devant les « Délices de Bacchus » et m'attardai face à l'enseigne. Je connaissais déjà l'endroit, alors peut-être était-ce par là qu'il me fallait commencer. J'hésitai encore, la haine dans *leurs* yeux me revenant en mémoire d'une cuisante façon. S'ils pouvaient me tuer, ils n'hésiteraient pas.

Ne leur faites pas confiance – n'entrez pas dans leurs refuges sans armes, ne leur tournez jamais le dos. Ne restez pas seul avec un vampire à jeun : ce sont des animaux, ils ne savent pas se contrôler. Surtout, n'oubliez pas qu'ils ne sont pas comme nous.

Plus les enseignements du Livre me revenaient à l'esprit, plus j'avais envie de courir jusque chez moi sans me retourner.

Pour nous qui voyions, même ces ternes vitrines prenaient des teintes sanglantes. Je reculai d'un pas, décidée à m'en aller, la tête déjà pleine d'excuses. À cet instant, une silhouette attira mon attention. Elle m'était vaguement familière. Je m'approchai, cherchant à voir ce dos de plus près, mais un léger bruit me fit bondir, deux secondes avant qu'une immense ombre ne s'abattit sur moi.

– Comment as-tu fait pour m'entendre arriver ? J'étais sur la pointe des pieds !

– Rachel ? m'exclamai-je, incrédule.

– Saralyn ? dit-elle, me singeant. Arrête d'ouvrir ces yeux-là, on dirait que tu as vu un fantôme !

– Ça fait si longtemps, dis-je, abasourdie.

– Alors, reprit-elle comme si de rien était, quel est ton secret pour toujours réussir à m'entendre ?

– Il faut croire que tes pieds sont plus grands que tu ne le pensais, marmonnai-je machinalement. C'est bien Carla, là-bas ? demandai-je en indiquant la silhouette.

– Oui, il n'y a qu'elle pour discuter avec un type qui ressemble à ça.

Je suivis son regard navré et examinai un instant l'interlocuteur de Carla. C'était encore un de ces épouvantables post-adolescents poussés trop vite et boutonneux qu'elle avait un véritable don pour dénicher où qu'elle aille. J'observai d'un œil critique la chemise à carreaux du garçon, qui ne parvenait pas à cacher son cruel manque de musculature, et grimaçai devant ses cheveux raides et gras ramenés dans une inélégante queue-de-cheval. Sa façon de gesticuler trahissait un certain embarras : j'aurais parié que Carla était en train de le tourmenter. Elle avait un véritable don pour ça aussi.

– Je vois qu'elle n'a pas changé, marmonnai-je. Rassure-moi : il n'est pas vraiment avec elle ?

– Non, connais pas. Elle a dû le ramasser à l'entrée, en m'attendant. Comment elle peut avoir aussi mauvais goût ?

Je haussai les épaules, m'abstenant de répondre qu'en la matière, si j'avais bonne mémoire, Carla n'avait plus rien à lui apprendre.

– Ça fait longtemps qu'on ne s'était pas vues, dis-je enfin. Presque deux ans, je crois. Comment est-ce que tu vas ?

Je me pinçai une quinzième fois pour être bien certaine que j'étais éveillée : ces derniers mois, à chaque fois que je renouais une vie sociale, je me réveillais en sursaut. Seule. Mais aujourd'hui c'était réel et il fallait que ça se passe *ici*, au milieu des monstres que Rachel – tout comme Carla – étaient incapables de voir. J'avais toujours bien aimé Rachel, elle était si simple, si arrangeante. Tout le monde devrait être comme ça. Elle m'agita sa main devant le visage, arborant une bague rutilante.

– Moi et Mark, tu te souviens de Mark ?

– Oui, dis-je, comment oublier.

– Nous sommes fiancés, on se marie en février. Puisque tu es rentrée, tu pourras venir, débita-t-elle d'une voix douloureusement aiguë.

– Bien sûr. Félicitations, dis-je de mon ton le plus sobre.

Mark, mon Dieu ! Quand je pense que la première fois qu'elle me l'avait présenté, j'avais cru que c'était une blague.

– Et toi, où est-ce que tu étais, pendant tout ce temps ? C'est vrai, tu as disparu comme ça, du jour au lendemain…

– Oui, je sais. Je t'avais dit que je devais aller travailler…

– Pour une société d'import-export, c'est ça ?

– Euh… oui, dis-je, décontenancée.

C'était vraiment moi qui avais raconté ce mensonge ?

– Depuis quand est-ce que tu es rentrée ?

– Environ deux semaines.

– Et tu comptais m'appeler ? dit-elle avec un ton méfiant.

– Eh bien…

– Ça ne fait rien. Viens donc prendre un verre avec nous, tu pourras nous raconter. Carla ne va pas en revenir.

– Vous allez dans ce bar ?

– Oui, pourquoi pas ?

– Pour rien. C'est très bien.

Carla portait un tailleur noir terriblement professionnel et très éloigné du genre de vêtements qu'elle mettait deux ans auparavant. C'était sans doute pour cela que je ne l'avais pas reconnue immédiatement. Je concentrai mon attention sur le balayage blond qui sillonnait ses cheveux déjà clairs et tentai de me persuader qu'il ne pouvait rien nous arriver dans ce bar puisqu'il faisait encore jour.

Carla eut l'air ravie de me voir et invita le garçon qu'elle était en train de tyranniser à notre table. Celui-ci, sentant le traquenard, déclina l'offre en prétextant l'heure tardive. Il avait raison : quand elle décidait qu'un homme lui plaisait, Carla savait se montrer extrêmement envahissante.

Notre entrée provoqua comme un frissonnement parmi les vampires du bar. Ils se mirent à nous observer, humant notre odeur, attentifs à la chaleur de nos corps. Je posai la main sur le manche du poignard qui dépassait de ma ceinture, le leur découvrant du même coup. Ils se détournèrent, et les battements de mon cœur ralentirent. Les autres humains ne parurent pas s'apercevoir de ce qui venait de se passer – peut-être avais-je rêvé.

Nous nous installâmes autour d'une petite table. Il n'y avait pas encore trop de monde, mais on était quand même loin des grands espaces et je me sentais assez oppressée.

Tout va bien, me raisonnai-je. *Tu n'es pas enfermée et il y a largement assez de place dans cette salle.*

– Alors, comment tu me trouves ? demanda Carla en se relevant pour tenter de tourner sur elle-même entre deux chaises.

– Très sûre de toi, répondis-je sans réfléchir.

Et c'était le moins qu'on puisse dire. Avec son tailleur et ses cheveux impeccables, elle semblait sortir d'un catalogue des réussites professionnelles de l'année : elle était magnifique. Je n'osai pas tenter une comparaison avec mon état actuel.

– Parfaitement, dit-elle. J'ai été engagée il y a six mois et j'ai déjà claqué la moitié de mon salaire dans ma garde-robe.

– Et chez ton coiffeur, ajouta Rachel.

– Oui, c'est vrai, concéda-t-elle. Apparemment c'est pas ton cas, dit-elle en grimaçant dans ma direction. À ce que je vois tu n'as toujours pas arrangé de rendez-vous entre tes cheveux et une paire de ciseaux.

Je secouai la tête – d'aussi loin que je puisse me souvenir, je n'avais jamais été dans la même pièce qu'un coiffeur.

– Tu bossais où, dans les grandes plaines du Nord ? demanda-t-elle.

– Non, j'étais retournée à Central town, mentis-je. Pourquoi ?

– Parce que sans vouloir te vexer, tu as une mine de déterrée : tes dernières vacances au soleil ont l'air de dater. Ça fait ressortir tes yeux, ajouta-t-elle inconséquemment. Ils sont presque argentés, maintenant.

Je baissai le regard, mal à l'aise et plutôt vexée. Le naturel avec lequel elle s'adressait à moi, comme si nous nous étions vues la veille, me déconcertait.

– Tu sais, c'est assez joli, dit-elle, tentant visiblement de se rattraper. Seulement, on dirait que tu sors d'un film de science-fiction.

Rachel fit mine de se frapper le front contre la table.

– Eh, ne te plains pas ! répliqua Carla. Rachel, elle, a un appareil dentaire !

– Merci, c'est sympa de me le rappeler, dit celle-ci en se renfrognant.

Personnellement je pensais que rien ne pouvait être pire que sa dentition originelle : l'appareil ne pouvait qu'arranger les choses. Être ici avec Carla et Rachel me faisait un drôle d'effet ; elles semblaient tellement jeunes, comme si pour elles le temps n'avait pas passé, alors que j'avais l'impression d'avoir quitté ce monde d'insouciance depuis des années.

– Tu travailles toujours pour la même société ? demanda Rachel, décidant enfin de venir à mon secours.

– Non, je voulais retourner à Edencity et...

– Tu as enfin un mec ?

– Carla ! s'offusqua Rachel.

Je fis un signe négatif – depuis le temps qu'elle essayait de me caser, elle aurait dû connaître la réponse.

– Quoi ? Ils sont si laids que ça à Central town ? Je comprends pas comment tu te débrouilles : à la fac c'était pareil, alors qu'il y avait des tas de garçons qui te tournaient autour.

– Je crois que tu exagères, dis-je en priant pour qu'elle change de sujet.

– Mais si, il y avait ce type… tu sais ? Lucas, voilà, il s'appelait Lucas.

Je secouai la tête – ça ne me disait rien du tout.

– Un mec blond avec les yeux bleus, ne me dis pas que tu t'en souviens pas ?

– Non, je… Non, je ne vois pas, dis-je, troublée.

– C'est dingue, tu n'as vraiment aucune mémoire ! Il trouvait tous les prétextes pour venir te parler : il te suivait comme un petit chien, mignon, remarque, le chien. Mais je crois qu'il est mort, juste après que tu es partie, ou peut-être un peu avant. Tu t'en souviens, toi ? demanda-t-elle en se tournant vers Rachel.

– Oui, je crois, répondit celle-ci en fronçant les sourcils. C'est le type pour qui on a fait une minute de silence : il a eu un accident de voiture, il me semble.

Je sentis mes lèvres se mettre à trembler : comment pouvais-je avoir oublié tellement de choses ? Des pans entiers m'échappaient et c'était effrayant.

– Enfin, si tu es toujours célibataire, il va falloir qu'on arrange ça, reprit Carla. Je me charge de te trouver des vêtements corrects, ajouta-t-elle en englobant ma tenue d'un œil critique.

– Non, merci, dis-je en me levant. Rappelle-toi la dernière fois. Je vais aller commander, vous prenez quoi ?

Carla et ses expériences sentimentales… tout ce que je peux dire, c'est que les rendez-vous arrangés, ça craint.

J'allai au comptoir et commandai trois bières et un café. Cal m'entraîna à l'écart.

– Qu'est-ce que tu fais là, petite ? demanda-t-il d'un air presque effrayé.

– Il faut que vous me disiez la vérité.

– Sur quoi ? Mon clan n'a rien à voir avec votre affaire, je peux te le jurer.

– Dis-moi ce qui se passe ici, repris-je, me souvenant des recommandations de Gaspard à propos du tutoiement. S'il te plaît.

Cal tiqua, mais son expression se mua immédiatement en un masque de mauvaise volonté.

– Rien, il ne se passe rien, bougonna-t-il. Maintenant, va-t'en. C'est pas bon pour moi que tu sois là, pas bon du tout. Je tiens pas à participer à la prochaine Thargélie.

– Thargélie ? répétai-je sans comprendre.

– C'est un joli nom, hein ? Un très joli nom pour un truc très moche. Ouais, vraiment très moche. Rack ne se mêle pas de mes affaires, mais si l'un d'entre eux s'avisait de cafarder... Il désigna les vampires rassemblés autour du bar. S'ils me cafardaient, reprit-il, je sais pas ce qu'il ferait de moi.

– Dis-moi ce que tu sais sur le nouveau venu : il paraît que quelqu'un d'important est arrivé en ville récemment.

– Qui t'a parlé de Lui ? demanda-t-il.

La peau de son visage s'était tendue au point que ses yeux paraissaient prêts à jaillir de leurs orbites. Je cherchai désespérément autre chose sur quoi fixer mon attention.

– Le Vieux : il dit qu'Il a un lien avec moi.

– Ce vieux sénile se mêle toujours de ce qui le regarde pas. T'as pas besoin de savoir ces trucs-là, ça t'apportera que des ennuis. À ta place, j'éviterais le quartier pendant un moment, le temps que les choses se calment.

– Dépêche-toi de me dire ce que je veux savoir ou je devrai en référer à mon supérieur. J'ai comme l'impression que ça pourrait vous mettre dans une situation plutôt embarrassante, toi et ton fonds de commerce, non ? Plus vite tu parleras et plus vite je serai partie, ajoutai-je de mon ton le plus engageant.

Décidément, je n'étais pas très douée pour l'intimidation – je ne comprenais vraiment pas comment Gaspard arrivait à avoir l'air aussi menaçant sans rien faire de spécial.

– C'est toi qui l'auras voulu. De toute façon, je sais que dalle. La plupart d'entre nous l'appellent l'« Étranger » et des tas de bruits courent sur Lui. Il est arrivé en ville il y a environ une semaine, personne n'a la moindre idée de qui Il est ou de ce qu'Il veut. La seule chose qui est sûre, c'est que quelque chose se prépare et que c'est pas bon pour nous. Les dirigeants sont inquiets, tout le monde a la frousse. Tu sens leur peur ? Elle est partout. Il n'a encore rien fait, mais l'odeur de la Mort l'a précédé et on peut tous la sentir. Même toi, Louve.

Je baissai la tête, observant en silence ses mains expertes manipuler la vaisselle. Était-ce ça, cette atmosphère poisseuse, les rêves ?

– Et pour la forêt ?

– Il n'a rien à voir avec cette histoire, Il est bien trop puissant pour se préoccuper des mange-terre, lâcha-t-il avec mépris.

– Des quoi ? demandai-je, interloquée.

– Les mange-terre, les humains, si tu préfères. Tu me feras pas d'embrouilles, hein ?

– Non, répondis-je, sincère. Tu m'as dit ce que tu savais, et je te crois.

– Si ça peut t'aider, j'ai entendu dire que Virgile avait des ennuis.

– Virgile ? Le dirigeant sorcier ?

– Ouais, enfin je peux pas te jurer que c'est vrai : s'il se passe quelque chose chez eux, on est toujours les derniers au courant – ils nous aiment pas tellement, ajouta-t-il en reniflant. Tu peux toujours essayer de demander une audience, mais c'est pas sûr que t'en repartiras, si tu vois ce que je veux dire.

– Comment est-ce qu'on demande une audience ?

– Pas le droit de t'en parler, mais Flynn sait ça. C'est un vieil habitué du quartier. Vas-y avec lui, t'auras plus de chances.

De chances d'obtenir une audience, ou d'en repartir ? Je me gardai de poser la question, et, comprenant que je n'en tirerais rien de plus, je reculai.

– On va apporter les consommations, dit-il.

– Oui. Euh… qu'est-ce qu'il y a à l'est d'ici ?

– À l'est, répéta-t-il. Le terrain de chasse de Gabriel, le secteur 6, comme vous l'appelez.

– Oh, dis-je, sans parvenir à réprimer un frisson. Merci, Cal, je veux dire : pour m'avoir aidée.

Il leva un regard surpris vers moi.

– Je suis obligé, tu sais.

– Par qui ?

– Les tiens, l'Organisation. J'ai pas tellement le choix.

– Merci quand même, dis-je en tournant les talons.

Le plan du Quartier Rouge m'apparaissait à présent très clairement : j'en avais vu un dans le Livre. C'était étrange que je ne m'en sois pas souvenue plus tôt, mais l'oubli dévorait si vite ma mémoire… Je savais maintenant pourquoi Gaspard m'avait fait faire un détour hier soir, et pourquoi j'en ferais un en partant : le secteur 6, le royaume des gargouilles.

La serveuse était un vampire, elle aussi. Je me demandai si Cal embauchait parfois des êtres humains vivants – j'espérais que non. Curieusement, ça ne me dérangeait pas de penser que quelque chose de mort avait préparé mon café. S'ils venaient à être alertés un jour, les services de l'hygiène en feraient tout un foin.

De retour à la table, je dus faire le compte-rendu complet de mes activités de ces derniers mois à Carla et Rachel, et je me découvris une aisance innée pour le mensonge. Prise par mon récit, je rajoutai un certain nombre de détails de mon cru à ce qu'on m'avait fait apprendre par cœur tout en regardant le café refroidir dans ma tasse – comme d'habitude. Et, une fois de plus, personne ne le remarqua : quand les gens boivent, ils sont convaincus que vous en faites autant.

J'appris par la même occasion que Rachel avait continué ses études de littérature et s'apprêtait à passer les derniers examens pour devenir professeur. Elle vivait actuellement toujours aux crochets de ses parents. Mark était probablement censé prendre la relève dans les plus brefs délais pour compenser les insuffisances d'un salaire d'enseignant, probablement le poste le plus mal payé après le mien dans cette ville. Carla, quant à elle, avait été engagée dans une entreprise où elle s'occupait de quelque chose s'apparentant à de la communication, qui donnait visiblement un haut salaire pour un nombre d'heures hebdomadaires ridicule passé, d'après elle, à « sympathiser avec l'ennemi » (je supposai qu'il s'agissait des représentants des entreprises concurrentes). N'ayant jamais rien compris à ces sombres histoires de relationnel, je n'approfondis pas trop le sujet.

Je prétextai le besoin d'aller me laver les mains pour faire une pause dans mes mensonges. Il fallait absolument que je reste concentrée sur ce que je disais si je voulais éviter de me trahir, et l'odeur de cigarette mêlée à l'incessant bruit de fond du bar commençait à me donner mal à la tête.

Après avoir passé mon visage sous l'eau froide et m'être composé un masque souriant, je retournai dans la salle. Occupée à surveiller mes pieds pour éviter d'écraser ceux des autres consommateurs, je rentrai dans une silhouette massive.

– Ah, excusez-moi ! lâchai-je, relevant les yeux.

Un homme immense et à la peau plus noire que je n'en avais jamais vue me toisait bizarrement. Je pensai malgré moi qu'il semblait avoir été sculpté dans de l'ébène. Sa tenue était étrange : la forme légèrement bouffante de son pantalon et les broderies qui agrémentaient son haut me disaient vaguement quelque chose sans que j'arrive à mettre le doigt dessus. Mais le plus bizarre, c'était sans doute ses baskets blanches, pas du tout assorties avec le reste. Je m'écartai de lui dans un sursaut, certaine que quelque chose n'allait pas dans cet homme. Pourtant, il était vivant, je pouvais le jurer.

– Vous ne devriez pas venir ici. *Ils* n'ont jamais eu aucun sens de l'hospitalité. Sans parler de la nourriture, me dit-il en levant un sourcil en direction des bocks de sang frais. Mais on ne peut rien attendre d'autre de la part d'animaux, n'est-ce pas ? cracha-t-il.

Le son de sa voix me hérissa – trop profonde pour être humaine. Les traits nettement dessinés et quasiment inertes de son visage me semblaient aussi morts que ceux d'une statue. Qui était-il donc pour oser insulter les vampires sur leur propre territoire ?

– Dois-je comprendre que vous savez qui je suis ?

– Bien entendu.

– Et vous n'avez pas l'intention de m'affronter, de me dissuader de revenir par ici, ou quelque chose du même genre ?

– Pourquoi cette question ?

Il ne paraissait pas vraiment intéressé par ma réponse. Ou s'il l'était, il le cachait admirablement bien. Je jaugeai sa taille d'un coup d'œil anxieux : si ses intentions à mon égard étaient inamicales, je ne tiendrais pas une minute contre lui.

– Vous mesurez combien, un mètre quatre-vingt-dix ?

J'avais l'impression d'être en train de faire la plus grosse erreur de ma vie, mais je n'avais pas pu m'empêcher de le lui demander.

– Quatre-vingt-treize, corrigea-t-il.

– Bon, quatre-vingt-treize, et vous pouvez me réduire en bouillie sans problème.

– C'est exact.

– Dans ce cas, vous devriez comprendre que je m'inquiète… Alors, que me voulez-vous ?

– Vous n'avez rien à craindre : Redja m'envoie seulement saluer votre retour. Nous ne sommes pas comme ces buveurs de sang, nous sommes de votre côté. Ne l'oubliez pas.

– Un djinn, soufflai-je.

Me sentant observée, je tournai la tête vers le bar. Les vampires nous surveillaient d'un air méfiant. Les djinns s'éloignaient rarement de leurs quartiers – ce n'était que la deuxième fois que j'en croisais un. J'aurais dû tout de suite reconnaître sa tenue : ils tiennent à garder leurs vêtements d'origine, question de tradition je suppose, mais ils les banalisent un maximum pour ne pas trop attirer l'attention. Ces derniers temps, les tenues orientales étaient à la mode, ce qui leur permettait de se fondre dans la masse ; cependant, leur curieux mélange vestimentaire restait relativement caractéristique.

– Mais pourquoi ?

Je m'interrompis et soupirai : le djinn avait disparu. Redja n'avait pas envoyé un de ses sbires sans raison – d'après ce que j'en savais, il évitait de se mêler des affaires des autres communautés.

Redja, le dirigeant des plus anciennes créatures surnaturelles que le monde eût jamais portées. Et il attendait quelque chose de moi. La peur, oui, la peur était plus tangible que jamais.

– Qui était ce type ? demanda Carla, alors que je revenais.

– Aucune idée, répondis-je en haussant les épaules. Un célibataire en mal de compagnie.

– Et tu lui as dit non ?

– Je dis toujours non.

Rachel me sauva de cette inconfortable discussion en commençant à parler de son fiancé : elle était intarissable sur le sujet. Elle conclut son élégie par un « n'est-il pas merveilleux ? », auquel je me sentis obligée de répondre :

– Oh, si, si, d'un ton qui se voulait convaincu.

Je n'avais pas le cœur de détruire sciemment ses illusions. J'espérais seulement qu'ils n'auraient pas la funeste idée de se reproduire.

Carla allait se lancer dans la description de ses conquêtes des huit derniers mois, et ça pouvait être long, quand un téléphone se mit à sonner. Je mis quelques secondes à comprendre que c'était le mien – il fallait dire qu'il ne sonnait pas souvent. Je réussis à décrocher avant que ne se soient égrenées les dernières notes de ce qui semblait avoir un lointain lien de parenté avec une version techno de *Jingle Bells*.

– Salut.
– Gaspard ? Est-ce que tu vas mieux ?
– Ça peut aller. Et toi ?
– Ça va, dis-je avec méfiance.
– C'est quoi ce boucan ?
– Des gens et du hard-rock.
– Où tu es ?
– « Aux Délices de Bacchus », pourquoi ?

La tonalité me fit sursauter. Nous avions peut-être été coupés, mais j'étais certaine qu'il m'avait raccroché au nez. Je regardai quand même l'écran du téléphone, avec cet air ahuri et consterné que prennent les gens quand un appareil électronique leur claque dans les mains. Je le reposai finalement après l'avoir retourné dans tous les sens à la recherche d'une quelconque défaillance.

À la table, la discussion reprit et j'arrêtai de penser à mon téléphone. Progressivement, je me sentis mieux, plus à ma place. C'était comme si j'étais revenue plus de deux ans en arrière et que rien ne s'était jamais produit. Comme si j'étais comme elles, alors que ça n'avait jamais été le cas. J'avais oublié à quel point j'aimais me sentir normale, humaine parmi les humains, et pouvoir parler de projets tels que le mariage de Rachel ou les perspectives d'avancement de Carla. Pour moi, ça faisait près de deux ans que la simple notion de lendemain avait perdu son sens – le présent était déjà suffisamment terrifiant sans avoir à s'angoisser de l'avenir.

Tout à coup, je perçus une présence derrière moi. Je vis Rachel glousser en rougissant, un sourire stupide s'épanouissant sur son visage, pendant que Carla approfondissait son décolleté en se penchant vers la table.

– Salut, dit laconiquement Gaspard.

Je sursautai et me retournai d'un bloc, partagée entre rage et stupeur, quoique la rage gagnât du terrain à chaque seconde : cette fois c'était officiel, il me prenait pour une demeurée.

– Qu'est-ce que tu fais là ? lâchai-je, glaciale. Tu ne devrais pas être au lit ?

– J'avais vraiment besoin de te voir, dit-il d'un ton mielleux. Il faut absolument que je te montre quelque chose.

– Quoi ? Ça ne peut pas attendre demain ?

– Non, j'ai besoin de toi maintenant.

– Pour quoi faire ? gémis-je, prête à parier que ça n'allait pas me plaire.

– C'est une *surprise*, insista-t-il.

Je fis une grimace maussade. J'avais envie de lui hurler d'aller se faire voir, mais s'il s'était déplacé dans son état, il devait avoir une bonne raison. Et puis, je suis bien élevée.

– Euh… désolée les filles mais il faut que j'y aille. Sinon il va faire une crise, ajoutai-je sans avoir à me forcer pour prendre un air gêné.

– Ouais, vas-y ! fit Carla d'un air entendu.

– Eh ! C'est pas ce que tu crois ! m'affolai-je.

J'eus droit à un regard qui disait clairement : « Mais oui c'est ça », et Gaspard n'arrangea pas mes affaires en affichant un sourire séducteur.

– Attends ! On n'a pas ton adresse, t'as changé de numéro de téléphone ? paniqua Rachel, alors que j'allais partir.

J'hésitai et regardai Gaspard qui approuva d'un hochement de tête. Il me laissa à peine le temps d'inscrire mes coordonnées, prit ma veste et m'entraîna dehors. Une fois dans la rue, il abandonna brusquement l'air cool qu'il arborait jusqu'alors. Il me lança ma veste et rejoignit sa voiture en boitillant avec un rictus de douleur.

– La prochaine fois, tu discutes pas. Quand je te dis de venir, tu viens, aboya-t-il.

– C'est la douleur qui te met de bonne humeur ? Tu sais, ça se fait, les piqûres anesthésiantes.

– Ça diminue les réflexes et ça rend abruti. Je préfère garder mes facultés intactes pour le moment, répondit-il en baissant d'un ton.

– Pourquoi n'es-tu pas au lit entre une tasse de tisane et un documentaire animalier ?

J'étais certaine que côté « chasse au léopard », il en connaissait un rayon.

– J'ai une tête à boire de la tisane ?

Je devais convenir que non. Il ouvrit la portière et m'invita à prendre place d'un geste qui ne me laissait pas vraiment le choix. Puis il démarra en trombe.

– Où allons-nous, mon adjudant ?

– Tu riras moins quand on y sera, tu peux me croire.

– Sur les lieux du crime pour traquer les Bêtes parce qu'il te reste encore une jambe à sacrifier ? demandai-je, essayant de ne pas laisser transparaître mon trouble. Tu es sûr que tu es en état de conduire ?

– Presque, dit-il en ignorant ma remarque, il y a une nouvelle victime.

– Comment est-ce que tu le sais ?

Gaspard était censé être blessé, alors, théoriquement, c'était moi la personne à prévenir quand il y avait du nouveau.

– Les mecs employés par Justin doivent être amnésiques, parce que, malgré les consignes, c'est moi qu'ils ont appelé.

– Ouais… marmonnai-je.

D'après ma légendaire intuition, c'était plutôt parce qu'ils refusaient de m'appeler moi. J'avais l'impression que, pour une obscure raison, personne n'était heureux de mon entrée au sein de l'Organisation, comme si je leur posais un problème.

– Gaspard ? repris-je après un instant, sachant d'avance ce que j'allais entendre mais ayant besoin d'en être absolument sûre. Est-ce que les corbusards nous appellent réellement des mange-terre ?

– Quelqu'un t'a traitée de mange-terre ? dit-il à voix presque basse.

La colère grondait sourdement derrière cette question et je pensai que les humains n'étaient souvent pas si éloignés des loups que je le croyais.

– Non, dis-je, essayant de le calmer. C'est seulement quelque chose que j'ai entendu.

Il secoua gravement la tête en un signe qui ne signifiait rien de précis, l'air sombre. On m'avait appris que les corbusards nous considéraient comme des animaux parce que nous mourions vite – c'était vrai, il nous fallait à peine soixante-dix ou quatre-vingts ans pour nous retrouver à manger de la terre. Mais l'entendre de la bouche de Cal m'avait fait l'effet d'une brutale révélation. Justin avait raison : sur le terrain, on ne mettait pas longtemps à comprendre les enseignements du Livre.

Je regardai défiler le paysage sur des kilomètres et tâchai d'ignorer Gaspard, qui me lançait des regards en coin depuis plusieurs minutes. Ça commençait à me taper sur les nerfs et je m'apprêtais à le lui dire lorsqu'il se décida à rompre le silence qui s'était installé.

– C'était une sortie entre filles ? demanda-t-il tout à coup.

– Hein ? Euh, oui, pourquoi ?

– Non, rien. Tu les connais d'avant ? reprit-il.

– D'avant quoi ?

– L'Organisation.

– Oh oui, ce sont des copines de fac. Je suis tombée sur elles par hasard.

– Elles sont sympas ?

Je n'aimais pas toutes ces questions, j'avais l'impression qu'il essayait de noyer le poisson.

– Oui, ça peut aller. Rachel épouse une sorte de débile et Carla se tape assez de thons par mois pour pouvoir fournir toutes les poissonneries du Continent. Sinon, elles sont sympas.

– Tu sais, c'est fou la vitesse à laquelle ton langage se dégrade. Bientôt, tu ne parleras pas mieux que moi. C'est laquelle, celle qui se marie ?

– Rachel. Tu n'es pas obligé de faire semblant de t'intéresser, ajoutai-je.

– C'est la grande toute maigre ?

– Oui.

– Spécial, le physique. Sans vouloir critiquer tes amies, ajouta-t-il avec une sollicitude qui me sembla douteuse.

J'aurais voulu l'envoyer promener et m'indigner de sa remarque, mais je ne pouvais hélas que souscrire. Je me demande parfois si Rachel n'est pas le fruit d'une expérience malheureuse : on dirait qu'un savant fou a essayé de lui ajouter des caractéristiques animales. De loin, elle ressemble à une sauterelle géante. Je me souvins que lors de notre dernier Halloween, je lui avais suggéré de se peindre en vert. Évidemment, refusant de reconnaître le bon sens de mon conseil, elle avait préféré s'affubler d'un ridicule costume de princesse rose avec des volants. Une chose monstrueuse. Il fallait vraiment que je l'apprécie pour avoir accepté d'être vue en public avec ce gros tas de mousseline couleur dragée. En fait, il y avait du progrès : les années précédentes, c'était systématiquement une robe de mariée. Ce qu'on ne dit jamais à propos de la robe de mariée, c'est que le flot de dentelle blanche, qui te fait ressembler à une énorme meringue pendant la première partie de la soirée, te transforme en chiffon à poussière géant pendant la deuxième. J'avais beau répéter à Rachel qu'on était censées se déguiser en truc effrayant, elle ne voulait pas m'écouter. En fait, elle avait raison : imaginez un peu une sauterelle transgénique dans une robe de mariée qui a servi de balayette à la moitié de la ville. Maintenant vous savez ce qui est *vraiment* effrayant. Et puis, ce n'est pas le genre de fille à cacher ses ambitions. J'avais beau me moquer, ça avait fonctionné : elle était bien la seule de nous trois à se marier et il me semblait improbable que Carla ou moi venions la concurrencer sur ce plan-ci.

– Nous avons donc une future mariée et une fille facile. Il émit un sifflement : Et toi ?

– Moi quoi ?

– Tu as quelqu'un ? demanda-t-il sans lâcher la route des yeux.

La question me parut déplacée. Prise au dépourvue, je cherchai une réponse adéquate.

– Je suis rentrée il y a dix jours, dis-je.

– Pour certains, c'est suffisant.

– Pas pour moi, répliquai-je. Et je ne vois pas en quoi ça te regarde.

– C'était juste histoire de discuter, dit-il en haussant les épaules.

– Oui, murmurai-je, cherchant un autre sujet de conversation. Dis-moi, demandai-je finalement, pourquoi nous font-ils venir à chaque fois sur les lieux alors que nous ne pouvons strictement rien faire ? Nous ne sommes ni médecins légistes ni techniciens, après tout.

– C'est la procédure, c'est comme ça. Ils espèrent sans doute qu'on aura une illumination en voyant le lieu du crime, ou peut-être bien que c'est juste pour nous préparer à ce qui risque de nous arriver pendant l'enquête.

– Je préférerais qu'ils se contentent de nous envoyer les rapports, grommelai-je à mi-voix.

Je détestais être obligée d'assister à ça, de voir ces horreurs de si près que je ne pouvais douter de leur existence. Tout était tellement moins vrai sur les photos. Se promener sur les lieux du crime était une expérience terrifiante. Mais jusque-là, je n'avais pas idée à quel point.

Chapitre 10

C'était une maison. Une petite maison avec un petit jardin bien entretenu et un gazon vert bordé de massifs de fleurs. Une jolie maison sans histoire située plus près des bois que les autres – trop près. Les camions, les hommes en combinaison, les bâches : tout semblait déplacé dans ce décor plein de gaieté. Mais que faisions-nous là ?

Un des techniciens vint vers nous et nous entraîna dans le jardin.

– On risque pas de se faire repérer, d'ici ? demanda Gaspard.

– Non, le village est loin. Il n'y a pas une seule maison à moins d'un kilomètre à la ronde. De toute façon, on a amené de quoi nous couvrir, dit-il en désignant une voiture de police garée à quelques mètres.

– Bien, répondit Gaspard.

– C'est par là, dit l'homme en nous conduisant au seuil de la maison. Peut-être que la demoiselle devrait rester dehors.

– Quoi ? Mais pourquoi ? demandai-je.

– C'est comme vous voulez, dit-il en haussant les épaules. Si vous vous sentez malade, sortez en vitesse, OK ?

J'acquiesçai en silence, grisée par l'odeur entêtante du sang. Une excitation mêlée de terreur me prenait à la gorge. J'entrai dans le salon malgré moi, comme poussée par une force invisible. Des bâches étaient étendues sur le sol. Le mobilier avait été un peu bousculé, une table renversée, et une lampe brisée gisait par terre. Mais il n'y avait pas de corps. En regardant plus attentivement autour de moi, je vis des traces d'un rouge bruni sur le plancher et certains meubles, comme si un animal était passé par là après s'être roulé dans du sang. Gaspard fit signe de s'approcher à un petit homme frisé dont le crâne commençait à se dégarnir. Avec ses rares boucles châtaines et ses lunettes à grosses montures noires, il aurait semblé mieux à sa place en train de vanter les mérites de céréales quelconques dans une réclame publicitaire qu'ici, engoncé dans une blouse rougie, dont des gouttes d'hémoglobine s'échappaient pour aller s'écraser contre le plastique transparent des bâches.

– On a quoi ? demanda Gaspard.

– Difficile à dire, vu ce qu'il reste. Ce sont indubitablement les mêmes agresseurs, c'est tout ce que je peux affirmer pour le moment : la... situation rend nécessaire une autopsie plus poussée. Suivez-moi. Oh, je vous conseille de mettre une combinaison. À vous aussi, mademoiselle ?

– Jack Masson, Saralyn Fara, jeta Gaspard d'un air ennuyé.

– Enchanté. Je suis le médecin légiste. Je vous serrerais bien la main, mais...

– Ça ne fait rien, le rassurai-je.

– Pas le temps pour les amabilités, intervint Gaspard en me lançant de quoi m'habiller.

Je passai le vêtement, et observai mes allures de cosmonaute dans un fragment de glace resté miraculeusement au mur.

– Prêts ? demanda Masson.

– Est-ce que c'est horrible à ce point-là ? demandai-je.

– Depuis qu'on est arrivés, tous mes gars sont passés par la case salle de bains, si vous voyez ce que je veux dire, lâcha une voix dont les accents traînants caractéristiques des habitants de Silvertown m'étaient familiers. Il est encore temps de retourner en courant dans les jupes de votre mère, ajouta-t-elle.

Je me retournai et reconnus, affalé sur un fauteuil en skaï, le technicien qui nous avait peu aimablement enjoint de quitter la forêt pour pouvoir nettoyer les lieux deux jours auparavant. Je serrai les dents, furieuse de la façon dont ils me dévisageaient tous.

– Ce sont des spécialistes, ça ? lança-t-il encore à la cantonade en faisant rouler ses yeux globuleux dans leurs orbites. C'est marrant, je vous imaginais plus grands !

Les autres techniciens s'esclaffaient et je jetai un coup d'œil à Gaspard, redressant mon mètre soixante-dix de toute sa hauteur : mon coéquipier paraissait prêt à mordre.

– Ça suffit Spencer, laisse-la tranquille. C'est sa première semaine.

– Voyez-vous ça, Flynn est en train de se transformer en chevalier servant.

– Ta gueule, Spencer. D'ailleurs, t'as pas très bonne mine, tu te sentirais pas un peu malade, par hasard ? Avoue que ça t'a fait de l'effet, ce qu'il y a là.

– Va voir par toi-même, Flynn. Va donc voir ça.

J'entrai dans la pièce, espérant couper court à leur discussion avant que ça ne dégénère. L'agressivité me tournait la tête.

Gaspard m'emboîta le pas. C'était une cuisine.

– Oh merde, lâcha-t-il.

Des bouts, des petits bouts, voilà ce qui restait. Je m'avançai, suivie de près par mon coéquipier, ne pouvant détacher mes yeux du micro-ondes dégoulinant. Je manquai perdre l'équilibre sur le sol carrelé, trempé et glissant. Sur la table, une miche de pain gonflée de façon grotesque étalait sa masse spongieuse. De petits morceaux d'os craquaient sous nos pas et chaque mouvement colorait un peu plus nos combinaisons blanches.

Masson nous avait déjà précédés et arrangeait avec concentration les derniers morceaux d'une tentative de reconstitution du corps. Je ne me sentais pas mal, je ne sentais rien du tout – ces quartiers de viande n'avaient rien d'humain. Non, c'était dans l'air que flottait cette impression… ce drôle de sentiment que c'était différent.

– Est-ce qu'il a… enfin, est-ce que la victime avait quelque chose de particulier ? demandai-je.

– Femme de race blanche, la trentaine. La mort est survenue il y a deux ou trois heures.

– Rien d'autre ? Je veux dire, une chose qui sort de l'ordinaire.

– Se faire bouffer par des corbusards n'est pas vraiment ordinaire, répliqua Gaspard.

Sa voix était assurée sous son masque ; j'aurais voulu voir son visage.

– Deux ou trois heures ? répétai-je soudain. Comment avons-nous été alertés aussi rapidement ?

– Des ombres quadrillent le secteur depuis le premier meurtre, répondit Spencer en s'approchant.

Il faisait crisser les os sous ses pieds. Meurtre ? Appelait-on ça un meurtre quand un animal sauvage dévorait un passant ? Sans réfléchir, je m'agenouillai dans le sang, à côté de Masson.

– Ils sont arrivés trop tard. De combien les ont-ils manqués ? demandai-je, inclinant la tête de côté.

– Ce n'est pas une brigade d'intervention, pas sur les monstres, dit-il en me jetant un drôle de regard.

Je sentis mon dos s'arrondir et se gondoler, faisant craquer chacune de mes articulations. Mes pupilles se dilatèrent jusqu'à remplir entièrement le gris de mes yeux – je le savais pour l'avoir déjà observé dans une glace. Parfois, le loup prenait tellement d'espace dans mon esprit que j'avais l'impression d'être un lycanthrope – un semi-humain. Je me penchai plus avant vers le corps. Masson se releva d'un bond et recula. Le goût, je sentais ce goût. L'espèce de masque qui couvrait mon visage me gênait. Je l'enlevai et renvoyai mes cheveux en arrière. La présence animale était encore forte – la fourrure, la terre, la salive, le sang. Mais il y avait autre chose, une sensation qui me donnait la chair de poule.

– Qu'est-ce qui se passe, Saralyn ? demanda Gaspard, visiblement très mal à l'aise.

– Elle n'est pas... Je cherchai tout au fond de mes entrailles un moyen d'exprimer ce que je ressentais. Elle n'est pas ce qu'elle devrait être.

Je levai les yeux. Je voyais trop bien, les détails m'empêchaient de saisir l'ensemble. Les fils pendant des lambeaux de vêtements de la victime m'aveuglaient. Gaspard m'était invisible.

– Spencer ! lança un des hommes. Visez un peu ce qu'on a trouvé !

Je l'entendis entrer. Spencer lâcha une bordée de jurons.

– Un catalyseur de pouvoir ? C'est une sorcière, alors, dit Gaspard, semblant un peu ébranlé.

– Oui, c'est ça ! Une sorcière, dis-je, soulagée d'un grand poids. Une sorcière.

Mes sens redevinrent normaux. Je me levai et ma tête produisit un craquement en se remettant en place.

– Ça va ? demanda Gaspard, hésitant à m'approcher.

– Oui, ça arrive. Parfois. Ne t'inquiète pas, ce n'est pas contagieux.

– Bon, vous voulez voir le reste de la baraque où on passe le réveillon ici, cracha Spencer dans ma direction.

Mais, tout au fond de ses yeux, je pouvais voir la terreur que je lui inspirais. Je lui adressai un rictus, découvrant mes dents, et il tressaillit. Je ne cherchai pas à le rassurer.

– Laissez vos combinaisons dans le salon, dit Masson. Elles ne seront d'aucune utilité dans les autres pièces.

Partout où se posait mon regard, il y avait du sang. Parfois, il y en avait si peu que j'étais la seule à le détecter, mais les créatures s'étaient visiblement introduites dans toute la maison : le salon, la salle à manger, les chambres – elles semblaient avoir méthodiquement vérifié que personne d'autre ne se trouvait là. Je suivis Gaspard et Spencer dans chacune des pièces sans ressentir le moindre trouble. La sorcière qui reposait dans la cuisine n'était rien qu'un objet. Je pensai avec effroi à ma soudaine indifférence : étais-je condamnée à devenir ainsi ? « On s'habitue », avait dit Justin. « Avec le temps, tout le monde s'y fait ».

On s'habitue.

C'est alors que je vis le berceau. La chambre était aussi vide que les précédentes – peut-être y avait-il un peu plus de sang. Et, au milieu de la pièce, il était là : un joli berceau en osier, presque intact. Renversé sur le sol, seules quelques graciles branches étalant leurs blanches brisures démentaient son apparence tranquille. Les couvertures, le petit oreiller, se recroquevillaient sur le sol. Il n'y avait aucune trace. De rien.

– Est-ce que...

Je me tus, incapable de continuer. Spencer sourit à son tour, découvrant une rangée de dents pointues.

– Quoi donc ?

– Est-ce qu'il y avait... un bébé ?

– P't-être bien.

– C'est difficile à dire, ajouta Masson. Avant d'avoir analysé le sang et ce qu'il y a en bas. Il est vrai que certains... morceaux n'ont pas l'air de coller avec le corps de la femme : il est très possible que l'enfant ait été emmené dans la cuisine avant d'être...

Il eut un geste fort peu équivoque.

Je reculai. J'aurais pu savoir – il m'aurait suffi de quelques secondes pour être fixée, mais je ne le désirais pour rien au monde. Des pleurs résonnaient dans ma tête, chaque pelletée de terre claquait plus fort contre le couvercle en bois. Je reculais toujours, pressant mes mains glacées contre mes tempes.

Faites-le taire !

– Non, dis-je. Je vous en prie !

Par pitié ! Il faut que ça s'arrête. Il le faut !

– Je ne veux pas ! criai-je, enserrant plus fort mon crâne entre mes paumes. Je vous en prie, je ne veux pas, répétai-je, au bord des larmes devant leur incompréhension.

Les pleurs, le bébé… Et cette odeur, cette abominable odeur de mort et de boîte d'allumettes.

*

– Pose-la ici, dit une voix grave.

– J'te jure, les gonzesses ! grommela quelqu'un d'autre.

– Ferme-la, Spencer, répliqua une troisième voix, beaucoup plus proche que les autres.

J'essayai d'ouvrir les yeux sans y parvenir. Je bougeai pour essayer de trouver une position plus confortable et ne plus avoir ce tissu un peu raide contre mon visage. Je sentis qu'on me déplaçait, puis quelque chose de plus mou, comme des coussins.

– Et, Doc, qu'est-ce qu'on fait ?

– J'ai l'impression qu'elle revient à elle.

Le brouillard se dissipa pour laisser place à une nausée qui me secouait tout entière. La lumière filtra à travers mes paupières. La première chose que je vis fut le Dr Masson, visiblement en train de m'examiner.

– Qu'est-ce qui s'est passé ? demandai-je en essayant de me relever.

– Restez allongée encore un peu, dit-il. Vous vous êtes évanouie.

– Évanouie ? répéta la voix de Spencer. Elle est carrément devenue hystérique, oui ! On fait pas ce genre de boulot quand on n'a pas les nerfs solides.

– Oh, grognai-je en passant la main dans mes cheveux, morte de honte.

– Je comprends pas, dit Gaspard en entrant dans mon champ de vision. Tu as examiné un cadavre en morceaux sans frémir et tu tombes dans les pommes devant un berceau vide.

Je haussai les épaules en me redressant. J'étais incapable de savoir moi-même ce que j'avais vu.

Gaspard tourna la tête vers une étagère et alla saisir une des photographies posées devant un bougeoir doré. Il maintint quelques instants le cadre rectangulaire devant ses yeux.

– On y va, dit-il en le reposant.

Je me levai, laissant mes regards s'attarder sur la femme aux cheveux sévèrement tirés qui souriait sur le cliché en noir et blanc. Il y avait beaucoup d'autres photographies sur l'étagère. Le bébé. En grenouillère, en salopette… toujours ce visage rond et souriant. Un bébé. Ça réveilla ma nausée.

– Il est mort, dis-je.

– Quoi ? demanda le Dr Masson en plissant les yeux.

– Le bébé : il est mort.

Il secoua la tête sans répondre : il était aussi navré que moi.

– On peut faire le ménage, maintenant ? demanda Spencer.

– Ouais, amuse-toi bien, répondit Gaspard avec un sourire mauvais. Amène-toi, Saralyn : on a un boulot à faire.

Je m'arrêtai avant d'avoir atteint la porte, certaine d'avoir oublié quelque chose. Gaspard s'immobilisa, les bras croisés, ne prenant pas la peine de masquer son impatience.

– Le cercle ? demandai-je. Où est-il ?

– Quel cercle ? dit Gaspard.

– Derrière la maison, répondit Spencer. La cuisine donne sur le jardin : la porte était ouverte.

– Il est comme la dernière fois ?

– Oui. Un peu plus grand, mais sinon… Rien : c'est pareil que celui d'avant.

– Au revoir, dis-je machinalement en sortant de la maison.

Gaspard me laissa le dépasser, l'air profondément perplexe. Il me rejoignit dans la voiture.

– Tu te sens comment ? demanda-t-il en mettant sa ceinture.

– Mieux. Excuse-moi.

– Pourquoi ? Faut pas faire attention à Spencer, c'est un vrai connard.

Il fit une légère pause, mit ses mains sur le volant puis tourna la tête vers moi en soupirant.

– Ils nous détestent, dit-il.

– Quoi ? Qui ça ? demandai-je.

– Les techniciens : ils détestent les spécialistes. Comme tu es nouvelle, ils te détestent encore plus que moi. C'est tout.

– Oh, je vois, dis-je, déconcertée.

Mais il n'y avait pas que cela et je faillis lui avouer ce que je pensais vraiment : je n'étais pas faite pour ce métier. Je me sentais perdue et malheureuse – après quelques jours de travail, j'avais déjà envie de me jeter du haut d'un pont.

– Non, dit-il en démarrant.

Étonnée, je le regardai avec indécision.

– Ne dis rien. Ça passera, ajouta-t-il plus doucement.

Je me tus, me prenant à espérer qu'il disait vrai. J'ignorais pourquoi, mais l'idée de retourner à ma vie d'avant me faisait horreur.

– Où allons-nous ?

Gaspard inclina imperceptiblement la tête en signe d'approbation.

– Dans le quartier sorcier.

– Cal m'a conseillé de demander une audience à Virgile. Il pense que les sorciers sont mêlés à cette histoire.

– Il a sans doute raison, dit Gaspard avec un air mélancolique.

Je contemplai le paysage nocturne, essayant d'effacer l'image des victimes de ma mémoire. Comment pouvait-on vivre avec ça ? Ces visages, ces maisons abandonnées – tous ceux pour qui on ne pouvait plus rien. Comment pourrai-je vivre avec ça ?

– Tu la connaissais depuis combien de temps ? demandai-je.

– Qui ça ?

– La victime… La sorcière, précisai-je.

Gaspard leva un visage surpris vers moi.

– Plusieurs années. C'était mon instructrice, Meredith. Comment tu l'as su ?

– J'ai été à suffisamment d'enterrements pour savoir reconnaître les amis du défunt. Tu as envie d'en parler ?

– Non, pas vraiment.

– Je suis désolée.

– Moi aussi. Il faut vraiment qu'on bute ces saloperies.

– Tu crois que Virgile acceptera de nous aider ?

– Non. Mais je me montrerai persuasif. Il est loin d'être aussi bête qu'on le croit – il sait où sont ses intérêts.

Je pensai à lui parler du djinn, mais je n'osai pas. Après tout, ça n'était rien de très important. J'essayai de me souvenir quels étaient les dirigeants des autres clans. Sans y parvenir. Il n'y avait pas de femmes, ça j'en étais certaine. Je manquai demander pourquoi à Gaspard et renonçai : cela serait revenu à tendre le Colt pour se faire flinguer.

*

– Ici ? demandai-je en considérant d'un œil dubitatif la grande porte noire en contreplaqué qui nous faisait face. Tu te moques de moi ?

– Non, répondit-il sans s'émouvoir.

– Cette vieille usine désaffectée ? Tu ne vas pas me faire croire que le plus puissant des corbusards vit là-dedans !

– Ne crois jamais ce que tu vois, dit-il en appuyant la main à plat contre le battant.

– Ne me dis pas qu'elle va pivoter comme par magie et nous révéler une ville inconnue où on s'échange des cœurs de chauve-souris dans les coins ?

Gaspard haussa les sourcils et fit coulisser le panneau dans un horrible crissement de vieille porte de garage. Ma déception dut se voir sur mon visage car il se mit à rire de mon air déconfit. Sa gaieté s'envola dès qu'il posa un pied à l'intérieur.

– Je te présente le Royaume des éclipses ; Virgile se planque ici quand il n'est pas dans la salle des audiences, c'est là qu'il reçoit officieusement. Ne fais pas attention à *eux*, ne les regarde même pas : je te jure qu'ils ne nous feront rien, ajouta-t-il, presque à voix basse.

Je sentis sa peur s'immiscer dans mon propre esprit et je lui emboîtai le pas à contrecœur, restant le plus près possible de lui. Je parcourus des yeux des rangées de cartons vides et de machines silencieuses figées dans la rouille et la poussière. Elles avaient un aspect menaçant, ainsi immobilisées dans la saleté, semblant prêtes à se remettre en marche d'un instant à l'autre – au moment où on s'y attendrait le moins. Qu'est-ce que c'était que cet endroit, à la fois vide et oppressant ? La magie saturait l'air et le rendait quasiment irrespirable. Je levai un regard trouble vers Gaspard qui marchait droit devant lui, s'engageant dans la rangée du milieu sans jeter un seul coup d'œil autour de nous. Je remarquai que sa blessure rendait sa démarche légèrement hésitante, mais il était d'un stoïcisme sans faille.

Il faisait sombre et la lumière s'affaiblissait au fur et à mesure que nous avancions, rendant les machines plus immenses encore. Mon pied glissa sur le coin d'une bâche grisée par une bouillie poussiéreuse – le toit laissait probablement filtrer l'eau à cet endroit.

– Gaspard, dis-je à mi-voix. Gaspard ! répétai-je plus fort, me retenant de tirer sur sa manche pour attirer son attention. Il n'y a personne, ici.

– Tu en es sûre ? demanda-t-il.

Je rentrai craintivement la tête dans mes épaules, comme si la foudre allait subitement s'abattre sur nous. Mon instinct me hurlait de prendre mes jambes à mon cou et de ne plus jamais remettre les pieds dans cet endroit, mais je devais suivre mon équipier – j'avais confiance en lui.

C'est alors que je les vis. Ils étaient là, depuis le début, et ils nous observaient en silence. J'eus un hoquet de terreur et me rapprochai de Gaspard, cherchant la crosse de mon pistolet.

– Qu'est-ce qui se passe ? demandai-je.

– N'aie pas peur, chuchota-t-il. Ne dis rien.

Des gens – des tas de gens adossés au mur, jouant aux cartes sur des cartons renversés ou buvant de la bière à même la bouteille assis sur les machines endormies.

Des sorciers.

Des dizaines de paires d'yeux étaient braquées sur nous. Gaspard marchait en serrant les dents. L'entrepôt paraissait soudain avoir au moins doublé de volume, mais j'ignorais s'il s'agissait ou non de mon imagination. Le silence était pesant et j'entendais chaque mouvement résonner dans l'entrepôt – le bruit de nos pas se répercutait d'une façon inquiétante. Un homme, la joue droite barrée d'une longue cicatrice, était appuyé contre la gueule monstrueuse d'un fantasmagorique animal de métal. Il me scruta au passage et, écartant sa cigarette de ses lèvres, souffla dans ma direction un nuage de fumée âcre qui me sembla de mauvais augure. Combien de temps tiendrions-nous ? Combien de temps avant qu'ils ne se décident à nous massacrer ?

– Gaspard ! C'est toi ?

Je sursautai au son strident de cette voix qui n'hésitait pas à briser ce silence de cathédrale. Décontenancé, Gaspard n'eut que le temps de tourner la tête avant qu'une blonde enserrée dans une curieuse robe à cerceaux, sortie de nulle part, ne lui saute au cou.

Visiblement mortifié, il la repoussa sans ménagement. Cette intervention avait été comme un signal : des conversations s'animèrent un peu partout, et un bourdonnement assourdissant s'éleva dans la vieille usine, qui n'en était visiblement plus une. Nous étions retombés dans l'anonymat en l'espace d'un quart de seconde mais il était évident que ce n'était qu'une façade : ils continueraient de nous surveiller tant que nous serions dans ces murs.

– Salut, Regina.

– Qu'est-ce que tu viens faire là ? Ça fait *si* longtemps… martela-t-elle dans un registre suraigu intolérable.

Totalement déconcertée par cette apparition incongrue, je restai les bras ballants à regarder la fille – elle paraissait tellement déplacée dans ce décor, comme si le film d'horreur avait brusquement basculé dans un *soap* pour adolescents. Elle s'interrompit soudain, notant ma présence.

– C'est qui ?

– Saralyn-Regina, Regina-Saralyn.

– Oh, je vois. Tu es là pour affaires, ricana-t-elle. Tu n'aurais pas dû l'amener *elle*.

Elle secoua la tête avec un air désapprobateur, puis elle sembla m'oublier et se mit à pépier, rappelant à chaque phrase combien elle était « *heureuse* » de le revoir, que ça faisait « si *longtemps* » et lui demandant pourquoi « il avait disparu comme ça alors qu'elle s'était *tellement* inquiétée ». Je mourais d'envie de lui sauter à la gorge. Pourquoi Gaspard ne l'envoyait-il pas balader ? Il l'écoutait sans l'interrompre, semblant presque intéressé par ce qu'elle piaillait. Je trépignais d'impatience et il ne paraissait même pas le remarquer. Je m'obligeai à observer les *autres* pour garder mon calme. Beaucoup de femmes nous regardaient. Non, elles *le* regardaient. C'est à cet instant que je réalisai à quel point mon coéquipier pouvait avoir le physique du tombeur type. Pauvres filles qui se laissaient prendre à quelque chose d'aussi superficiel ! pensai-je avec mauvaise humeur. Et maintenant, j'étais coincée dans une ancienne usine avec Gaspard et sa nuée d'admiratrices béates.

– J'ai besoin de voir Virgile, dit soudain Gaspard, coupant la parole à Regina.

Elle s'étrangla et l'entraîna à l'écart. Je le suivis, bien décidée à ne pas le laisser repartir dans une conversation interminable – s'ils voulaient échanger des souvenirs, ils n'avaient qu'à le faire par téléphone.

– Tu sais que ce n'est pas possible, répondit-elle à voix basse.

– C'est important, je dois le voir immédiatement.

J'ignorais qu'on pouvait crier à voix basse : je me demandai s'il s'était beaucoup entraîné avant d'y arriver. En tout cas, la menace contenue dans ses propos était parfaitement perceptible et sa mâchoire s'était contractée d'une façon très caractéristique. Regina avala sa salive.

– Je ne sais pas...

– Regina, ne me fais pas perdre patience, insista-t-il avec un sourire qui me fit froid dans le dos.

– Je vais voir ce que je peux faire, dit-elle d'un ton mal assuré. Mais c'est bien parce que c'est toi, ajouta-t-elle en me fusillant du regard.

Gaspard se détendit immédiatement après qu'elle fut partie, sa colère sembla s'évaporer. Je me sentais beaucoup mieux.

– C'est une impression ou je ne suis pas spécialement la bienvenue ?

– Ils n'aiment pas beaucoup les spécialistes. Moi, ils me tolèrent parce que j'ai fait partie de leur communauté durant un temps – ils ne renient pas facilement leurs membres.

– C'est une ex ? demandai-je, incapable de me retenir plus longtemps, en regardant en direction de Regina qui discutait âprement avec un homme entre deux piles de cartons.

– Regina ? Tu m'as pas regardé, dit-il, visiblement blessé. Je fais pas dans les bonnes œuvres, figure-toi !

– C'est juste que vous aviez l'air tellement proches, insinuai-je perfidement.

– Regina est une pauvre cloche, dit-il à mi-voix. Mais c'est grâce à elle qu'ils ne nous ont pas encore fait exploser en quartiers de viande.

– Tu savais qu'elle serait là ? demandai-je.

– Évidemment : elle bosse ici. On a un peu étudié ensemble quand je traînais avec eux, et elle reste mon meilleur passe d'accès, tu peux me croire.

– Tu es sûr que c'est *étudier* que vous avez fait ensemble ? Je ne crois pas que ce soit tellement son genre de truc.

Gaspard ouvrit la bouche pour répliquer, mais Regina revint, flanquée d'un homme dont le développement musculaire humiliait visiblement mon collègue *dans sa chair*. Il était impressionnant, inquiétant, même. Il renvoya Regina à ses affaires malgré ses véhémentes protestations. Elle avait l'air de lui taper sur les nerfs – il la traîna un peu plus loin pour lui faire des remontrances plutôt énergiques, d'après ce que j'en entendais.

– Rappelle-moi de ne jamais rester seule avec lui, murmurai-je.

– Tout ça est faux, grimaça Gaspard.

J'allais lui demander ce qu'il entendait par là quand l'homme revint et nous fit signe de le suivre. Alors plus personne ne nous prêta attention, comme si nous avions soudain cessé d'exister – ce qui pouvait effectivement arriver dans un futur proche. Ils étaient tous retournés à leurs affaires et si nous disparaissions malencontreusement, ils ne se souviendraient même pas de nous avoir aperçus, j'en aurais mis ma main à couper.

Le sorcier body buildé nous délesta de nos armes, qu'il entassa sans un mot dans un carton. La quantité de choses que Gaspard transportait était proprement incroyable, digne du plus grand des paranoïaques. Quant à moi, une fois laissée derrière moi ma dernière protection, je me sentais si vulnérable que j'avais l'impression que c'était un bras qu'on m'avait enlevé et non un pistolet. Gaspard interrogea l'homme du regard et celui-ci hocha gravement la tête.

– On peut y aller.

– Aller où, Gaspard ? demandai-je, perdue. Nous sommes dans un entrepôt, enfin, une usine, ou tout ce que tu voudras… Il n'y a rien ici, dis-je en indiquant le mur qui nous faisait face. Tu vois, on ne va nulle part !

– Pourquoi est-ce qu'ils me l'ont confiée à moi ? se lamenta Gaspard en direction du sorcier, qui ne manifesta aucun intérêt pour la conversation. Ferme les yeux.

– Quoi ?

– Ferme les yeux, je te dis.

– Non, dis-je en secouant la tête. Non, c'est hors de question.

Il y avait d'autres gens dans la pièce: je ne pouvais pas m'aveugler, ça aurait été stupide – stupide et au-dessus de mes forces. Ça me rappelait un mauvais souvenir, mais il m'échappait.

– Saralyn, gronda sourdement Gaspard. Fais ce que je dis, je le répéterai pas trois fois.

– D'accord, capitulai-je. D'accord, mais…

Gaspard referma sa main sur mon bras, si fort que je tressaillis.

– Maintenant, tu vas avancer et tu n'ouvriras les yeux que quand je te le dirai, compris ?

– Qu'est-ce que c'est que toute cette mascarade, Gaspard ? Pourquoi est-ce qu'il faut que ce soit si absurde ?

– Avance.

Et j'avançai, m'attendant à chaque instant à rencontrer le mur. Mais l'instant ne venait pas et je commençais à me demander s'il y avait réellement quelque chose devant moi quand de la lumière filtra à travers mes paupières.

– Tu peux regarder.

J'ouvris les yeux sur une salle gris-ciment de la dimension d'un grand placard éclairée par un plafonnier. Une seule porte – en acier et encadrée par deux hommes quasiment semblables à celui que nous avions vu en haut. Je me retournai et me trouvai au pied du mur – aucune possibilité de fuite. Il faisait froid et une odeur de cave flottait dans l'air. Je croisai les bras pour me réchauffer sans oser parler à Gaspard qui toisait les deux cerbères. Finalement, ils ouvrirent la porte et nous conduisirent dans une pièce plus grande, sans un mot, sans même sembler nous remarquer : leurs regards glissaient sur nous sans que le moindre signe de reconnaissance n'apparût dans leurs yeux. Ils n'auraient pas déparé dans un château enchanté. Au beau milieu de la pièce, un homme était assis dans un fauteuil. Personne ne se décidait à prononcer un mot – j'avais envie d'aller me terrer dans un endroit sombre et lointain.

– Il faudra que vous pensiez à changer de décorateur ; le genre hangar, c'est plus du tout tendance.

Gaspard me lança un regard peu amène. Je crispai instinctivement les épaules, m'attendant presque à recevoir un coup. L'homme resta de marbre, ignorant mon intervention. Il se leva. Il était petit, plus petit que moi, cependant, malgré son apparence inoffensive, il me terrifiait déjà. La force qui émanait de lui m'électrisait – il ne fallait pas rester ici. Virgile (ça ne pouvait être que lui) renvoya en arrière une mèche de ses cheveux auburn, un peu longs à mon goût. Ses yeux couleur de ciel sans nuages se fixèrent vers nous. Il arborait une expression tout à fait neutre, pourtant à ce moment-là, il eut un sourire innocent qui me révulsa.

– Gaspard, dit-il du ton de la constatation posée et dénuée de surprise, je suppose qu'il est un peu tard pour une visite de courtoisie.

– En effet.

Les deux hommes s'affrontaient du regard, et ça ne me plaisait pas du tout d'être prise entre deux feux.

– Toutes ces années, soupira Virgile. Nous nous sommes occupés de toi, nous t'avons recueilli malgré tes incapacités... Et tu nous as trahis. Tu es passé de l'autre bord, Gaspard Flynn, siffla-t-il en se redressant comme un cobra en colère.

Toute trace d'affabilité avait momentanément disparu de son visage, mais il se reprit aussi vite qu'il s'était oublié.

– Je... Nous sommes ici pour... bredouilla Gaspard en essayant d'affermir sa voix.

La terreur suintait de chacun des pores de sa peau. Il savait ce que Virgile était capable de nous faire. Qu'étions-nous face à cette puissance ? Rien. Rien que de petits insectes qu'il pouvait écraser d'un coup de talon.

– Peu importe, ça ne fait rien, coupa Virgile. En fait, je voulais vous voir.

– Me voir ? demanda Gaspard, visiblement intrigué et de plus en plus mal à l'aise.

– Pas toi, elle, dit-il en me désignant.

Virgile se mit à tourner autour de moi, me scrutant de la tête aux pieds. J'avais l'impression qu'il voyait à travers moi et que c'était mon esprit qu'il sondait. Je n'aimais pas ça du tout. Ce manège continua pendant de longues secondes. Je remarquai qu'il boitait légèrement – son apparence était presque entièrement due au pouvoir, je l'aurais juré, alors pourquoi ne pas avoir fait disparaître cette claudication ? C'était comme une incompréhensible fissure dans un diamant parfait.

La tension était telle qu'elle en était quasiment palpable et je n'osais bouger, me sentant prise au piège dans un terrain miné. Les deux gardes du corps immobiles, moi et Gaspard pétrifiés par l'angoisse et Virgile qui me détaillait comme un prix de tombola – c'était tellement irréel que ça en devenait ridicule. Enfin, il s'arrêta devant moi.

– Ainsi, voilà Saralyn Fara, dit-il.

– Décevant, n'est-ce pas ? Les gens font toujours une montagne de pas grand-chose, dis-je en essayant d'empêcher ma voix de chevroter.

Gaspard sourit malgré lui, mais Virgile se contenta de me fixer de plus belle, posant sur moi le genre de regard qu'on réserve aux objets bizarres dont on se demande à quoi ils peuvent bien servir.

À quoi pourrais-je bien lui servir ?

– Il me semblerait utile d'en venir au but de notre visite, repris-je pour ne pas laisser cet insupportable silence se prolonger. Nous voudrions... enfin, si vous saviez ce qui se passe dans la Forêt aux Ombres, peut-être pourriez-vous... nous le dire ?

– Vous êtes plutôt courageuse, d'oser venir me demander ça, dit-il avec un sourire. Mais cette histoire n'est qu'un détail sans importance.

Il fit un geste dédaigneux de la main comme pour chasser au loin une considération insignifiante. Des lunettes tordues et un berceau vide... Comment pouvait-il prendre ça de façon aussi légère ? Comme si ça ne comptait pas, comme si *nous* ne comptions pas. La rage qui me secouait prit le pas sur la peur. Je me sentis blêmir.

– Le petit détail, il a massacré trois adolescents, une femme et son bébé, dis-je, incapable de contrôler le flot de paroles et d'injures qui se bousculaient derrière mes lèvres. Vous, comment osez-vous en parler de cette façon ?

– Saralyn ! gronda Gaspard entre ses dents serrées.

Virgile ne fit strictement rien pour me faire taire. Il continua de me toiser d'un air vaguement amusé jusqu'à ce que j'eus terminé ma tirade depuis assez longtemps pour me sentir stupide de m'être ainsi donnée en spectacle. J'enfonçai mes ongles dans les paumes de mes mains et pris une inspiration tremblante.

– Je vois, dit-il finalement. Gaspard va vous attendre à côté, ajouta-t-il en faisant un signe de tête en direction de ses gardes du corps.

– Je ne vais nulle part, coupa Gaspard.

– Cette affaire ne te concerne en rien, jeune homme. Allez-y.

Les deux sorciers le saisirent sous les aisselles – comme dans un de ces vieux films muets où les pieds du héros moulinent l'air tandis que deux armoires à glace le portent vers la sortie avant de le jeter dehors – et l'entraînèrent vers la porte. Il se débattait comme un beau diable.

Je balançais entre l'envie de le voir se calmer, car il était clair qu'il ne pouvait qu'aggraver la situation en se montrant aussi peu coopératif, et l'espoir que Virgile finirait par céder et l'autoriserait à rester.

– Ce n'est qu'une novice, cria Gaspard, pourquoi elle ? Je veux rester à sa place !

Je me demandai si c'était de la jalousie par rapport à l'honneur qui m'était fait, car je supposais que c'en était un, ou s'il s'inquiétait vraiment pour moi. Mon amour-propre voulait penser qu'il s'agissait de la deuxième solution, mais ma lucidité était loin d'en être sûre.

– C'est impossible, dit Virgile. Rassure-toi, aucun mal ne lui sera fait. Attends-la sagement : nous avons à discuter.

Mon coéquipier disparut derrière la porte et je ne tentai rien. Le bruit du verrou me fit sursauter – à présent, j'étais seule, face à mon pire cauchemar. La parfaite indifférence qu'il affichait était glaçante : son cœur battait, la chaleur se dégageait de son corps, et il n'avait pourtant rien d'un être vivant.

– Ils vous ont déjà contactée, n'est-ce pas ? demanda-t-il.

– De qui parlez-vous ?

– Des dirigeants : Dagon, Gabriel, Redja… Oui, Redja. Ça ne m'étonne pas de lui, il a toujours été bon stratège.

– Vous lisez dans mon esprit ?

– Oui, moi et tous les autres. Ce n'est pas difficile, le vôtre est seulement un peu plus confus que celui d'un humain. L'instinct et le trop grand nombre de perceptions brouillent les cartes. L'exercice n'en est que plus amusant, vous ne croyez pas ?

Il disait « humain » et pas « mange-terre », mais ça n'avait pas tellement d'importance dans sa bouche car il l'avait dit comme s'il crachait par terre.

– Je suis un être humain, dis-je, sur la défensive.

– Croyez-vous ? Écoutez, je vais être franc avec vous. Vous avez sans doute remarqué l'intérêt que nous vous portons tous – enfin, sauf Rack, ce vieux débris n'est plus en état de s'intéresser à quoi que ce soit. Savez-vous quelle est la raison de notre *sollicitude* ?

– Non, je n'en ai pas la moindre idée.

– Je vois qu'on vous a parlé de l'Étranger. Le Vieux, bien sûr, il ne sait pas tenir sa langue. Un jour... un jour, répéta-t-il, froissant dans son poing quelque chose d'invisible. Mais ce n'est pas notre propos, ajouta-t-il avec un sourire pensif. L'Étranger nous menace, les *vôtres* comme les nôtres. Il veut la ville, tout entière. Nous, les dirigeants, avons le devoir de le détruire avant qu'Il ne nous détruise : nous devons unir nos forces pour la première fois depuis plus d'un siècle. Faire front face à l'ennemi est notre unique chance de vaincre.

Il s'arrêta un instant et un verre de vin rouge apparut dans sa main. Il le porta à ses lèvres, l'air soudain absent et je me perdis dans la contemplation du liquide dont la couleur grenat, qui renvoyait autant de reflets qu'un riche brocart, me stupéfiait.

– C'est un grand déshonneur pour nous, Mademoiselle Fara, de nous retrouver aux côtés de ces animaux. Les sorciers ont toujours dominé les autres aweryths : nous sommes les premiers, les descendants directs des Vénérables. Les autres... les vampires, les gargouilles, ce ne sont que des monstres assoiffés de sang. Mais, je ne vous apprends rien. Aweryths ? Je vois que ce terme vous est inconnu. Nous sommes des aweryths, des corbusards, comme les spécialistes se plaisent à nous appeler.

Il vida son verre d'un seul trait et l'anéantit d'un geste du poignet.

– Vous voulez peut-être une chaise ? Ou un verre ?

– Non, merci. Où voulez-vous en venir ?

– Patience, jeune fille. Notre royaume s'effondre comme un château de sable quand la marée monte, et si l'Étranger n'est pas éliminé, les humains nous suivront sous terre. Nous pouvons nous unir – nous devons nous y résigner pour le bien de tous – seulement, une coalition doit être dirigée. Les autres aweryths se sont toujours soumis à notre puissance, mais à présent, chaque dirigeant veut être le bras vengeur qui lavera l'affront que l'Étranger nous fait en venant nous défier sur notre territoire. L'unique issue reste de nous réunir, pour décider à qui reviendra cet honneur.

– Ce dirigeant aura tous les pouvoirs, devinai-je.

– En effet : rien ni personne ne pourra s'élever contre lui et tous les clans devront lui obéir pareillement qu'à leur propre maître.

– Je ne vois pas en quoi cela me concerne, dis-je en secouant la tête.

– Il nous faut un représentant de votre espèce : après tout, le problème vous concerne aussi. Qui mieux qu'un membre de l'Organisation saurait remplir ce rôle ?

Pourquoi moi ? Pourquoi ?

– Je ne suis pas la plus qualifiée, et je ne connais rien à cette ville.

– Vous avez été désignée. Les humains nous haïssent de tout leur cœur, ce n'est pas votre cas. Ils ne vous ont pas encore pervertie.

– Vous êtes le Mal, dis-je sans conviction.

– Non, nous sommes les autres, rien de plus.

– Vous voulez que je vienne à cette réunion ?

– Oui. Personne ne vous y forcera, vous devez y aller de votre plein gré.

– Dois-je en parler à mes supérieurs ?

– Faites comme bon vous semblera.

– Ils ne se battront pas pour vous, vous savez. Les corbusards et les humains se sont séparés et rien ne pourra les réunir.

– Je sais. Pourtant, la guerre fait parfois des miracles.

– Vous essayez de me persuader de vous donner ma voix, mais vous ne pourrez pas faire oublier plus qu'un autre ce que vous êtes et ce que vous avez fait... tous les nôtres qui sont morts...

– J'œuvrerai pour le bien de tous.

– Qu'ai-je à y gagner ?

– La paix, Mademoiselle Fara. Pour les humains, la paix n'a pas de prix. Si nous ne triomphons pas rapidement, tôt ou tard, il y aura des pertes. Des deux côtés.

– Je veux que vous me disiez ce qui se passe dans ces bois.

– Qu'est-ce qui vous fait croire que j'en sais plus que vous ?

– Vous savez, j'en suis sûre.

– Si vous venez, nous pourrons en reparler. M'accorderez-vous votre soutien ?

– Pourquoi le ferais-je ? demandai-je, troublée. Vos belles paroles ne sont pas une garantie suffisante – je ne connais pas les autres dirigeants. Peut-être leurs intentions sont-elles meilleures.

– Vous vous méfiez de nous, n'est-ce pas ? Comment pourrait-il en être autrement : ils vous ont appris à douter de toutes les paroles que nous prononçons, à nous tuer comme de vulgaires bêtes sauvages. Chacun des nôtres a ses propres convictions, sa propre ligne de conduite, tout comme chacun des vôtres. Et vous qui êtes chargée de nous éliminer, que savez-vous de nous, Mademoiselle Fara ? Avez-vous seulement cherché à connaître la vérité au lieu de vous contenter de celle qu'on vous a fait ingurgiter ?

– Vous nous attaquez ! Vous tuez les nôtres, alors que les humains n'ont jamais rien tenté contre vous !

– Savez-vous quand l'Organisation a été créée ? Non, bien sûr, vous l'ignorez. Nous étions à peine nés qu'ils se sont précipités pour nous éliminer. Ce sont les humains qui ont commencé la guerre : il faudra bien qu'ils la finissent. En attendant, la menace qui pèse sur nous est bien plus grave que ces escarmouches qui durent depuis des siècles. Viendrez-vous ?

– Oui, dis-je, ne sachant que répondre. Je viendrai.

– Bien, je savais que vous feriez preuve de sagesse. Une voiture passera vous chercher demain. Ne vous occupez de rien, contentez-vous de suivre ceux qui vous conduiront. Inutile de vous cloîtrer chez vous, ajouta-t-il, répondant à mes pensées. Où que vous soyez, nous vous trouverons toujours.

Dire que cette idée ne me plaisait pas était encore très loin de la vérité.

La porte s'ouvrit dans un fracas épouvantable, laissant passer Gaspard qui arborait tous les signes de la plus grande colère. Virgile sourit – l'expression de son visage m'intriguait autant qu'elle m'inquiétait : son sourire ne contenait aucune joie, ce n'était qu'une grimace qui tordait ses traits dans une pantomime de bonhomie. C'était un masque, rien de plus. Un masque monstrueux et fascinant de perfection.

– Comment reconnaîtrai-je celui qui viendra me chercher ? demandai-je en essayant d'ignorer l'entrée de mon collègue.

– N'ayez crainte, vous le reconnaîtrez. À bientôt, Mademoiselle Fara. N'oubliez pas ce que je vous ai dit.

Il s'inclina rapidement, dans un salut qui me sembla teinté d'ironie, puis disparut au milieu d'un théâtral tourbillon de fumée blanche, laissant dans son sillage une odeur soufrée.

– Pas mal, commentai-je. Tu sais faire ça ?

Gaspard me lança un regard exaspéré.

– Qu'est-ce qu'il t'a dit ?

– Il m'a très courtoisement invitée à une réunion avec les autres dirigeants.

– Et tu as accepté ! hurla-t-il.

– Oui, ne crie pas comme ça.

– Tu es complètement folle ! Où est-ce que tu te crois ? Ici, c'est la réalité, Saralyn, tu n'es pas en simulation. Ils sont dangereux, ajouta-t-il, furieux.

– Arrête ou je vais finir par croire que tu t'inquiètes pour moi, dis-je en regagnant la sortie pour éviter la suite de la discussion.

Ici, c'est la réalité.

Les deux hiératiques sentinelles étaient déjà retournées à leur poste, comme si elles n'en avaient jamais bougé.

Gaspard me prit par la manche et me fit de nouveau fermer les yeux. Aussitôt que nos armes eurent réintégré leurs étuis, il m'entraîna avec précipitation vers la sortie – peut-être pour éviter de croiser une autre de ses admiratrices.

– Est-ce que nous avons traversé un mur ? demandai-je.

J'essayai de me retourner pour voir derrière moi tandis que Gaspard me tirait par le bras en zigzaguant entre les machines.

– Hein ? demanda-t-il, me jetant un coup d'œil qui en disait long sur ce qu'il pensait de mon intellect. Non, bien sûr que non. Ne t'arrête pas ! Plus vite ! souffla-t-il sans desserrer les dents. C'est seulement un passage-miroir, ça permet aux sorciers de se planquer.

– Un passage-miroir ? répétai-je, baissant la voix pour essayer de me débarrasser de la désagréable sensation que tout le monde nous écoutait.

– Tais-toi, maintenant. Je t'expliquerai.

Je me tus et continuai de trébucher à sa suite jusqu'à la sortie de l'usine. L'homme à la cigarette nous suivit des yeux durant tout notre trajet – je sentais son regard posé sur moi aussi distinctement que s'il m'avait touchée, peut-être plus encore.

– Je suis certain qu'ils ont tout manigancé, reprit Gaspard à mi-voix une fois dehors. Ils ont dû libérer ces… ces choses dans la forêt, lâcha-t-il avec dégoût. Viens ! dit-il brusquement, continuant de marcher jusqu'à la voiture. Ils en ont profité pour se débarrasser de certains témoins gênants.

Il me libéra et je levai les yeux vers lui en frottant mon poignet meurtri – il ne me ferait pas changer d'avis.

– Un passage-miroir ? demandai-je de nouveau.

– Oh, Saralyn ! C'est un chemin caché, capitula-t-il. Le nom vient du fait qu'on ne voit pas les miroirs.

– J'ai un miroir dans mon couloir, j'imagine que tu l'as vu, dis-je d'un ton incertain.

– Non, ce n'est pas le miroir que tu vois, c'est ce qui se reflète dedans. Pour voir le miroir, il faut le briser ou du moins l'abîmer…

– Pourquoi nous faire fermer les yeux alors ?

– La vue ne sert à rien pour le trouver, il faut le sentir. De toute façon, on est obligés de le faire si on veut traverser : c'est sûrement une question de sécurité ou quelque chose comme ça. Mais ne change pas de sujet, tu veux ? Virgile t'a demandé de venir toute seule à une réunion de forces occultes dont tu ne sais rien ! C'est un piège, ils vont exiger que tu sois sans armes et ils en profiteront pour t'éliminer : tu n'as pas idée de ce dont ils sont capables.

– Meredith était des leurs, dis-je, ils ne l'auraient jamais tuée. Et si Virgile avait voulu m'éliminer, il aurait pu le faire il y a à peine un instant sans aucune difficulté.

– Je vois que Virgile est toujours aussi doué : dix minutes de tête à tête et tu les prends pour les gentils de l'histoire. Ce sont des corbusards, des monstres qui se servent de sang humain pour faire apparaître des bestioles qui dévorent des bébés.

– Tu as fait partie de leur clan, objectai-je.

– Je sais. J'ai fait une erreur, et Meredith aussi, on dirait bien.

– Pourquoi l'auraient-ils tuée ?

– Bordel, Saralyn, je n'en ai pas la moindre putain d'idée mais tu ne dois pas aller à cette réunion, pas toute seule. Pas avec eux !

– Tu sais, c'est assez pauvre comme argumentation, dis-je en essayant d'avoir l'air sûre de moi.

Il avait raison, c'était évident, et je n'avais pas besoin qu'il me le rappelle. Il eut un mouvement de colère, puis brusquement toute trace de mauvaise humeur disparut de son visage.

– Écoute, dit-il d'un ton radouci, tu ne te rends pas compte de ce qui se passe, de ce qu'ils font. Tu ne les connais pas comme moi je les connais. Ils sont loin d'être aussi inoffensifs qu'ils veulent bien le faire croire. C'est pour ça que je suis parti, je me suis rendu compte que je n'étais pas dans le bon camp. Quant à Meredith, elle a dû être victime d'un petit *nettoyage*.

Il leur arrive... – sa voix flancha et il se racla la gorge – Ça leur arrive, Saralyn. Ça leur arrive.

– Je suis navrée, dis-je en posant une main hésitante sur son bras. Je ne changerai pas d'avis, l'enjeu est trop important. Oui, ce sont des corbusards, des monstres, appelle-les comme tu voudras. Je n'ai pas confiance en eux, pas plus que toi, et je sais de quoi ils sont capables. Mais il est possible que ce qui menace cette ville soit pire que ce qu'ils pourront nous faire.

– De quoi tu parles ?

– De l'Étranger. Je sens sa présence ; il est partout, Gaspard, partout. Alors, si on a besoin d'*eux* pour mener cette guerre, on doit essayer de les comprendre.

Il avait l'air vraiment inquiet. Vexé, mais inquiet.

– Je sais ce que je dois faire, dis-je. On le sait tous les deux.

J'en étais certaine, je le *sentais* : je devais y aller. Je n'avais pas le droit d'être faible, c'était comme ça, que ça me plaise ou non.

– S'il t'arrivait quelque chose, Justin ne me le pardonnerait jamais.

– Je n'ai pas besoin d'être protégée, dis-je. Je ne suis plus une gamine. Et puis, je croyais t'avoir entendu dire que tu n'étais pas chaperon.

Il ouvrit la portière de sa voiture.

– Monte.

Je secouai la tête.

– Ma voiture n'est pas loin, je vais la rejoindre à pied. Je ferai attention, ajoutai-je pour prévenir ses objections.

– Comme tu voudras, dit-il en haussant les épaules. Fais gaffe : passé une heure du matin, le quartier n'est plus très sûr.

Je claquai la portière et tournai les talons avec désinvolture. Le moteur gronda tandis que je regagnais le trottoir.

– Saralyn ! Quoi que tu fasses, méfie-toi de Virgile. On ne peut pas lui faire confiance, il poignarde celui qui lui tourne le dos.

La voiture s'éloigna sans attendre de réponse. Après un instant d'hésitation, je partis d'un pas rapide. Au fur et à mesure que j'avançais, je me sentais de moins en moins rassurée et le regard de l'homme à la cigarette me revenait en mémoire, chargé de menaces. Je commençais à regretter de ne pas avoir accepté la proposition de Gaspard. Mais ma fierté ne l'aurait pas souffert, et j'avais besoin de réfléchir. Seule : Gaspard m'empêchait de penser correctement – j'avais trop envie de le croire.

J'étais revenue depuis moins d'une semaine et demain je devrais prendre une décision qui changerait peut-être la face d'Edencity pour toujours.

Chapitre 11

Je levai les yeux. Dans le ciel sombre, la lune se détachait comme une grosse perle sur un écrin de velours noir. Elle était pleine. Je sentis la nervosité me gagner. Pourtant, je savais pertinemment que voir la pleine lune comme un signe annonciateur de monstres relevait seulement de la superstition populaire. Oui, tout comme j'avais toujours su que rien ne se cachait sous mon lit, ce qui ne m'empêchait pas de vérifier dix fois avant de m'y coucher.

Je pressai le pas, contenant à grand-peine une irrésistible envie de me retourner. Je me forçai à ralentir et à respirer plus lentement. Je me comportais comme une enfant, c'était parfaitement ridicule. J'avais pris un chemin qui contournait le Quartier Rouge, pour ne pas avoir à couper le secteur des sorciers à la limite duquel se trouvait l'entrepôt. Je commençais à le regretter : cet endroit était désert et cela me paraissait maintenant bien plus effrayant que d'être entourée par des dizaines de corbusards. Je m'engageai dans une ruelle mal éclairée – de grandes flaques d'ombre s'étalaient entre chaque réverbère et ce décor continuait à perte de vue. Edencity était une ville sinueuse, pleine de petites rues et de coins sombres : une véritable incitation au crime. À première vue, ce n'était pourtant pas une ville plus dangereuse qu'une autre, puisque les morts surnaturelles n'entraient pas dans les statistiques : après chaque incident de ce genre, les corps disparaissent systématiquement sans laisser de trace. Les ruelles et le manque de réverbères n'étaient par ailleurs peut-être pas étrangers à ce phénomène.

Continuant d'avancer, je posai la main sur la crosse de mon revolver : je ne tenais pas spécialement à rejoindre la grande famille des portés disparus. Soudain, j'entendis des bruits de pas dans mon dos. Mon cœur s'emballa et mes jambes se mirent à courir sans prendre la peine de me consulter – le parking n'était plus très loin. Derrière moi, le claquement régulier se fit plus rapide. Je sus alors que je ne pourrais pas lui échapper, ma seule chance était de tirer la première. Je m'arrêtai et sortis mon arme. Je dus m'y prendre à deux fois avant que mes doigts engourdis par la peur ne réussissent à engager le chargeur dans le magasin. J'allais devoir m'en servir, et cette fois-ci, ce serait la réalité.

L'odeur me parvint alors que mes yeux n'arrivaient pas encore à percer l'obscurité. Ça empestait la mort et la chair décomposée.

– Oh non, pas ça. Pitié ! murmurai-je.

Ils étaient deux, sommairement armés de couteaux – les lames captaient la clarté blafarde de la lune et jetaient des éclairs sur le sol. Les ombres m'empêchaient de bien les distinguer. *Des automates*, pensai-je, *ce ne sont rien que des automates incapables de réflexion*. Le nécromancien n'était pas là – j'aurais senti sa présence. Livrés à eux-mêmes, les zombies n'étaient plus que des machines à tuer. Je tressaillis lorsqu'ils apparurent sous la lumière jaune de l'unique réverbère de la rue. La chair morte, grise, les yeux vides... plus rien d'humain. Je reculai en laissant échapper un couinement étranglé. Leur démarche était incroyablement souple et rapide : le nécromancien devait être puissant. Le monstre le plus proche avait déjà eu la cage thoracique défoncée, probablement au moment de sa première mort. Il bondit, m'envoyant par terre avant que j'aie eu le temps de réagir. Mon dos heurta violemment le sol, m'étourdissant. Mon arme était tombée ; je tendis le bras pour l'attraper, mais le couteau s'abattit vers mon visage. Je parvins avec peine à retenir le bras de la créature, tandis que la lame s'approchait inexorablement. L'odeur était intolérable. Mes doigts s'enfonçaient, dérapant dans la chair pourrie, et des morceaux de son estomac se déversaient sur moi par une plaie béante, alors que mes fosses nasales commençaient à envisager sérieusement le suicide. Le zombie lacéra mon bras droit de ses ongles pour tenter de me faire lâcher prise. Je ne pourrais pas tenir longtemps, je le savais. Du coin de l'œil, je vis l'autre créature s'approcher.

La simulation, les parcours, il fallait que je me souvienne. Mes réflexes étaient noyés sous la peur – mes deux ans de conditionnement se perdaient dans les méandres de la panique, et n'atteignaient plus mes muscles. *Laisser faire son bras ; tirer ; enfoncer la lame jusqu'à la garde ; chercher les marques. Surtout, ne pas réfléchir ; laisser l'instinct prendre le dessus, ne pas résister. Quoi que vous sentiez, ne faiblissez jamais – le doute, c'est la mort.*

Je tentai de rouler sur le côté, sans cesse repoussée par le tas de chair morte qui m'écrasait. Je commençais à étouffer, asphyxiée par l'odeur de pourriture. Ma chemise se déchira et le zombie mordit dans mon épaule découverte. Je fis un geste désespéré vers mon arme, sachant que c'était mon unique espoir. Mes ongles raclaient le bitume sans me faire avancer et toute envie de me battre m'abandonnait – je n'avais aucune chance. Que faisait l'autre ? Une douleur fulgurante me déchira le poignet, le sang m'arrosa. C'est alors que la lumière se fit – mon corps se souvint brusquement des gestes à effectuer. De ma main libre, je cherchai à tâtons le signe sur le crâne du zombie.

Ils ne sont plus humains.

Le serpent se dessina sous mes doigts. J'y plantai mes ongles sans hésiter et le lacérai jusqu'à ce que la créature poussât un mugissement déchirant en s'écartant loin de moi. Un répugnant liquide coulait le long de son dos et me maculait les mains.

Ils ne ressentent rien, ils sont privés d'âme.

Je me mis sur le ventre, attrapai mon pistolet et tirai sans même me relever, visant la tête. Elle explosa comme un melon trop mûr, m'éclaboussant de morceaux de matière grise. Je tirai sur le deuxième zombie qui fonçait vers moi. Je tremblais trop et le choc avait obscurci ma vision : je le ratai deux fois avant de réussir à l'atteindre. Quand il s'écroula à terre, ma vue se brouilla tout à fait et je me sentis au bord de l'évanouissement. Je me relevai en serrant les dents pour achever la procédure. Je pris le couteau que l'un d'entre eux tenait encore dans son poing serré, lui brisant un doigt au passage, et m'agenouillai. Je sectionnai ce qui rattachait encore les crânes aux corps – la lame du couteau dérapait sur les muscles putréfiés qui collaient aux os, manquant à chaque fois m'entailler la main. Enfin, les derniers os cédèrent avec un bruit sec ; la tête roula sur le côté, comme mue par une force invisible. Je creusai alors la chair qui surplombait les cœurs jusqu'à avoir éliminé totalement les signes de réanimation.

Leurs corps souffrent. Ils souffrent. La seule chose que nous puissions faire est de les éliminer.

Les délivrer de cette horrible existence est la seule chose à faire.

À mes pieds, il n'y avait plus que deux pantins grotesques et flasques – des cadavres vieux d'au moins une semaine. Je me redressai, les jambes flageolantes, fis quelques pas et m'arrêtai pour vomir. Je ne savais que faire des zombies ; la procédure voulait que nous les dissimulions mais je ne m'en sentais pas capable. Je levai la tête vers les fenêtres des immeubles : aucune lumière ne s'était allumée. Dans les quartiers pauvres, les coups de feu étaient chose courante et les résidents ne prenaient même plus la peine d'appeler la police : la nuit, c'était rare qu'elle se déplace.

Je laissai les corps là, certaine qu'ils auraient disparu avant le lever du jour – par ici, rien de surnaturel ne pouvait rester dehors très longtemps. La gorge en feu, je progressai jusqu'à ma voiture, prenant garde de rester dans l'ombre. C'était la première fois que je me réjouissais de constater à quel point les rues d'Edencity étaient mal éclairées. Je m'affalai sur mon siège avec soulagement, tentant de ne pas l'arroser avec de la matière grise ou de la chair de zombie. Je m'aperçus que j'avais emporté le couteau – je le mis dans la boîte à gants et essayai d'arrêter le tremblement nerveux qui faisait s'entrechoquer mes genoux. Je fermai les yeux et respirai à fond pendant quelques instants. Il y avait des lambeaux de peau sous mes ongles.

Je démarrai et rentrai chez moi le plus vite possible.

Le chat s'enfuit en crachant à mon entrée et resta caché sous un meuble jusqu'au lendemain. Quant à moi, je ne me souvenais pas avoir jamais passé autant de temps dans une salle de bains que ce soir-là : je vidai une demi-bouteille de shampoing et autant d'alcool à 90°. Mon bras gauche était salement abîmé – la douleur m'empêcha de dormir et je passai la nuit à me relever pour changer les compresses ; les plaies causées par des morts vivants ont tendance à s'infecter.

Le serpent s'enroulant sur lui-même, me défiant de ses yeux hypnotiques. Ses anneaux tournaient sans fin comme la vie vers la mort, l'éternel retour. La vision s'affaiblit, me laissant seule dans la lumière du matin.

– Salutations des djinns, discours des sorciers et menace des nécromanciens, murmurai-je.

Qui choisir pour mener cette guerre ?

La sonnerie du téléphone interrompit mes moroses méditations sur l'avenir du genre humain. Je n'étais pas certaine d'avoir envie de décrocher, mais je savais depuis longtemps que mon avis ne comptait pas.

– Tu es complètement inconsciente ou quoi ?

– Moi aussi, je suis heureuse de t'entendre, dis-je, décidée à garder mon calme.

– Accepter d'assister toute seule à une réunion de dirigeants, grommela Justin, ça va pas, non ? Je t'interdis d'y aller !

Je m'appuyai contre le mur – je sentais poindre un sourd mal de tête. J'aurais dû me douter que Gaspard cafterait.

– Écoute Justin, je ne suis pas tellement d'humeur et c'est le seul moyen que nous avons de faire progresser l'enquête. Qu'est-ce que tu veux que je fasse d'autre ? Que j'attende tranquillement qu'on retrouve un autre mort ? On m'a appris qu'il faut faire tout ce qui est nécessaire pour résoudre une affaire – tout, Justin. J'ai accepté d'aller à cette réunion et je suis certaine que c'est la meilleure solution.

– Tu n'as pas la moindre idée de là où tu mets les pieds. Ces monstres ne plaisantent pas : si tu fais le moindre faux pas, si tu leur donne le moindre prétexte pour t'abattre, ils n'hésiteront pas une seule seconde.

– Ça ne sert à rien de tergiverser, le coupai-je. Ma décision est prise, et maintenant, tu m'excuseras parce que je viens de passer une très mauvaise nuit.

Je raccrochai le combiné sans attendre la réponse : c'était ce que Justin faisait systématiquement et j'avais toujours rêvé de pouvoir lui rendre la politesse. J'observai ma main qui tremblait un peu au-dessus du téléphone et fermai le poing pour l'immobiliser.

J'envisageai un instant d'aller à l'entraînement, mais il était évident que j'en étais incapable – mes membres ankylosés et douloureux me l'interdisaient formellement. Je passai donc la journée couchée, sans trouver le sommeil.

Aucun être humain n'avait jamais vu tous les dirigeants d'Edencity, du moins personne n'y avait survécu assez longtemps pour pouvoir s'en vanter. Un enfant enfermé dans la cage aux fauves : ça résumait assez bien l'inconfortable situation dans laquelle j'allais me trouver. Virgile était-il sincère ? Pouvions-nous espérer une alliance ? Autant qu'entre les agneaux et les loups, aurait dit Justin. Et peut-être aurait-il eu raison.

À minuit, j'avais récuré entièrement ma salle de bains et tout espoir de voir jamais les émissaires de Virgile arriver m'avait abandonnée. Ils s'étaient certainement ravisés : un membre plus qualifié de l'Organisation me remplaçait sans doute, et c'était mieux comme ça. Pourtant, je me sentais moins soulagée qu'amère – je voulais trouver les coupables de ces massacres plus que tout au monde. Avouons aussi que cela m'aurait plu d'avoir une longueur d'avance sur Gaspard pour une fois.

Si je restais ainsi enfermée j'allais finir par me noyer dans ma propre angoisse aussi, après m'être couchée et relevée une bonne dizaine de fois, j'enfilai un jogging. M'apprêtant à descendre, je me ravisai et allai ouvrir la boîte de pilules que Justin m'avait apportée. Il avait dit de les utiliser seulement dans des circonstances exceptionnelles, mais on pouvait dire que c'en était une.

Je pris une pilule et l'avalai avec un demi-verre d'eau, tout en priant pour que cela fonctionne. J'avais attendu le plus longtemps possible pour ne pas avoir à vérifier l'éventualité contraire, mais je n'y tenais plus. Je tâchai de contenir mon excitation et me tins immobile, attendant un miracle. Justin avait dit que l'effet était presque instantané. Il avait raison : quelques minutes plus tard, je ne voyais presque plus rien dans le noir de mon appartement. Je m'arrêtai devant la glace de l'entrée avant de sortir et y contemplai mes yeux. Je constatai qu'on ne les distinguait quasiment pas avec un abasourdissement proche de l'euphorie. Pas la moindre trace de fluorescence, rien. Justin savait que j'aurais donné n'importe quoi pour être seulement un peu plus normale, aussi m'avait-il promis de faire le maximum pour régler ce problème. Et il avait réussi.

C'était peut-être puéril de penser que le seul fait que ma nature de lycaride soit moins visible allait me permettre de me sentir plus à ma place parmi les humains, mais pour moi c'était déjà beaucoup. L'idée que ça ne parviendrait pas à me sauver, si les corbusards venaient me chercher ce soir pour m'attirer dans un traquenard, me traversa l'esprit : j'espérais ne pas avoir à m'enfuir dans le noir, parce que je n'y verrais rien pendant quelques heures.

Je me rembrunis et n'eus pas besoin de me regarder dans le miroir pour savoir quelle tête je devais faire. Je partis courir autour du pâté de maison, espérant me calmer les nerfs. Lorsque je repassai devant la porte de mon immeuble, je fus arrêtée par deux hommes aux sourires incongrus – curieux mélange entre l'expression forcée du revendeur de calendrier et le rictus menaçant de l'animal de proie. Je reconnus le djinn du bar et un des sbires de Virgile, et me sentis soudain en infériorité numérique sous plus d'un rapport.

– Vous ne comptez pas vous jeter sur moi pour me poignarder ? Non, parce que si c'est pour ça que vous êtes là, j'aimerais mieux qu'on s'éloigne de mon immeuble : ça risquerait de faire jaser, dis-je avec le sourire le plus engageant que j'avais en stock.

Les deux corbusards se regardèrent, visiblement perplexes. Décidément, les forces surnaturelles n'avaient pas du tout le sens de l'humour.

Pourquoi fallait-il toujours que la peur me fasse dire n'importe quoi ?

J'observai craintivement leur réaction. Non, ils avaient l'air étonnés mais pas fâchés. Un jour, mes paroles finiraient par me faire tuer : c'était ce que j'avais vu dans le regard de Gaspard quand j'avais commencé à divaguer devant Virgile.

– Non, répondit le sorcier en secouant la tête. On doit seulement vous conduire à la réunion. Pourquoi ?

– Laissez tomber, soupirai-je. Je peux repasser par mon appartement ?

– Allez-y, dit le djinn, haussant les épaules.

– J'en ai pour une seconde, attendez-moi là.

Je montai au pas de course et me précipitai dans ma chambre pour procéder aux mesures de protection d'urgence : je glissai deux poignards, le Colt et le Magnum sous mes vêtements, espérant qu'au moins une de ces armes échapperait à la vigilance des gardiens.

– Je vous suis, haletai-je une fois dehors tout en terminant de boutonner ma veste.

Ils m'escortèrent de très près jusqu'à une grande voiture aux vitres teintées dont le djinn m'ouvrit cérémonieusement la portière. Ils étaient si attentifs à ce qui nous entourait que j'en vins à me demander s'ils me protégeaient ou s'ils m'enlevaient. Le djinn monta à la place du conducteur et le sorcier s'installa à mes côtés. Les vitres latérales de la voiture ne me permettaient pas de voir à l'extérieur. Ils empruntèrent un chemin tortueux, tournant sans arrêt d'un côté ou de l'autre, si bien que mon sens de l'orientation, qui est déjà assez faible habituellement, en vint à perdre complètement les pédales. Je supposai que les règles élémentaires de sécurité voulaient que je ne puisse pas retrouver l'endroit où l'on m'emmenait et pris mon mal en patience.

La voiture s'arrêta. Le sorcier m'aida à en sortir. Nous étions visiblement encore dans la ville, mais dans un quartier qui m'était totalement inconnu. Une rue sans nom ni occupants, surgissant au milieu de nulle part.

– Une ville-illusion, dis-je, me souvenant d'un manuscrit qui traitait du sujet.

– Oui, dit le sorcier. Venez.

On ne retrouvait jamais les sorciers : ils créaient des villes entières dépourvues de toute matérialité, une sorte de seconde réalité. Nous entrâmes dans un immeuble d'apparence anodine. Derrière la porte, il y avait une grande pièce vide dont l'esthétique n'était pas loin de rappeler celle d'une immense boîte à chaussures vue de l'intérieur. Le djinn toussota et me regarda d'un air insistant. Il attendit, visiblement crispé, puis réitéra son geste. Je choisis de ne pas réagir, ignorant ce qu'on attendait de moi.

– Désolé, je vais devoir vous fouiller. Question de sécurité, dit-il avec une politesse surprenante.

– Allez-y.

Je me laissai docilement délester de mon matériel, bien que cela ne me rassurât nullement. Gêné, il me tâta rapidement et un poignard échappa à sa surveillance – je m'obligeai à penser à autre chose. Le djinn s'approcha d'une porte, située au fond de la pièce, et passa sa main devant. Elle s'ouvrit. Un grognement étouffé s'échappa de ma gorge : l'idée d'être enfermée ne me disait vraiment rien.

– Il y a une poignée de l'autre côté, dit le djinn, répondant à mes pensées.

– Merci, dis-je avec sincérité.

Dans une pièce aux murs totalement nus, il y avait une table ovale. À mon arrivée, cinq paires d'yeux se tournèrent vers moi et je remarquai qu'il restait deux sièges inoccupés. Dans mon dos, la porte claqua avec fracas en se refermant. Je sursautai.

Je parcourus du regard ces visages inconnus et hostiles – Virgile était le seul que j'aie déjà vu. Je restai immobile, me demandant soudain si je n'aurais pas dû prendre les mises en garde de mes supérieurs un peu plus au sérieux. Virgile me fit signe de venir m'asseoir. Consciente jusqu'à la nausée d'être le centre de l'attention générale, je relevai la tête et gagnai à pas raides le siège vide placé à sa gauche.

– Commençons, dit un jeune homme aux boucles blondes et aux ailes duveteuses d'une voix autoritaire.

Je me raidis et essayai de ne pas le dévisager. Il était beau, terriblement beau, avec ses grands yeux bleus et son visage si régulier et… inexpressif.

– Non, Gabriel, trancha Virgile qui semblait être le chef de séance. Rack n'est pas encore là et nous devons être au complet pour commencer, tu le sais très bien.

– À quoi bon l'attendre ? demanda un homme à la voix grave dont le visage était presque entièrement dissimulé par la capuche de son ample manteau noir. Il sera dans un tel état qu'il ne comprendra pas un traître mot de ce que nous dirons.

Un murmure d'assentiment passa dans la salle – Rack n'était à l'évidence pas très populaire.

– Ça suffit, dit Virgile en élevant la voix. Je sais ce que valent ces buveurs de sang, mais les règles sont les règles et nous l'attendrons.

Le silence retomba, comme une chape de plomb qu'on aurait soulevée quelques instants, afin de mieux la lâcher ensuite sur l'assemblée. Ils se lançaient de furtifs coups d'œil, se surveillant les uns les autres. Ils se haïssaient – l'air vibrait d'agressivité contenue. Comment pourraient-ils prendre des décisions communes ? Se battre côte à côte ?

Mon trouble s'atténua progressivement et je pus examiner les participants à loisir. Chacun arborait le costume de sa caste, et je n'eus aucun mal à identifier leurs clans respectifs. Gabriel portait une toge blanche d'où sortaient ses ailes – une gargouille. C'étaient les corbusards que je détestais le plus. Des bêtes sauvages, la cruauté incarnée, c'était tout ce qu'elles étaient. Leur esprit était aussi dépravé que leur apparence était parfaite. Les ailes de Gabriel se rétractaient et se déployaient nerveusement. Elles pouvaient se replier jusqu'à devenir invisibles sous les vêtements, mais lorsqu'elles se déployaient et battaient l'air... J'essayai d'effacer de mon esprit le souvenir de ce que j'avais vu là-bas, dans les collines.

– Regarde bien, avait dit la silhouette dans la salle d'observation. Les gargouilles chassent en prédateurs, en meute le plus souvent. La peur, le sang, tout ça les excite et les rend plus féroces. Tu dois pouvoir anticiper leurs réflexes.

Et j'avais regardé. Les techniciens avaient mis trois jours à nettoyer le village.

L'homme en noir portait l'emblème des nécromanciens sur toute la largeur de sa poitrine. Le type de cape ample qui couvrait ses épaules ne trompait pas. Ce costume était sans doute le plus seyant de tous, mais il dissimulait entièrement le nécromancien, et parler à cette ombre sans visage se révélait passablement désagréable.

Il y avait aussi un brun à la peau très mate, qui portait les vêtements traditionnels des djinns. Le mage avait un costume brun orné d'une chouette, et Virgile portait le costume gris perlé des sorciers.

Leur tenue impeccable, leurs traits parfaits, ces costumes magistraux, c'était une vraie vitrine de magasin de jouets. Je ne pus m'empêcher de penser qu'ils ressemblaient à de jolies figurines en porcelaine qui n'auraient jamais dû quitter leurs étagères.

La perspective de rencontrer Rack me portait vers une curieuse exaltation – la créature de l'ombre, le tyran méprisé et redouté. Rack l'ivrogne, souverain des buveurs de sang. Comment parvenait-il à régner sur un peuple aussi belliqueux que celui des vampires s'il était réellement celui que l'on disait ? Je sentis soudain le regard de Virgile peser sur moi.

– Qu'est-ce qu'il y a ? demandai-je, brisant le silence.

Il fronça les sourcils, puis effleura mon bras et mon épaule du bout de son index. Je reculai brutalement ma chaise, manquant la renverser.

– Ce n'était pas là hier soir, dit-il sans s'émouvoir de ma réaction. Comment est-ce arrivé ?

– Interrogez donc le nécromancien, dis-je en désignant le manteau noir du menton.

– Dagon ? demanda Virgile en se tournant vers lui.

– Je n'ai rien à voir là-dedans. J'ignore de quoi elle parle.

Tout le monde me regarda, attendant ma contre-attaque. On se serait cru dans un mauvais show télévisé. Se lancer dans un débat était un moyen comme un autre de passer le temps, mais ça pouvait très mal finir. Pour moi.

– Vraiment ? C'est étrange, parce que figurez-vous qu'hier soir, en rentrant chez moi, je me suis fait attaquer par deux zombies, dis-je en essayant d'avoir l'air de plaisanter.

– Dagon ? répéta Virgile, plus sévèrement.

– Il ne peut s'agir que d'un regrettable accident, reprit l'intéressé, il arrive que nos morts échappent à notre surveillance et…

– Ils me suivaient. Armés. Leurs instructions étaient clairement de m'éliminer. Du moins, je ne les ai pas trouvés équivoques.

Dagon baissa la tête, rabattant encore plus avant le tissu sur son visage.

– Je suis désolé, j'ignorais tout de cette fâcheuse affaire et... enfin, je ne sais pas ce qui a pu se produire. Il m'arrive de perdre le contrôle sur mes sujets. Il fit une pause, comme pour nous laisser le temps d'apprécier l'importance de l'aveu. Je trouverai le responsable, dit-il finalement d'une voix ferme et grave.

Je hochai la tête sans répondre. Il était évident que c'était une tentative d'intimidation de sa part : personne n'aurait risqué de déclencher une guerre avec l'Organisation sans raison et encore moins sans l'accord du chef de clan. Entre nous et les corbusards, c'était la loi du Talion et nul ne l'ignorait. Je ne lui demandai pas ce qu'il comptait faire à celui qui servirait de bouc émissaire, cependant j'en avais une vague idée.

Virgile semblait prêt à ajouter quelque chose, mais la porte s'ouvrit à toute volée, coupant court à la discussion. Un individu titubant et vociférant fut précipité dans la pièce, autant soutenu qu'entraîné par le djinn et le sorcier qui m'avaient conduite ici. Leur boulot ne devait pas être riant tous les jours. Ils tentaient vainement d'approcher le nouveau venu du fauteuil vide tandis qu'il résistait de toutes ses forces en déversant un flot d'injures. Une odeur de vermouth emplit mes narines. Dans la salle, un silence de mort était tombé. Les autres le contemplaient avec un air consterné, gênés de le voir dans cet état. Il arrêta brusquement de se débattre.

– Ah oui ! Prenez votre air désolé ! Ce pauvre Rack, quelle honte il nous fait à tous ! Vous qui n'êtes pas même capables de maintenir l'ordre dans votre propre clan ! Pour qui vous prenez-vous ? Une race supérieure, n'est-ce pas ? Une race dégénérée, voilà ce que nous sommes. Regardez-nous ! Regardez ce qu'ils ont fait de nous, pauvres fous ! Allons Darius, ne fais donc pas cette tête, personne ne te tiendra rigueur de tes petits problèmes de contrôle.

Le mage resta de marbre, les lèvres serrées, le plus digne possible. Il avait l'air aussi naturel et décontracté que s'il était assis sur un nid de scorpions. Je ne pus m'empêcher de sourire face à ses infructueux efforts. Rack se tourna vers moi et me considéra d'un œil scrutateur. Virgile congédia les deux sbires d'un léger signe de tête, puis se leva pour obliger Rack à s'asseoir, et à se taire. Rack le dépassait d'une bonne tête : le combat serait inégal malgré l'état d'ébriété avancée du vampire. Son physique et sa tenue vestimentaire détonaient pour le moins avec son attitude. Il portait un costume noir, relativement moderne contrairement à ce que portent les vampires d'habitude, de coupe classique mais élégante. En dessous, on apercevait une chemise immaculée. Ses vêtements étaient vaguement froissés et ses cheveux en désordre, mais il n'attirait ni la pitié ni le dégoût que suscite ordinairement la vision d'un ivrogne. Je notai au passage que son teint était resté d'une pâle perfection. Probablement qu'en l'absence de circulation régulière du sang, l'alcool ne le faisait pas rougir. Je n'avais jamais eu l'occasion de me poser la question, car c'était le premier vampire alcoolique qu'il m'était donné de rencontrer.

On m'avait appris que les vampires étaient des gens comme les autres, morts, mais comme avant. Je l'avais cru et mon expérience personnelle ne l'avait jamais démenti. Pourtant, face à leur dirigeant, j'en vins à douter sérieusement des enseignements de Justin : Rack était tout sauf humain. Il n'avait rien de la rigidité des cadavres, et, si sa peau était terriblement pâle, je m'attendais presque à voir son sang circuler. En fixant suffisamment longtemps la veine de son cou, je pouvais la voir battre au rythme d'un pouls lent et régulier. Je secouai la tête pour chasser l'illusion. Il était beaucoup plus vieux que les vampires que j'avais déjà croisés. Malgré son visage lisse et juvénile, je pouvais voir les siècles au fond de ses yeux sombres. Il avait l'air tellement intemporel et tellement *vivant*. La puissance qui se dégageait de son être était impressionnante et l'odeur du sang était perceptible derrière celle du Vermouth. Virgile le fit asseoir de force sur la chaise vide.

– Commençons, dit-il en s'installant à son tour. Vous savez tous quel est l'objet de cette réunion, nous pouvons donc d'ores et déjà passer au vote.

Il ouvrit la bouche pour continuer sur sa lancée.

– Non. Désolée de vous interrompre, mais vous n'avez pas daigné me donner de réelles précisions. J'aimerais connaître la situation, dis-je, prenant mon courage à deux mains.

Les regards se tournèrent vers moi et je sentis une vague d'animosité à mon égard. Rack éclata de rire, ce qui n'arrangea pas vraiment mes affaires.

– Allons Virgile, donne donc à la petite humaine ce qu'elle demande, dit-il. Nous savons tous que tu es un vrai gentleman, dans tes bons jours.

Virgile sortit de son mutisme passager.

– Hum, en effet, dit-il en ignorant délibérément les propos de Rack. Nous nous réunissons parce qu'Il est arrivé en ville et qu'Il menace nos structures. Nous perdons peu à peu le contrôle sur nos sujets. Nous craignons qu'Il ne se rende maître de cette ville, mais ça, vous le savez déjà.

– Qui ça, Il ?

– Nous l'ignorons, dit-il d'une voix presque inaudible.

– Depuis quand est-ce que ça dure ?

– Cela fait presque trois semaines que des factions se battent entre elles, divisant nos propres clans.

– L'Organisation n'a rien détecté de tel, dis-je, incrédule.

– Nous faisons disparaître toutes les traces. L'Organisation a beau être plus rapide que la police, nous le sommes bien plus encore. Mais je peux vous assurer qu'il y a déjà eu plusieurs morts.

– Je veux savoir pourquoi je suis ici.

– Je vous ai déjà dit, il me semble…

– Non, protestai-je. Je veux la vérité. Qu'est-ce que j'ai à voir avec Lui ?

– Êtes-vous certaine de vouloir le savoir ?

– Oui, bien sûr, dis-je, sans comprendre.

Brusquement, le monde bascula. Les cauchemars qui hantaient ma mémoire se réveillèrent. Toutes ces choses que je refusais de revoir passaient devant mes yeux aveuglés. Je sentais leurs esprits s'introduire dans le mien et chercher. Je ne voulais pas, je ne voulais pas me souvenir, mais je ne contrôlais plus rien. Les images défilaient devant ma conscience sans que je puisse m'échapper, tandis que mes cris et mes suppliques s'étranglaient dans ma gorge.

Les roses couleur de sang dont s'égouttait lentement le liquide chaud et sirupeux. Chaque goutte tombait avec un bruit mat qui se répercutait à l'infini. J'avais envie de hurler, tellement ce bruit était insupportable, le sang s'écoulant goutte à goutte. Son goût lancinant m'envahissait la bouche, me faisant saliver. Soudain, j'étais en chemise de nuit dans l'orphelinat vide. J'avais dix ans.

– Justin ! Justin, s'il te plaît ! Ne me laisse pas ! Justin !

Mes appels rebondissaient sur les murs, comme murmurés par des dizaines de voix. J'étais dehors. Je marchais dans l'herbe verte d'un sous-bois. Je n'osais pas baisser les yeux parce que sous mes pieds nus, je sentais les petits os qui craquaient. Puis, les bois devinrent rouges. Les arbres pleuraient en silence des litres de liquide écarlate. L'étang glacé se forma au cœur du tout. Un homme accroupi y plongeait une coupe.

– Pourquoi tout ce sang ? demandai-je.

– La terre s'en rassasie... Ils veulent du sang, tout le monde en veut.

Il n'était plus un homme, il était un loup aux yeux verts. Il était tout et rien à la fois. Il était indescriptible, insaisissable.

– Qui êtes-vous ?

– Ne le sais-tu pas ?

Son rire cristallin emplit chaque parcelle du décor puis se décomposa comme de la lumière passant à travers un prisme.

– Pourquoi ? Que voulez-vous ?

– Beaucoup de choses. Tu es mienne, ne le *sens*-tu pas ? Tu aimes les roses ?

Il porta la coupe à ses lèvres. C'était mon sang, je le savais. Ma chemise de nuit rougit soudain. Elle collait à ma peau. Le sol se couvrit de roses sanglantes. Je poussai un hurlement.

Ma vision brouillée s'éclaircit peu à peu. J'étais à nouveau dans la pièce, mais à quatre pattes et le monde tournait en s'assombrissant. Pas un seul des dirigeants n'avait bougé. Ils avaient vu eux aussi, ils avaient gratté les couches de mon subconscient et déterré mon rêve comme un chien l'aurait fait pour un os. Écœurée, je me relevai en chancelant. Mes yeux s'emplirent de larmes, je les ravalai et serrai les dents. Flancher devant l'ennemi est suicidaire.

– Ce n'est pas la galanterie qui vous étouffe, grognai-je en me rasseyant.

Nul ne prit la peine de me répondre et je cherchai à effacer de mon esprit les images qui y flottaient encore – celles de l'orphelinat où j'avais si longtemps attendu que quelqu'un vienne me chercher. Quelqu'un qui n'était jamais venu, au point que j'avais fini par oublier de qui il s'agissait – mes parents sans doute, bien que je ne conserve d'eux aucun souvenir, car quel enfant peut se résoudre à accepter l'idée qu'ils aient tout à fait disparu ? Pour toujours. Et il y avait les cauchemars, bien sûr. Ceux que je faisais après l'« accident ». Ceux dont je me réveillais en hurlant, certaine que j'étais de trouver la créature tapie dans l'ombre près de mon lit et mes draps gorgés de sang.

De mon sang.

Mais cet homme, ce pouvoir… Qu'était cette créature qui m'était si proche et me voulait tant de mal ?

– Expliquez-moi, dis-je, redressant la tête.

Par pitié, expliquez-moi ce qui m'arrive.

– Il vous a choisie pour des raisons que nous ne pouvons vous donner. Elles ont, semble-t-il, trait à votre sang, expliqua Redja, qui restait le plus courtois des six mufles. Les rêves viennent de Lui, ou bien Il vous les fait envoyer par un intermédiaire, probablement pour entrer en contact avec vous. Vous devez prendre position et choisir votre camp. Si vous ne nous aidez pas, nous allons tous tomber sous sa domination.

– Comment voulez-vous que je vous aide ? Je ne peux rien pour vous et vous êtes autant nos ennemis que Lui.

Gabriel haussa les épaules.

– Nous ne vous ferons jamais autant de mal que Lui, soyez-en convaincue. Gardez en tête qu'Il vous menace directement : ça ne vous laisse pas vraiment le choix. Sans compter que c'est votre seule chance de protéger vos précieux mange-terre, insista-t-il avec un rictus.

Cette remarque me fit l'effet d'une douche froide. Ils étaient pires encore que ce que j'avais imaginé – Virgile avait au moins eu l'intelligence d'éviter d'insulter les miens en ma présence, mais les autres ne prenaient même pas la peine de masquer leur mépris : ils me regardaient comme le représentant d'une sous-race dont ils se moquaient éperdument. Je sentis la fureur transparaître sur mon visage.

Rack semblait beaucoup s'amuser.

– Qui appuierez-vous en cas d'affrontement ?

– Personne, tranchai-je. Et puis qu'est-ce qu'il y a avec mon sang ? Il n'a rien de particulier, ajoutai-je avec désespoir.

– Nous l'ignorons, dit Redja visiblement mal à l'aise.

– Si vous me laissez goûter, peut-être pourrai-je vous le dire, dit Rack en passant sa langue sur ses lèvres avec un air provocateur.

Je frissonnai de dégoût et me levai.

– Je ne soutiendrai personne. Essayez seulement d'épargner les civils. Maintenant que j'ai rempli ma part du contrat, remplissez la vôtre, dis-je en me tournant vers Virgile.

Une expression ennuyée s'afficha sur son visage. Il s'éclaircit la gorge avec distinction, frôlant comme souvent un ridicule qu'il était trop effrayant pour jamais atteindre complètement :

un seul de ses regards étranglait mon rire avant que celui-ci n'ait pu franchir mes lèvres.

– Nous devons procéder au vote. La question n'est pas de savoir si vous soutenez les nôtres ou l'Étranger, dit-il en regardant Gabriel de travers. Nous savons que vous êtes du côté des humains et que vous nous considérez tous comme vos ennemis, ce qui reste à prouver. Je vous ai fait venir pour que vous donniez votre voix à celui d'entre nous qui dirigera la coalition.

– Vous vous moquez de mon avis, et, quant à moi, je suis venue ici uniquement parce que c'était le seul moyen d'arriver jusqu'à vous. Je n'en ai rien à faire, de savoir qui dirigera votre armée, vous êtes tous de dangereux phénomènes contre nature. Ce qui m'intéresse, c'est de savoir ce qu'il y a dans cette forêt, et vous allez me le dire maintenant, martelai-je.

Virgile secoua la tête. Si je voulais savoir, je devais le soutenir. Je me levai, sortis mon poignard et le lui pressai contre la gorge avant qu'il ait eu le temps de se mettre debout. Je restai là, figée dans mon angoisse, sachant qu'un mouvement trop brusque pouvait signer mon arrêt de mort. Ma main trembla et je resserrai l'étreinte de mes doigts sur le manche du poignard, essayant d'éloigner ma peau de celle de ma victime pour ne pas sentir la vie qui y battait. Je n'avais pas réfléchi : faire une chose aussi stupidement téméraire ne m'était même pas venue à l'esprit avant de me trouver devant le fait accompli. C'était d'ailleurs probablement ce qui avait empêché les dirigeants d'anticiper mon geste. Virgile soutint calmement mon regard, y lisant probablement la panique qui m'envahissait.

– Je vois que l'Organisation est toujours une aussi bonne école, dit-il. Conditionnement, n'est-ce pas ?

– Oui, dis-je. N'essayez pas d'intervenir, avertis-je Darius qui hésitait visiblement. C'est entre lui et moi.

– Vous êtes consciente que chacun d'entre nous pourrait vous tuer en moins d'une seconde si nous le désirions.

– Oui, répétai-je.

– Il aurait été plus simple de faire ce que je vous demandais.

– Je sais. Je n'ai pas voulu ça.

– Je crois que vous êtes la première à réussir à introduire une arme dans cette salle. Comment avez-vous fait ?

– J'ai oublié, je n'y pensais pas.

– Je vois. Je ne veux pas que les choses se passent mal, je n'ai aucunement l'intention de vous faire quoi que ce soit, reprit-il. Vous n'aimez pas tuer, n'est-ce pas ?

– Non, répondis-je, parce que c'était la vérité.

– Alors, ne laissez pas le conditionnement prendre le dessus.

Je pressai plus fort la lame contre son cou ; j'étais perdue, mais mes mains savaient exactement quoi faire, comme si j'avais fait ça toute ma vie.

– Il faut que vous m'aidiez, Virgile. Vous êtes le seul à pouvoir me dire ce qui s'est passé. Je ne veux plus jamais voir ce que j'ai vu là-bas, ajoutai-je malgré moi.

– Je vais vous aider. Donnez-moi d'abord votre arme. Tout se passera bien, je vous le promets.

Je dus faire un effort pour passer outre les gestes gravés dans ma mémoire. *Menacer, blesser, torturer si nécessaire*. Je jetai le poignard par terre.

– Je vous en prie, il y avait un bébé, suppliai-je, incapable de penser à autre chose.

– Oui. Asseyez-vous.

Chancelante, je reculai et me laissai tomber sur mon siège. Qu'ils me tuent, maintenant, je m'en moquais bien. Quelle horrible vie m'avait-on choisie.

– N'ayez pas peur. Les trois jeunes hommes que vous avez retrouvés dans les bois ont invoqué une créature dont la puissance les dépassait. Ils en ont perdu le contrôle… vous connaissez la tragique suite de cette histoire.

– C'était des sorciers ? Je n'ai pas… non, dis-je en secouant la tête.

– Les temps sont durs, Mademoiselle Fara. Nous sommes obligés de recruter ce que nous trouvons et ces novices étaient loin d'être très doués, je suis même étonné qu'ils aient réussi à invoquer quoi que ce soit seuls. En tout cas, ils n'auraient jamais dû tenter ce genre de technique sans leurs instructeurs. Que voulez-vous, les jeunes pensent toujours qu'ils vont se débrouiller.

– Et Meredith ?

– Elle était partie de la communauté, vivre avec son… enfant il y a des mois de cela. Elle savait ce qui la menaçait. Ses cris ne nous sont parvenus que trop tard, nous n'avons pas pu intervenir.

– Qu'est-ce que l'enfant avait de spécial ?

– Quoi ?

– Le bébé, c'est pour ça qu'elle est partie, n'est-ce pas ?

– C'était un porte-mort, lâcha-t-il avec une moue de mépris.

L'enfant d'un humain, bien sûr. Ils l'avaient rejeté et Meredith avait préféré quitter les siens plutôt que de voir son fils devenir un banni.

– C'est tout ce que je sais sur votre affaire, reprit-il.

– Ne pouvez-vous rien faire ?

– Contre la créature ? Non, je suis navré. Nous sommes en guerre et j'ai suffisamment de mal à la mener sans envoyer mes soldats se faire dévorer. Faites votre travail pendant que j'essaye de faire le mien.

– Vous avez dit « une créature » ? répétai-je.

– Oui, pourquoi ?

– C'est impossible : elles sont au moins trois d'après l'autopsie.

– Je peux me tromper, dit Virgile d'un air de doute. Mais je ne crois pas.

– Bien. Bien, répétai-je en me levant. Merci.

Je ramassai le poignard et le rengainai en reculant.

– Vous voyez, je ne vous veux pas de mal, dit Virgile. Je ne suis pas votre ennemi, Mademoiselle Fara. Pouvez-vous me donner votre voix ? Me faire de nouveau confiance afin de sauver nos deux peuples ?

– Oui, dis-je en me collant contre la porte. Faites ce que vous avez à faire, mais ne m'approchez plus jamais. Aucun d'entre vous.

J'ouvris la porte et sortis en essayant de leur tourner le dos le moins possible. Derrière moi s'éleva une dernière fois le rire aviné de Rack.

Chapitre 12

Gaspard était assis sur les marches, juste devant la porte de mon appartement. Il releva la tête en m'entendant arriver.

– Qu'est-ce que tu fais ici ? demandai-je. Il est très tard.

– Trois heures et demie du matin, je sais. Je n'arrivais pas à dormir.

– Ça fait longtemps que tu es là ?

– Trop longtemps : tu n'as pas idée de ce que ces marches peuvent devenir inconfortables au bout de quelques heures. J'allais justement entrer chez toi par effraction.

– Je vois, je peux dire adieu à ma vie privée.

– Tu ne vas quand même pas essayer de me faire croire que tu en as une ?

– Entre, dis-je en repoussant le battant.

Il se releva avec une agilité surprenante pour quelqu'un qui était censé rester au lit. J'enlevai ma veste avec lenteur et précaution, essayant de garder mon épaule droite immobile. Une couture appuya contre la plaie, me faisant grimacer, et je laissai le vêtement s'écraser sur le sol dans un bruit feutré.

– Qu'est-ce que c'est que ça ? demanda Gaspard en regardant mon bras bandé.

Le sang transpirait un peu à travers la gaze, j'avais probablement rouvert une des plaies en faisant un geste trop brusque. Je soupirai en me baissant pour ramasser ma veste.

– C'est une longue histoire.

Gaspard enleva son blouson et prit un siège.

– J'ai tout mon temps.

Je lui racontai ce qui s'était passé depuis la nuit dernière tout en rangeant la cuisine pour éviter d'avoir à le regarder – je n'aurais pas supporté son regard, je ne voulais pas sentir ce qu'il penserait de moi. J'aurais cru que ce serait difficile de parler ainsi à quelqu'un que je connaissais aussi peu, mais les mots sortaient de ma bouche avec un naturel déconcertant. Il ne m'interrompit pas une seule fois, tandis que j'étais tout au soulagement de déverser une part de mes doutes sur quelqu'un dont les épaules paraissaient si solides. Il resta silencieux encore quelques minutes après que je me fus tue, puis se leva et me prit des mains le bandage que j'essayais de refaire avec maladresse.

– Je ne sais rien faire de la main gauche, soufflai-je pour m'excuser.

– Moi non plus. Enlève ta chemise : je ne peux pas te bander correctement comme ça, insista-t-il.

Je m'exécutai, perdant un regard gêné dans ma batterie de cuisine. Il pansa la plaie avec une dextérité toute professionnelle et me rendit ma chemise, m'englobant d'un œil parfaitement indifférent. Bien malgré moi, je dus m'avouer ressentir un vague dépit devant son air blasé. Le sourire ironique qu'il afficha quand je me détournai acheva de me mortifier au plus haut point.

Je t'en prie, pensai-je. *Ne me dis pas que tu m'avais prévenue. Ne me dis pas que j'ai fait une erreur en allant là-bas.*

– Virgile pense qu'il n'y a qu'une seule créature, dis-je enfin.

– Il ne faut pas t'en faire pour ça, les corbusards mentent sans arrêt. Il aura raconté ça pour nous déstabiliser.

– Il avait l'air sincère.

– Ils ne le sont jamais ; ils n'attendent qu'une occasion pour nous baiser : tu baisses ta garde et ils te sautent à la gorge, gronda-t-il en abattant son poing sur la table.

– On devrait peut-être leur laisser une chance, hasardai-je d'une voix mal assurée. S'ils disent vrai, on aura besoin de leur aide. Bientôt.

– Non. Ta seule chance de t'en sortir, c'est de vider ton chargeur sur tous ceux qui essayeront de t'approcher. Est-ce que tu comprends ?

– Oui, mais on ne peut pas être sûrs…

– Sûrs de quoi ?

– D'avoir raison. Qu'est-ce qui te fait croire que ce que nous faisons est juste ? On ne peut pas continuer cette guerre éternellement.

– On gagnera, on finira par les écraser, crois-moi. Comment tu peux essayer de les défendre après ce qu'ils t'ont fait ?

– Nous faisons pire, parfois.

– Et ces trois gamins, cette femme et son bébé ?

– C'est un accident, Gaspard. Les corbusards n'y sont pour rien.

– Ils t'ont déjà convaincue, alors. Qu'est-ce que tu crois, Saralyn ? Ils les ont laissés crever, pour l'exemple. Ils savaient que les bestioles étaient là. Je pense même que ce sont eux qui les ont invoquées : des novices n'y seraient jamais arrivés. Bien sûr, c'est ce qui s'est passé ! On n'est pas dans un putain de conte de fées où on peut se réconcilier à la fin. Entre eux et nous, ce sera jusqu'à la mort. Tu ferais bien de te mettre ça dans le crâne.

Je reculai, ébranlée. Je n'aimais pas que les gens soient en colère, il se dégageait d'eux tellement de vibrations angoissantes.

– Je ne voulais pas m'énerver contre toi, dit-il avec large geste de la main. C'est normal, tu n'es pas ici depuis longtemps. Je sais que tu veux bien faire, mais laisse les choses comme elles sont, d'accord ? Tu devrais parler de tout ça à Justin.

– Non, dis-je. Il serait obligé d'user de représailles. Je ne veux pas de sang.

– C'est comme tu veux. Après tout, ça ne me regarde pas. Et cet Étranger, à part les rêves, il n'a pas essayé de t'approcher ?

– Non.

– Rien d'autre ?

– Il y a juste... ces fleurs, dis-je en passant dans le salon pour les lui montrer.

– Ce ne sont pas des fleurs, dit-il en effleurant les pétales d'une des roses.

– Je sais. Elles sont de l'énergie, du pouvoir.

– Débarrasse-t'en. Ça vaut mieux.

Il remit sa veste et sortit. Je le suivis, désemparée et blessée par son attitude brusque.

– Ça va aller, simplement, je ne veux pas qu'il t'arrive quelque chose. Prends soin de toi et tout ira bien, d'accord ?

– Gaspard, dis-je, mal à l'aise. Le bébé de Meredith était un demi-sang. Est-ce que… enfin, j'imagine…

– Non, répondit-il. Meredith et moi n'avions pas ce genre de relations. De toute façon, il est interdit aux instructeurs de coucher avec leurs élèves.

– Oh, dis-je, me sentant rougir. Je ne voulais pas me montrer indiscrète ou insinuer quoi que ce soit, mais… je n'aurais pas dû poser la question.

– Laisse tomber, tu es un peu à cran, c'est tout.

Il écarta une mèche de cheveux de mon visage, dans un geste qui se voulait probablement réconfortant. Le contact de ses doigts me fit reculer brutalement.

– Désolée, dis-je en m'adossant contre le mur. La fatigue et le reste : mon conditionnement s'active tout seul.

– Quel conditionnement ?

– Les deux ans que j'ai passés là-bas. Ils ont inscrit les gestes, les procédures. Je ne me souviens pas vraiment, dis-je en portant la main à mon front. Ils ne t'ont pas formé ?

– Non, répondit-il d'un air troublé. Comme je te l'ai dit, j'ai été encadré par un spécialiste plus âgé.

– Pourquoi avoir changé… ?

– Il est mort, m'interrompit-il.

– Excuse-moi. J'ignorais.

– Ça ne fait rien.

– Nous devrions retourner dans la forêt avant qu'il n'y ait d'autres victimes, dis-je finalement.

– Non, pas avant de savoir ce qu'on va y trouver. Je ne veux pas risquer de nous faire perdre notre temps… ou plus que ça encore. En attendant, si t'as un problème tu m'appelles, OK ?

Il me tendit un morceau de papier et sourit.

– J'adorerais casser la gueule à quelques-unes de ces saloperies de bestioles.

Je m'appuyai contre la porte et écoutai son pas se perdre dans l'escalier.

*

– Devine qui c'est !

– Carla ? dis-je d'un ton ensommeillé.

– Je te réveille ou quoi ?

– Oui, on peut dire ça.

– Il est midi !

– Je me suis couchée à cinq heures du matin, gémis-je.

– Quoi ? Faut que tu me racontes ça. Ça tombe bien : devine où on est !

– On ?

– Exactement, en bas de chez toi et on t'emmène déjeuner. Si tu n'es pas descendue dans cinq minutes, on monte te chercher !

– Oh, non. Pitié ! implorai-je la tonalité.

Mais il était trop tard. Carla est têtue comme une mule. Je m'habillai en quatrième vitesse, recommandai au chat de bien garder la maison et partis au pas de course. Carla et Rachel me traînèrent dans un petit restaurant dans le style familial et rustique cher aux désargentés du quartier des professions libérales – loin des bruyants fast-foods qui entouraient les usines. Il était presque vide. Une salière et un poivrier en verre reposaient sur chaque nappe à carreaux rouges et blancs, encadrant une corbeille en osier remplie de tronçons de baguette.

C'était ringard au possible, mais il n'y avait pas de musique, ce qui, de mon point de vue, donnait déjà deux étoiles au restaurant. J'eus toutes les peines du monde à justifier mon manque d'appétit et me fis fusiller du regard par la serveuse – ils détestent qu'on ne commande rien.

Évidemment, Carla et Rachel voulaient en savoir davantage sur Gaspard, à qui elles attribuaient visiblement mon jeûne ainsi que mon teint brouillé. Je leur répondis que je n'en savais pas tellement plus qu'elles, et qu'à mon plus grand regret, la noce n'était pas prévue pour tout de suite. Carla en fut très déçue : elle cherche toujours à se faire inviter aux cérémonies nuptiales parce qu'elle est persuadée qu'elle va y rencontrer l'homme idéal. J'ai déjà tenté de lui démontrer qu'on n'est pas vraiment séduisante quand on est engoncée dans une ridicule robe rose à volants de demoiselle d'honneur, et qu'en plus, les garçons qu'on y trouve sont les mêmes que d'habitude déguisés en maîtres d'hôtel, mais elle n'a rien voulu entendre. De toute façon, Carla est trop rapide pour eux et je ne crois pas qu'elle trouvera d'homme à sa hauteur de sitôt. D'ailleurs, je suis sûre qu'elle est parfaite pour son poste : les clients de l'entreprise doivent avoir signé tous les documents qu'elle leur présente avant même d'avoir compris de quoi ça parle.

Les heures passèrent, tandis que Carla et Rachel me traînaient d'un quartier à un autre, notamment pour m'obliger à m'extasier devant chacun des vêtements qu'il leur prenait l'envie d'acheter. Ce fut à ce moment-là que je réalisai à quel point mon « choix » de carrière était peu lucratif : d'après le chèque que j'avais reçu deux jours auparavant, Carla touchait près de trois fois plus que moi en faisant un travail dix fois moins dangereux.

Il fut deux heures, puis six, et je commençais à mourir de faim. J'étais bien trop occupée à surveiller mes paroles pour réellement m'amuser, mais je ne vis même pas la nuit tomber. Je réussis néanmoins à décliner une invitation à dîner et à prendre congé en ne me faisant traiter de rien de plus grave que de vieille fille couche-tôt.

Je décidai de rentrer à pied – le quartier était trop indigent pour que j'eus la moindre chance d'y trouver un taxi et le soleil se fondait dans le ciel, déversant sur terre une irrésistible lumière orangée qui me donnait envie de parcourir des kilomètres. Les ombres s'allongeaient, mais les rues restaient relativement passantes. Je levai la tête et contemplai les imposants buildings du quartier des bureaucrates qui s'élevaient sur des dizaines d'étages et dont la blancheur rayonnait, reflétant la clarté fléchissante. Je me souvins qu'il y avait dans ce quartier un groupe de tours qui m'avait beaucoup impressionnée lorsque j'étais arrivée ici : il s'agissait de bureaux pour une compagnie d'assurance ou quelque chose comme ça. D'en bas, on n'en voyait pas le sommet et il était traversé en son milieu par une gigantesque cage d'ascenseur qui conduisait directement sur la terrasse, ce qui en faisait un des monuments les plus célèbres d'Edencity. Je me souvenais vaguement qu'un garçon dont je ne me rappelais plus le nom avait voulu m'y faire monter une fois pour admirer la vue – son père y travaillait, je crois – mais le simple fait de regarder les tours de bas en haut me faisait tourner la tête.

Le ciel s'assombrit encore et les réverbères commencèrent à s'allumer les uns après les autres, comme une nuée de grosses lucioles. Cependant, la rangée d'arbres touffus qui bordaient la chaussée projetait une ombre épaisse sur le trottoir qu'ils ne parvenaient pas à vaincre. Je pressai le pas pour rejoindre un endroit plus brillamment éclairé, regrettant de ne pas avoir emporté les pilules miracles de Justin, et remarquai que la plupart des gens que je croisais allaient dans le sens inverse du mien.

Je posai la paume de ma main contre mon holster pour vérifier que mon arme était toujours là : la soirée de la veille m'avait laissé un mauvais souvenir et je me sentais nerveuse, prête à tirer sur la première chose qui bougerait. *Un vrai danger public*, pensai-je en essayant de me détendre un peu. Mais, soudain, il y eut ce bruit derrière moi, comme un léger froissement, un son trop rapide pour être réellement entendu. Je fis volte-face. La rue était tout à coup déserte et silencieuse. Je restai immobile quelques instants, l'oreille en alerte et chaque muscle de mon corps tendu à l'extrême, cherchant dans l'air une quelconque trace de décomposition. Je ne détectai rien, pas même le bruit d'une respiration. Je haussai les épaules : je devais avoir rêvé. Décidément, la paranoïa aiguë ne me réussissait pas. Je me retournai et vidai à fond mes poumons, n'arrivant pas à rire de ma frayeur.

Le loup guettait.

Alors, au détour d'un centre commercial, elles furent devant moi : les trois tours accolées qui s'élançaient triomphalement au milieu d'une grande place. Je m'arrêtai et papillonnai des yeux, éblouie par la lumière – il me semblait avoir entendu parler des sommes astronomiques qu'avaient coûté les fulgurances lumineuses qui parcouraient le bâtiment sur toute sa longueur, en faisant le phare d'Edencity. Je doutais que celui-ci soit un jour classé parmi les merveilles du monde, cependant je devais reconnaître que c'était fort impressionnant.

Des gens passaient sans même les remarquer tandis que d'autres s'arrêtaient comme moi pour les contempler. Une femme poussant un chariot manqua me percuter. Je reculai brusquement et butai contre une silhouette massive. Je m'écartai, m'apprêtant à m'excuser, mais un horrible doute s'insinua dans mon esprit, me faisant lever les yeux vers elle : malgré cette foule, j'aurais dû *savoir* qu'il y avait quelqu'un derrière moi. Ce n'était pas normal – à condition qu'il ait pu retenir sa respiration aussi longtemps, j'aurais dû entendre au moins son pouls. L'homme me dévisagea, sans bouger.

Il ne respirait pas.

Il essaya de m'attraper par le bras. À demi consciente de l'inutilité de mon geste, mais mue par un instinct aussi ancien que la vie elle-même, je me mis à courir, sans me soucier de l'endroit vers lequel je me dirigeais, heurtant la foule de plein fouet. Quelques mètres plus loin, je réalisai ce que je venais de voir : ce n'était pas un vampire, c'était *le* vampire – Rack. Et il appelait mon nom. J'accélérai encore, perdant mes sensations dans un flot d'adrénaline, et m'engageai dans une ruelle adjacente. C'est alors que deux autres vampires sortirent de l'ombre et me barrèrent le passage, une expression presque amicale plaquée sur leurs visages.

Je jetai un coup d'œil par-dessus mon épaule, vers Rack et les lumières.

Les tours.

Je rebroussai chemin, terrifiée à l'idée de voir Rack surgir. La place – ils ne m'attaqueraient pas devant tout ce monde, pas ici. Je me souvins mal à propos des faits divers qu'on pouvait lire chaque jour dans les journaux : ni le jour ni les passants ne les empêchaient. Je traversai la route en courant, l'esprit vide.

Cours ! Ne t'arrête pas !

Surtout, ne t'arrête pas !

Une voiture m'évita en klaxonnant furieusement et une bordée de jurons retentit dans mon dos.

La lumière. Atteindre la lumière.

Je m'engouffrai dans la tour centrale, bousculant les employés qui en sortaient. Devant moi, il n'y avait rien, rien d'autre qu'une gueule béante qui se refermait. Je m'y précipitai et me retournai assez vite pour voir un des vampires me faire un signe de la main moqueur depuis l'entrée du bâtiment.

Je tournai sur moi-même, entre les quatre murs de cette petite boîte. Un ascenseur. Je me collai contre le mur du fond, épouvantée – il n'y avait pas assez d'air ici. Bientôt, je ne pourrais plus respirer, bientôt... Pourquoi y avait-il si peu de boutons ? Haut, bas, alarme et un petit haut-parleur – c'était tout.

Laissez-moi descendre. Je dois sortir, maintenant !

Je martelai de mon poing la flèche qui descendait sans obtenir de résultat. Les odeurs accumulées de la journée dévoraient tout l'oxygène et je me sentais étouffer.

Trente étages.

Je suis morte, je suis morte !

Je me laissai glisser à terre et me recroquevillai sur moi-même, pinçant les lèvres pour arrêter le gémissement qui s'en échappait. Le grincement de la machinerie, le balancement au milieu de la cage en fer vide et la flèche lumineuse qui me narguait, indiquant le haut – toujours plus haut.

Ce n'est rien qu'un ascenseur – des gens le prennent tous les jours et il n'y aucune raison qu'il s'arrête.

Mais on ne devait plus jamais m'enfermer. Je ne pourrais plus le supporter, pas après deux ans dans cette petite chambre. Je pressai mes paumes contre mes tempes – était-ce ce que j'avais fait pendant ces deux ans ? Essayer de sortir de la chambre ?

La porte – la porte en bois avec les marques de griffures.

Laissez-moi sortir, je vous en prie !

– Vous avez fait bon voyage ?

Je hoquetai de terreur et me retrouvai face à l'un des vampires – l'ascenseur s'était ouvert sans même que je m'en sois rendu compte.

– Non, c'est impossible, murmurai-je.

Je dégainai mon Colt et le sourire du monstre s'élargit – il bloquait la porte de son pied.

– Est-ce que tout va bien ?

Je rengainai vivement mon arme tandis qu'un homme en costume s'approchait d'un air curieux. Je me relevai, ne sachant pas quoi faire d'autre et tiraillai nerveusement une mèche de mes cheveux.

– Vous vous êtes fait mal ? demanda-t-il.

– Non, ça va.

Il entra dans l'ascenseur en même temps que le vampire. J'en sortis précipitamment.

– Est-ce qu'il y a… un escalier ? demandai-je.

– Un escalier ? Vous comptez descendre à pied les trente étages ? demanda l'homme en riant. Non, mais l'autre ascenseur dessert tous les niveaux.

La porte se referma, me laissant seule, entourée par le ciel noir. Il faisait froid et le vent cinglant m'aveuglait. Je fis quelques pas hésitants : redescendre me paraissait au-dessus de mes forces, mais je ne pouvais pas rester ici – ils ne tarderaient pas à revenir et là, à des dizaines de mètres du sol… Je ne pouvais pas me battre, pas aussi loin de la terre ferme. J'appelai le deuxième ascenseur et continuai de piétiner sur place autant pour me tenir chaud que pour ne pas céder à la panique.

Tu dois rester calme. Tu dois descendre : il le faut !

Je remarquai un couple accoudé à la balustrade qui admirait la vue – rien que d'y penser, j'en avais la nausée. *Trente étages.* Je ne me laissai pas le temps d'hésiter et entrai dans l'ascenseur dès qu'il arriva. À peine eus-je appuyé sur le bouton de fermeture des portes que je le regrettais déjà – je pressai une touche au hasard, sans même y jeter un coup d'œil. L'ascenseur s'arrêta opportunément au vingt-septième, avant que la peur n'ait repris le dessus. Maintenant, où étaient-ils ? Trois vampires, c'était beaucoup plus que ce que je ne pouvais maîtriser. Sans parler de Rack.

Je sortis dans un couloir aseptisé avec des murs pêche et une moquette beigeâtre. Il y avait des portes partout avec parfois des noms inscrits dans un petit cadre sur le côté. Pourquoi était-ce si silencieux ?

Il est tard, Saralyn, me morigénai-je. *C'est normal que la plupart des employés soient partis.*

Le coup me prit par surprise au détour d'un couloir, m'envoyant contre le mur sans que je puisse l'éviter. Je n'eus que le temps de reconnaître le deuxième vampire – il me rejoignit d'un bond et serra ses mains autour de ma gorge. Je glissai ma main à l'intérieur de ma veste et tentai d'attraper mon poignard.

Si seulement je pouvais crier ! Si seulement… mais je m'étouffais et aucun humain ne pourrait nous entendre – si quelqu'un arrivait, le vampire serait bien obligé de me laisser partir. Mais pour combien de temps ?

Je réussis enfin à saisir le manche de mon poignard, retournai la lame contre le vampire et essayai de le poignarder dans la région du cœur, aveuglée et étouffant. Il me lâcha et je l'entendis arracher la lame de sa poitrine, sans un cri.

– La nourriture est meilleure quand elle est vivante, tu n'es pas de mon avis, Louve ? me chuchota-t-il à l'oreille en collant l'arme contre ma gorge.

Je serrai les dents. Dès l'instant où le sang commencerait à couler, je serais pour ainsi dire morte : l'odeur les rend fous. J'envisageai cette possibilité avec un calme relatif, je savais quels étaient les risques : des employés de l'Organisation mouraient quasiment chaque jour. Je fermai les yeux et priai silencieusement pour que le vampire n'ait pas envie de jouer avec la nourriture. L'acier mordait presque dans ma chair et ses doigts impatients me broyaient le bras au point de me faire souhaiter un dénouement rapide.

– Lâche-la ! ordonna une voix grave et assurée, dont le timbre ne m'était pas totalement inconnu.

– Nous n'avons plus d'ordres à recevoir de toi, dit le vampire qui me tenait.

– Tu refuses de m'obéir ? demanda la voix d'un ton presque indifférent.

– Et qu'est-ce tu vas faire, seul contre tous ? Nous sommes la risée des autres communautés et il faut que ça s'arrête. Ce n'est qu'une question de temps : bientôt, plus personne n'acceptera d'obéir à un chef aussi faible.

– Tiens-tu à te battre ici ? As-tu pensé aux mange-terre ? demanda une autre voix, hésitante. Ce n'est pas prudent...

Une onde de peur passa dans l'air. Subitement, il y eut un mouvement, trop rapide pour être anticipé. Je me collai davantage contre le mur, sentant sa froideur à travers mes vêtements, et la pression se relâcha – plus personne ne me tenait. J'aurais dû m'enfuir, courir me mettre à l'abri, mais je restai là, sans oser ouvrir les yeux. Il n'y avait presque pas de bruit – rien que de l'air brassé et des froissements de tissu déchiré. La peur, la douleur, la colère, claquaient tout autour de moi. J'entendis distinctement le tintement feutré que produisit mon poignard en tombant à terre.

– Quelqu'un d'autre ? demanda la voix. Bien, emmenez-le dans la cellule d'anémie. Tâchez de ne pas vous faire trop remarquer.

Je les sentis partir, me laissant seule avec la voix. Mon dos glissa contre le mur, raclant contre ses irrégularités. J'entrouvris les paupières avec précaution et tout tangua autour de moi – à travers la vitre qui me faisait face je pouvais voir des photocopieuses rangées côte à côte comme un bataillon de soldats assoupis. Sans aucun bruit, la forme noire et brouillée s'approcha et s'accroupit près de moi dans un bruissement de tissu. Je levai la tête autant que je pus.

– Rack, murmurai-je avec désespoir.

– Vous allez bien ? demanda-t-il. Venez, on ne doit pas rester ici.

Il me mit debout, me relevant d'une seule main. J'eus l'impression d'avoir oublié comment marcher ; il me rattrapa et me soutins jusqu'à l'ascenseur.

– Non, articulai-je avec difficulté. Je vous en prie, je ne veux pas…

– Tout va très bien se passer, dit-il en me poussant à l'intérieur après que le tintement annonciateur de l'ouverture des portes eut retenti.

Ce bruit… je n'en pouvais plus de ce bruit. Rack me portait davantage qu'il ne me soutenait et je fermai les yeux, essayant d'oublier l'horrible sensation de chute.

– Qu'est-ce qui se passe, là-haut ? nous interpella un agent de la sécurité au moment où nous sortions. Il paraît qu'il y a eu une bagarre et des types bizarres viennent de descendre… Madame, vous allez bien ?

– Oui, ça va, dis-je, avalant ma salive. Je vais bien.

– Elle a eu un malaise, expliqua Rack. Je la raccompagne chez elle.

– Vous voulez que j'appelle un taxi ?

– Non, ça ira, dit Rack, resserrant son étreinte.

Si j'avais pu appeler à l'aide ou crier… Mais personne ne pouvait rien contre un vampire et ce n'étaient que des humains, des humains qui ne devaient jamais savoir.

Un fois dehors, je trébuchai une fois de trop et Rack me souleva de terre sans aucun effort, continuant de fendre la foule. Je le laissai me porter jusqu'à une ruelle tranquille, à l'écart des sorties de bureau, et me faire asseoir sur les marches d'un perron, abasourdie au point de ne pouvoir songer à protester. Il s'installa près de moi dans un geste trop souple, plein d'une grâce fort éloignée de la nature humaine. Je posai un regard fatigué sur lui : je me moquais de ce qu'il voulait faire de moi pourvu que ce fût rapide et indolore.

– Vous voulez un verre d'eau ? demanda-t-il.

Je secouai la tête et m'écartai de lui jusqu'à ce que mon côté butât contre le rebord de béton. Il eut un sourire triste.

– Je ne vais pas vous manger, vous savez.

– Que pourriez-vous vouloir d'autre de moi ? Je suis bien ce que vous consommez...

– Les vampires ont convenu, en vertu de certains traités négociés entre l'Organisation et moi-même, de n'user que d'une nourriture moins... controversable, si je puis dire.

– Ne prenez pas la peine de mentir. Je sais ce que je sens et vous n'avez rien à faire de ce que nous pensons.

– Ces loups et leur odorat ! Il faut bien que je mange, je suis le maître... Du sang de bœuf, mes sujets boivent du sang de bœuf comme de vulgaires chiens. Autrefois, nous étions le plus grand et le plus terrible des prédateurs de l'homme, aujourd'hui nous ne sommes plus que des chiens affamés.

Il secoua la tête, les yeux dans le vague.

– Qu'est-ce que la salle d'anémie ? demandai-je.

– Vous n'aimeriez pas savoir ça.

– Comment vous avez fait pour me trouver ? Et l'autre vampire... Vous n'étiez pas seul : les deux autres...

Je me tus, tout s'embrouillait dans ma tête.

– Ça n'a aucune importance, dit Rack. N'y pensez plus, ils ne vous causeront plus d'ennuis, à présent. Ce que vous avez fait était extrêmement périlleux : précipiter des vampires au milieu de mange-terre...

Il secoua la tête.

– Si l'un d'entre vous était passé par-dessus la rambarde, ça aurait fait la une de tous les journaux et je ne crois pas que vos supérieurs auraient apprécié la publicité.

– Mange-terre, répétai-je, écœurée.

– Que pensez-vous que cela nous fasse d'être appelés « corbusards » par les vôtres ? Serait-ce un nom plus flatteur ?

Je devais convenir que non. Sans compter qu'il avait totalement raison : ma réaction avait été irréfléchie – je m'étais laissé aveugler par la peur et j'avais fait passer ma propre vie avant l'Organisation.

Seul le Grand Tout compte. Il doit être protégé, quel qu'en soit le prix.

Je baissai la tête – je n'étais pas à la hauteur, je m'étais montrée lâche.

– Vous valez mieux que ce que vous pensez, dit-il. Ne pas avoir peur dans une telle situation aurait été de l'inconscience, le sacrifice n'a rien de courageux : mourir, c'est renoncer.

– Vous m'avez sauvé la vie, dis-je, prenant soudain conscience de l'absurdité de la situation. Pourquoi avez-vous fait ça ?

– Vous semblez contrariée, je me contenterais d'un simple merci. Je suis vraiment navré, j'ai essayé de vous prévenir mais vous vous êtes sauvée. Je n'ai pas voulu vous affoler en me lançant à votre poursuite.

– Ça ne fait rien, c'est le résultat qui compte. Vous êtes parfaitement sobre, ajoutai-je brusquement, presque accusatrice.

– En effet, il semblerait que ce soit votre jour de chance.

– Je ne crois pas. Comment auriez-vous dessoûlé si rapidement ? Et cette histoire de boisson... ça ne cadre pas. Je veux dire, vous n'êtes pas ce genre de personne, n'est-ce pas ?

– Vous êtes perspicace.

– Alors quoi, vous prenez une gorgée pour l'odeur et vous jouez les ivrognes ? demandai-je, incrédule.

– C'est à peu près ça, avoua-t-il d'un ton désinvolte.

J'essayai d'imaginer cette gravure de mode vivante se gargarisant au vermouth. Ça me paraissait aussi incongru que Dracula avec des lunettes de soleil sur une chaise longue, un verre de limonade rempli de parasols japonais à la main.

– Oh, soufflai-je. Mais pour quelle raison ? Si c'est pour dissimuler le contenu de votre dernier repas, une pastille de menthe serait plus efficace, croyez-moi.

– Disons que ma situation me donne un avantage stratégique. Je pourrai toujours utiliser l'effet de surprise en cas de besoin. Quand on occupe le genre de poste qui est le mien, prudence est mère de survie.

– Vous n'avez pas besoin de toute cette mascarade, dis-je avec conviction. Vous êtes très puissant et très ancien.

– Ne vous fiez pas à ce que vous voyez, et encore moins à ce que vous sentez. Les autres dirigeants sont également très âgés et bien plus puissants qu'ils ne le laissent entendre.

– Je les ai trouvés plutôt prompts à se vanter de leur pouvoir, dis-je, ressentant encore avec une acuité désagréable le mépris qu'ils avaient pour nous.

– C'est ce qu'ils font croire. Oui, ils sont fiers, mais ils ne sont pas idiots au point de se dévoiler complètement : qui montre ses forces trahit ses faiblesses. En un sens, ils agissent de la même façon que moi, mais de manière plus subtile. J'ai souvent remarqué que les ruses les plus grossières sont les plus efficaces.

– Je comprends. Mais comment ne se sont-ils pas méfiés ?

– Pourquoi avez-vous cru à mon ivresse ?

– En réalité, je n'avais pas envisagé la possibilité que… je crois que j'ai saisi, dis-je en partant d'un rire nerveux. Qui a été élu pour diriger le Conseil ?

Il me parut soudain important de le savoir, comme si un de ces monstres plus qu'un autre pouvait changer les choses.

– Virgile, comme prévu. C'est lui qui dirige tout. Il a toujours tout dirigé, ajouta-t-il d'un ton las, mais c'est la fin. À présent, il ne nous reste plus rien, pas même du temps – surtout pas du temps. Tels que vous nous voyez, nous nous délectons des raffinements de la décadence.

Ils tourna son parfait visage vers moi, captant la lueur de la lune. Je me voyais dans ses yeux trop profonds, noyés sous des siècles de lassitude et de désillusion.

Pour la première fois, je compris. Et j'eus pitié d'eux.

– Notre âge d'or est terminé. Il ne restera bientôt plus rien de nous ; ils le savent tous, mais ils s'obstinent à lutter contre la fatalité.

– Pas vous ?

– J'espère que non.

– Pourquoi serait-ce la fin pour vous ? Les dirigeants n'ont jamais été aussi puissants.

– C'est vrai, mais ce qui vient l'est plus encore. Tout ça n'a plus tellement d'importance, je le crains.

– Pourquoi êtes-vous là ? demandai-je.

– Avec vous ? Je m'assure de votre sécurité.

– Oui, mais pour quelle raison ? Je sais que vous ne le feriez pas par altruisme, alors qu'attendez-vous de moi ?

– Je n'attends plus rien de personne. Je suis venu vous mettre en garde contre Virgile.

– C'est pourtant le seul d'entre vous qui fait preuve d'un peu de bonne volonté. Il m'a aidée.

– Virgile et ses belles paroles, soupira-t-il. Méfiez-vous de lui, il ne voit que ses propres intérêts. Il vous aide parce qu'il y est obligé, mais à la première occasion, il vous poignardera dans le dos.

– C'est ce que vous faites tous, vous n'avez aucun sentiment, aucun sens de l'honneur, crachai-je avec amertume.

– Virgile est fou, souffla-t-il doucement.

– J'admets qu'il est un peu bizarre, dis-je en repensant au décorum de mauvais goût dont il s'entourait, mais rien de pire que les autres.

– Non, cela n'est que le côté « folklorique » qu'il affiche, Virgile est réellement fou. Je ne peux pas vous prouver ce que j'avance, tout comme je ne peux pas vous forcer à me faire confiance – je ne vous le conseillerais même pas.

– Est-ce pour cela que tous les autres... non-humains vous détestent autant ?

– Non. Les autres aweryths n'aiment pas les vampires parce qu'ils pensent que nous ne descendons pas des mêmes ancêtres qu'eux. Nos pères s'entre-tuaient déjà du temps de leur gloire.

– Je ne comprends pas, dis-je. Je croyais que les non-humains étaient nés du pouvoir des Anciens Dieux au moment de leur mort.

– En effet, mais la légende dit que les vampires descendent directement des Faiseurs d'ombre, les rois parmi les morts et les rivaux principaux des Vénérables. On prétend qu'ils auraient participé à leur destruction et que leurs enfants buveurs de sang seront les objets de la colère des Dieux lors de leur renaissance.

Il eut un curieux sourire devant ma stupéfaction.

– Mais ce ne sont que des histoires. La seule vérité est que nous ne sommes pas plus dignes de foi que les autres aweryths, non-humains ou quel que soit le nom que vous leur donnez.

– Qui puis-je croire, alors ?

– Votre instinct. Celui que les humains appellent le Vieux peut également vous être utile, c'est un banni et il se moque de nos conflits d'intérêt. Vous devriez aller le voir : peut-être ne vous dira-t-il rien, mais il ne vous trahira pas.

– Je l'ai déjà rencontré, dis-je, appréciant l'effort qu'il avait fait d'abandonner la qualification de « mange-terre ».

– Retournez-y. Seule. Posez-lui vos questions, il possède des réponses.

– Pourquoi essayeriez-vous de m'aider ?

– Mes yeux voient loin, plus loin que ceux des autres ne verront jamais, et je crois que c'est ce que j'ai de mieux à faire.

Je me recroquevillai sur moi-même, troublée. J'avais mal. Pourquoi les choses ne se passaient-elles jamais comme elles auraient dû ? S'il s'était simplement jeté sur moi pour me tuer, nous nous serions battus et l'un de nous deux ne se serait pas relevé. C'était comme ça que les choses *devaient* se passer, comme ça qu'elles s'étaient toujours passées. Pourquoi devraient-elles changer aujourd'hui ?

– Vous auriez préféré que je vous laisse mourir ? demanda-t-il.

– Ne lisez pas mes pensées, s'il vous plaît. Je sais ce que vous êtes, je l'ai appris et je l'ai vu, mais j'ai assez d'honneur pour avoir conscience de ce que je vous dois. Je m'acquitterai de ma dette, soyez-en sûr.

– Ne me regardez pas comme ça, dit-il en détournant le visage. Nous sommes différents, nous ne sommes pas des animaux.

Je continuai de jouer avec mon poignard, le tournant entre mes doigts blêmes. *Vampires : créatures immortelles s'abreuvant de sang. Incontrôlables et imprévisibles, ce sont des bêtes sauvages – évitez à tout prix de faire couler le sang. La peur, le sang, la violence, excitent leurs instincts sadiques et décuplent leurs forces. Ils font preuve d'une grande cruauté lors des mises à mort [...]. Au sein même de leur communauté, ils s'infligent entre eux nombre de sévices corporels et mentaux. C'est le signe indiscutable de la nature profondément mauvaise et perverse de ce type de corbusard. Tirez toujours le premier et visez la tête.*

– Vraiment ?

J'enfonçai la lame dans mon poignet gauche et regardai le sang ruisseler sur la peau blanche. J'écartai le poignard de mon bras et laissai le chaud liquide couler en épais filets pour achever sa course folle en s'écrasant sur le sol gris. Le vampire s'écarta d'un bond, comme si le métal avait mordu sa chair et non la mienne. Ses yeux brûlaient d'une lueur sombre ; la haine irradiait de son être et ses traits délicats s'étaient fondus en un masque de souffrance. Je ressentais à un point douloureux tout ce qui hurlait, mordait et griffait derrière ses barrières mentales. Il recula encore ; le cadavre transparaissait en lui – il était la Mort comme jamais rien ni personne ne l'avait incarnée.

– Pourquoi ? Vous savez combien ça me tue. Pourquoi avez-vous fait ça ? dit-il d'une voix rauque, brisée par l'effort. Je ne vous toucherai pas ; je suis peut-être un monstre, mais pas autant que les vôtres.

Il semblait se fondre progressivement dans l'ombre et j'avais de plus en plus de mal à le distinguer. Je regrettais ce que je venais de faire : sa présence floue laissait un vide dans la nuit.

– Je ne peux pas vous croire, buveur de sang, répondis-je, espérant presque le rappeler à moi. Je ne peux pas.

– Lorenzo, c'est mon nom, même s'il n'existe plus personne sur cette Terre pour s'en souvenir. Essayez de me considérer comme quelqu'un, si vous le pouvez. Essayez. Je vous en prie, ajouta-t-il.

La rapidité avec laquelle il avait repris le contrôle de ses sensations était étonnante. Je ne répondis pas, ne sachant ce qu'il convenait de faire. Aucune procédure ne correspondait plus à cette situation.

– Retournez dans les bois ; le monstre ne doit pas s'abreuver : chaque jour accroît son pouvoir. Après il sera trop tard.

– Lorenzo ?

Je voulais lui dire que j'étais désolée et que je comprenais. Mais la nuit s'était refermée, et il avait disparu.

Chapitre 13

J'eus à peine le temps de rempocher mon téléphone que la voiture de Gaspard s'arrêtait devant moi dans un crissement de pneus. Je supposai que mon appel au secours lui avait donné un prétexte pour griller allègrement toutes les limitations de vitesse de cette ville.

– Qu'est-ce que t'as fait pour te mettre dans un état pareil ? demanda-t-il en démarrant en trombe.

– Attaque de vampires. Et tu sais, je suis un peu contusionnée, pas sur le point d'accoucher, donc rien ne s'oppose à ce que tu ralentisses.

– Combien ? demanda-t-il en me jetant un énième regard en coin.

– Combien de quoi ?

– De vampires. Tu es sûre que ça va ?

– Oui, très bien, dis-je en portant une fois de plus la main à ma gorge douloureuse. Trois, non deux.

– Décide-toi, c'est trois ou deux ? se moqua-t-il.

– Deux. Je crois que je n'ai pas encore vraiment retrouvé mes esprits.

– Comment tu t'en es sortie, seule contre deux ? Et *ici* par-dessus le marché ! ajouta-t-il en dépassant les tours. Personne ne vous a vus ?

– Non, je ne crois pas...

– Tu ne crois pas ou tu en es sûre ?

– Non, je... Non, personne ne nous a vus.

Il prit mon poignet et l'examina, puis releva la tête sans me lâcher. Je détournai le visage – je n'ai jamais été une très bonne menteuse.

– Le sang a coulé, dit-il simplement.

– C'est moi qui me suis coupée.

– Qu'est-ce que tu racontes ?

– C'était une manœuvre, ça a bien marché. Le sang n'a pas à être racheté, Gaspard : n'en parle pas à Justin. S'il te plaît.

– Comme tu voudras.

Il ne croyait pas à mon histoire, et tous les détails que je pus rajouter par la suite ne firent que grandir son scepticisme. Mais il ne me fit pas part de ses doutes et je savais qu'il ne dirait rien à personne.

– Tu es médecin ? demandai-je en dégageant mon bras de l'étreinte de ses doigts.

Une grimace de douleur m'échappa. Il reposa sa main sur le volant, elle était maculée de sang.

– Non. Pourquoi ?

– Dans ce cas, regarde plutôt la route.

– J'ai appelé Justin, dit-il après un silence. Il a envoyé un médecin chez toi : tu seras bien soignée.

C'est ainsi que je fis la connaissance du Dr Smith, « appelez-moi Laura ». Elle n'avait pas plus d'une quarantaine d'années, mais de larges mèches grises striaient déjà ses cheveux blonds, ramenés sur sa nuque. Elle faisait preuve d'une excellente humeur pour quelqu'un qu'on avait tiré de son lit au milieu de la nuit – l'habitude, sans doute. Elle me fit asseoir sur mon canapé et m'examina sous l'œil inquisiteur de Gaspard, tandis que j'essayais de ne pas hurler à chaque fois qu'elle m'effleurait. Quand elle eut tout soigné, j'aurais pu postuler sans problème pour le rôle principal dans *Le Retour de la Momie*.

– Voilà, conclut Laura. De belles marques sur le cou, et probablement une ou deux côtes fêlées. Vous risquez d'avoir la gorge douloureuse pendant une dizaine de jours. Changez les pansements régulièrement, surtout à votre poignet, la plaie est assez profonde. Je vous dirais volontiers de vous reposer et de rester couchée, mais je sais que vous n'en ferez rien.

– Croyez-moi, j'aimerais vraiment, dis-je avec regret.

– Bon, eh bien, prenez un minimum soin de vous, évitez les karaokés pendant quelques semaines et ça devrait aller.

Laura repartit, continuant de me noyer sous les recommandations, tout en sachant pertinemment que je n'en respecterais pas le quart. Nous guérissions ou nous mourions : notre tâche était trop importante pour que nous puissions prendre en compte les souffrances individuelles. C'était ce que disait le Livre, alors je continuerais à combattre ainsi que le ferait n'importe quel spécialiste.

Ce qui ne brise pas rend plus fort.

– Maintenant, est-ce que tu veux bien me dire ce qui se passe vraiment ? demanda Gaspard.

– Il ne se passe rien. Seulement, je crois que nous devrions retourner dans la forêt avant qu'il n'y ait d'autres victimes.

– Quoi, tu veux dire là tout de suite ?

– Oui, je pense que ce serait mieux, dis-je en me levant.

– Non, pas question. Tu n'es pas en état de te battre, pas aujourd'hui.

– Je sais ce dont je suis capable ou pas, ripostai-je. Je veux qu'on y aille.

– Non. Tu ne ferais que me handicaper : je serais obligé de te protéger et je n'ai pas besoin de ça. Tu ne bouges pas d'ici avant que je t'en aie donné l'ordre, tu es sous ma responsabilité. Et on n'a pas entendu parler des bestioles depuis deux jours.

– Toi peut-être pas, mais moi si, partout.

– Il est possible qu'elles soient reparties là d'où elles venaient.

– Je ne crois pas.

– Moi non plus, mais on ne fait rien ce soir. Tu as été attaquée deux fois en trois jours : tu ne devrais pas te promener seule la nuit.

– Gaspard, il faut qu'on y aille le plus vite possible, insistai-je.

– D'accord, d'accord, demain. On se retrouve demain, vers vingt-trois heures, devant les bois. Ça te va ?

– Oui.

– Tu ne veux pas que je reste ?

– Quoi ? Pour cette nuit ? Non !

– Comme tu veux, on a parfois besoin de compagnie quand on a frôlé le caveau de famille.

– Le caveau ?

– Ouais, la Grande Sanglante, la Faucheuse… ça a beaucoup de noms, mais le résultat est toujours le même.

– Tu devrais savoir que les loups sont ses compagnons affamés : nous ne craignons pas le froid de la mort, dis-je avec un pâle sourire.

– Parfait. Alors à demain et sois prête : je ne veux pas voir que tu es blessée, je ne veux même pas le savoir. C'est clair ?

– Très clair.

Dans la glace, les marques laissées par les doigts du vampire se détachaient sur mon cou, meurtrissures violacées sur la peau livide.

*

– *Qui êtes vous ?*

– *L'ignores-tu ?*

– *Que voulez-vous ?*

– *Tu le sais, Saralyn. Tu possèdes les réponses. Trouve-les ! Souviens-toi !*

Me rappeler… Non, pas la neige, le couteau, ni la mort au fond des yeux de l'homme, mais plus loin encore, dans un temps où Justin n'était pas encore là. Les réponses étaient tapies quelque part dans un des recoins sombres de l'orphelinat – peut-être sous mon lit avec le monstre qui guettait.

Le loup aux yeux verts attendait son heure.

– Ne me laissez pas !

Je me redressai, haletante, mais dans la chambre noire il n'y avait plus qu'un souvenir qui s'enfuyait, me tournant déjà le dos.

*

J'arrêtai ma voiture devant la forêt paisible – elle avait l'air déserte. Néanmoins, le silence épais disait tout autre chose : il était le mutisme terrifié d'une vie terrée dans l'attente du danger, pas la tranquillité de la nuit. Je tendis l'oreille – même les insectes s'étaient tus. Je coupai le contact et restai à l'intérieur du véhicule, ma main valide crispée sur la crosse du Magnum. Il était imprudent de rester dans un petit endroit clos, mais il me semblait que sortir l'était tout autant : je ne pensais pas pouvoir battre ces monstres à la course, quels qu'ils fussent.

Je demeurai ainsi durant ce qui aurait pu être des heures, les yeux fixés sur la lisière de la forêt et la tête emplie de bourdonnements. Moi aussi, je sentais le danger, la peur contenue dans l'air, et la nécessité de me cacher quelque part au plus vite s'imposait davantage à chaque instant dans mon esprit. Ma nuque, raidie par la tension, me faisait mal, et une vague nausée remplissait mon estomac noué. Je n'entendis même pas Gaspard arriver et ouvrir la portière. Quand il posa la main sur mon épaule, je fis un tel bond que mon crâne frôla le capot.

– Hé relax ! Tu risques de flinguer le premier gars qui passera par là sans le faire exprès.

– Aucune personne saine d'esprit ne viendrait se promener par ici après la tombée de la nuit, répliquai-je.

– On sait jamais, et en attendant, je voudrais éviter que tu *me* tires dessus, OK ? Au fait, je sais, je suis en retard. J'avais des trucs à régler.

Il eut un geste évasif et passa nonchalamment la main dans ses cheveux tandis que je sortais de la voiture. J'étouffai un couinement de douleur – jamais je n'aurais cru que les côtes puissent être sollicitées pour autant de mouvements.

– Tu as dit quelque chose ? demanda Gaspard.

– Non, rien du tout, dis-je sèchement, pensant qu'il faisait référence à ses mises en garde de la veille.

– Écoute, dit-il.

Il extirpa un pistolet-mitrailleur de dessous sa veste – j'avais déjà eu l'occasion de voir ce genre d'engin, mais jamais d'en manipuler. Il l'arma et son visage se ferma brusquement.

– Ça s'est arrêté, on dirait. Prête ?

Je respirai un grand coup.

– Prête, soufflai-je.

Nous nous enfonçâmes dans la forêt, entourés par une végétation anormalement inerte. Pas d'insectes, pas d'oiseaux – mais les loups, eux, n'étaient pas loin. Un chien hurla quelque part dans les bois. J'espérais que c'était le même que la dernière fois. Le hurlement se rapprocha. J'essayai d'avaler la boule qui restait coincée dans ma gorge : cette fois-ci c'était la bonne, je voyais sur le visage de Gaspard que nous ne repartirions pas avant d'avoir éliminé les créatures, à moins bien sûr que les techniciens ne nous sortent des bois à l'arrière de l'un de leurs camions blancs.

– Il va falloir qu'on songe à ouvrir un refuge avec thérapie de groupe, pour les animaux traumatisés par une expérience surnaturelle, essayai-je de plaisanter.

Gaspard ne répondit pas. Il tendait l'oreille, l'air crispé et inquiet.

– Écoute, répéta-t-il.

J'écoutai : le vent, les feuilles qui bruissaient, des bruits désordonnés de course et de halètement qui se rapprochaient. Puis, la voix.

– Il y a quelqu'un, dis-je.

Les échos apportés par l'air prenaient de plus en plus corps, fonçant droit vers nous. Il y eut un nouveau hurlement, un cri de terreur d'une monstrueuse intensité. Un cri humain.

– Qu'est-ce que tu sens ?

– Une odeur de chien, dis-je en me concentrant pour isoler une fragrance inhabituelle au milieu de toutes les autres. D'homme, et aussi, je ne sais pas… une odeur étrange qui ne vient pas d'ici. J'ai senti la même chez Meredith, une odeur de boîte d'allumettes.

– Saralyn, dit-il d'une voix blanche. Sors ton arme.

– Pourquoi ? demandai-je en dégainant le Magnum.

– C'est pas un chien.

– C'est quoi ? Dis-moi ce que c'est ! le pressai-je en me tournant vers lui.

La peur déferla sur mon esprit, en chassant toute autre considération.

Gaspard devint plus pâle, il s'était tourné vers la direction d'où était venu le dernier hurlement et gardait les yeux fixés droit devant lui. Le bruit de pattes sur la terre se rapprochait – j'aurais juré qu'il s'agissait d'un chien. Je perçus un halètement distinct dans mon dos. Gaspard, figé, était l'illustration même de l'idée de terreur, mais il émanait de lui la force que donne une froide résolution. Au fond de ses yeux s'était allumée une drôle de lueur. Une lueur de colère et d'excitation.

– Ça, dit-il d'une voix un peu rauque.

Je me retournai lentement et une ombre immense déboula vers nous. Je la mis en joue, sans oser vraiment la regarder. Elle s'arrêta devant nous et je réalisai qu'il s'agissait d'un homme.

– Mon Dieu, mais qu'est-ce que c'est que ça ? hurla-t-il.

Je baissai mon arme. C'était moi qu'il regardait.

– On va vous sortir de là, dit Gaspard d'un ton apaisant. Qu'est-ce qu'il…

Il s'interrompit. L'animal était là, ses trois paires d'yeux braquées sur nous, ses trois monstrueuses gueules bavant et ahanant. Une chose pareille n'aurait pas dû exister. L'homme, paralysé par la terreur, se remit à crier. Gaspard l'écarta sans ménagement.

– Restez ici, ne bougez pas, OK ? Et fermez-la ! aboya-t-il.

Visiblement ébranlé, l'homme referma la bouche et demeura immobile, perdant un regard stupide dans le vague.

– C'est un tricéphale, il ne doit pas boire de sang, compris ? reprit Gaspard en se tournant vers moi sans cesser de surveiller l'animal.

– Oui, murmurai-je. Et comment est-ce qu'on tue ça ?

– Avec de la chance, beaucoup de chance.

Gaspard envoya une rafale de trois balles en direction du monstre. Ce dernier bondit, évitant les tirs. Je vidai mon chargeur sur lui tandis qu'il se rapprochait, sans aucune hâte, glissant entre nos balles avec aisance. La peur panique de l'homme qui s'était recroquevillé dans les buissons était contagieuse : j'avais envie de hurler à mon tour. Je perdais le contrôle, je le sentais m'échapper sans parvenir à me calmer.

Je mis un nouveau chargeur et touchai le flanc du monstre ; il plaqua Gaspard au sol sans paraître s'en émouvoir. Les crocs d'une des têtes s'enfoncèrent dans son bras. Mon coéquipier se débattait pour tenter de se dégager – si je tirais, je risquais de l'abattre. Sans hésiter, je ramassai une pierre et allai en frapper la tête concernée aussi fort que mes muscles raidis me le permettaient. L'animal lâcha prise, visiblement surpris, et recula. Ses quelques instants d'hébétude me permirent de remettre Gaspard debout ; je le tirai par son bras valide, m'apprêtant à courir.

– Non, dit-il en me retenant. On ne s'enfuit pas devant eux : personne ne quittera cet endroit tant que ça ne sera pas mort.

Ou que nous ne serons pas morts.

Mon Dieu, nous allons mourir.

La bête, furieuse, se retourna vers nous et de la gueule de la tête du milieu sortit un souffle brûlant. Les pousses vertes du buisson qui lui faisait face se racornirent immédiatement, devenant noires.

– Gaspard, je perds le contrôle, balbutiai-je avec terreur.

– Et ?

– Justement : je ne sais pas.

Je sautai de côté lorsque le monstre chargea. Pas Gaspard. Il se suspendit à une branche, se laissa retomber à califourchon sur le dos musculeux du chien et appuya le canon de son arme contre l'un des crânes. La bête faisait des ruades convulsives pour se débarrasser de son agresseur. Gaspard lâcha le cou auquel il s'agrippait et posa ses deux mains sur le pistolet pour mieux viser. La tête éclata dans un horrible bruit d'os broyés et Gaspard fut projeté contre un arbre. Un gémissement s'exhala de sa poitrine au moment du choc. Le monstre, fou de douleur, se roula par terre, agité de soubresauts. Lorsqu'il se releva, les lambeaux morts qui restaient de sa tête pendaient sur le côté, remuant encore en une grotesque et terrifiante pantomime de vie. Il se pencha vers le sol, je courus alors aider Gaspard.

– Saralyn, le sang ! Il ne doit pas le boire !

Le tricéphale lapait avidement le liquide, s'approchant de nous.

Le sang.

Je réalisai alors qu'il s'agissait de celui de Gaspard et tirai pour faire reculer l'animal, mais mes balles allèrent se perdre dans les fourrés. Un mouvement dans l'ombre me fit tourner la tête.

– Qu'est-ce que c'est ? demanda Gaspard, paniquant.

– N'aie pas peur, dis-je. Je sais.

Oui, je les sentais. L'impression de force, la puissance de la meute, tout était là. Je me levai et jetai mon arme à terre, consciente qu'elle ne m'était d'aucune utilité. La lame du poignard seule entrait sûrement dans la chair. Les loups sortirent de la nuit, telle une apparition fantomatique. Ils encerclèrent le tricéphale, grondant sourdement. L'animal recula, son corps énorme hérissé de peur et de colère. Alors, ils se précipitèrent sur lui, les crocs luisants, le goût du sang sur leurs langues râpeuses. Le monstre ébranlait son corps difforme en de larges secousses qui envoyaient les attaquants s'écraser en tous sens et, de temps à autre, un souffle brûlant sortait de sa gueule pour réduire leur fourrure en cendre et recouvrir leur chair de cloques blanchâtres. Leurs couinements lamentables résonnaient dans la nuit et me déchiraient le cœur. Le tricéphale sautait, plongeait dans la terre comme pour en atteindre les entrailles et déchiquetait la chair des loups. Mais rien ne pouvait les arrêter, rien au monde ne me stopperait. J'étais l'esprit de la meute, leur volonté, chacune de leurs gueules tachées de sang et chacune de leurs griffes acérées. Jamais je ne l'avais tant ressenti. Ma rage sauvage était la leur et leur grondement sourd était mien. L'instinct nous parcourait tous, éveillant nos sens à la chasse. Lorsque ce fut le moment, nous le sûmes, et aucun de nous n'hésita : l'appel était trop fort pour que nous puissions lui résister.

Je me frayai un passage à travers les loups – boules de fureur, rendus folles par l'odeur de mort qui planait au-dessus de nos têtes. Les cadavres et les animaux agonisants jonchaient déjà la terre comme autant de pantins disloqués et sanglants. À peine consciente de ce que je faisais, je m'élançai contre le tricéphale et fis glisser la lame entre ses côtes, cherchant les organes vitaux. Mes mains s'enfoncèrent dans la fourrure gluante ; je sentais le soufre s'exhaler de ses entrailles tandis qu'il peinait à reprendre son souffle. Les deux têtes étaient si proches, à présent, mais ça n'avait pas d'importance : le temps de la vengeance était venu. Un loup parvint à atteindre la gorge. La force, l'instinct : nous étions tous les instruments d'un même châtiment. L'exaltation s'était emparée de moi, ne laissant plus place à la notion de Mal ou de mort. Rien ne comptait plus, seule la survie importait encore. Notre survie.

Le poumon ; le poignard s'enfonça dans un craquement. Mes ongles creusèrent l'ouverture, écartèrent les os – des dizaines de loups s'acharnaient encore. La colonne vertébrale céda, comme tout le reste. Je me retrouvai à quatre pattes au milieu des corps, hébétée, à bout de souffle et couverte de sang. Le charme était rompu et la meute repartie aussi silencieusement qu'elle était apparue.

Chapitre 14

– Saralyn ? Saralyn !

Je me sentais engourdie, perdue dans le brouillard. Je n'avais même pas envie d'essayer de répondre, mais une main me prit le menton et m'obligea à tourner la tête. Ma vue revint, se troubla, et je distinguai Gaspard qui me dévisageait avec anxiété. Une torche de fortune était plantée dans le sol et penchait dangereusement. La flamme vacillante faisait perdre aux objets leur réalité – un rêve, ça devait être un rêve. J'effleurai le bras de Gaspard du bout des doigts, fascinée par la tache sanglante qui s'élargissait à vue d'œil sur le bandage improvisé qui l'enserrait.

– Viens, il faut pas rester là.

Il passa son bras valide autour de ma taille et me força à me lever. Un rire nerveux sortit de mes lèvres.

– Qu'est-ce qu'il y a ? demanda-t-il.

– Tu es plus blessé que moi et c'est toi qui me soutiens, c'est vraiment idiot, je... Oh mon Dieu, qu'est-ce que j'ai fait ? dis-je en enfouissant mon visage dans mes mains poisseuses, le dos appuyé contre un tronc d'arbre à l'endroit où Gaspard m'avait fait asseoir.

– Tu as sauvé la vie de tas de gens, ne t'inquiète pas. Je te jure que ça va aller, tu m'entends ? affirma-t-il en m'obligeant à le regarder à nouveau. Tu n'as rien fait de mal.

– Tout s'est passé tellement vite, je ne contrôlais plus rien. Je me sentais bien, dis-je avec incrédulité. L'adrénaline, le goût du sang...

– Chut, dit-il en posant un doigt sur mes lèvres. N'y pense plus, d'accord ? J'ai appelé Justin, il arrive avec un médecin et une équipe de techniciens pour nettoyer tout ce bordel. Ils devraient déjà être là.

Il porta la main à son crâne, les traits crispés en un rictus. Quelques mèches de ses cheveux étaient collées à l'endroit où sa tête avait heurté l'arbre.

Il s'assit à côté de moi et sortit un paquet de cigarettes de sa poche. Il en alluma une et souffla la fumée avec une évidente satisfaction.

C'est alors que l'homme surgit des buissons, hagard et échevelé. La lueur vacillante de la torche lui dessinait un visage curieusement distordu, creusant profondément les traits au point d'en faire un masque d'effroi. Il nous regarda. J'avais déjà vu ce regard, ce mélange de haine et de terreur – c'était comme ça que nous les regardions, les monstres, les corbusards.

– Merde, je l'avais complètement oublié, celui-là, murmura Gaspard.

– Bon Dieu, mais vous êtes quoi ? dit l'homme en reculant.

– Du calme, dit Gaspard en se levant.

– J'ai tout vu : cette fille, là, elle est pas humaine !

– Eh, elle vous a sauvé la vie, vous pourriez montrer un peu plus de reconnaissance.

– Une sorcière, dit-il en pointant son doigt vers moi. Elle est avec les loups. Mais j'ai tout vu et je ne vous laisserai pas venir dévorer nos enfants. Je sais bien ce qui se passe ici, les gens qui disparaissent sans laisser de traces.

Je m'enfonçai davantage contre l'arbre. L'homme tremblait et hurlait de plus en plus fort, dans un état proche de l'hystérie.

– Cette fille, c'est un monstre, un animal dangereux ! Il faut l'arrêter et la mettre dans une cage, oui, dans une cage. J'étais là et je dirai tout : tout le monde saura !

– Excuse-toi, dit Gaspard en braquant son arme vers l'homme. Présente tes excuses !

– Vous voyez pas ce qui se passe ! Moi je sais, j'ai tout vu : les choses qui se passent dans cet endroit. Les monstres veulent nous tuer. Mais je les laisserai pas ! Je vais chercher mon fusil, celui qui sert pour la chasse, et vous voulez savoir ce que je vais lui faire à cette fille ? Vous voulez le savoir ? hurla-t-il en avançant, pointant un doigt qui tremblait dans ma direction.

Je laissai échapper un gémissement. La détonation claqua dans l'air comme un coup de tonnerre dans un ciel d'orage.

– Non, dit Gaspard en rengainant.

Je relevai la tête et ouvris la bouche sans pouvoir proférer un son. Il laissa tomber sa cigarette et écrasa le mégot rougeoyant sous son talon.

Je me sentais si faible, comme assommée par l'épuisement : je n'avais même plus la force d'être horrifiée par ce qu'il venait de faire.

– Gaspard, tu l'as tué ! dis-je, incrédule.

– C'est la procédure. Tu as entendu de quoi il t'a traitée ?

– Il venait de voir… ça, dis-je en englobant le charnier d'un mouvement. Et personne ne l'aurait cru !

– C'est comme ça, Saralyn. De toute façon, si je l'avais pas fait, les E3 s'en seraient chargés. Crois-moi, c'est mieux comme ça.

E3 : externes de troisième catégorie, me rappelai-je. Les ombres, comme on les appelait plus volontiers. Leur boulot c'était… faire taire : les gens, les rumeurs, les doutes. Ils effaçaient ce que les mailles de notre filet laissaient filtrer.

Je posai mon front sur mes genoux pour ne plus voir ce qu'il y avait devant moi. Où toute cette vie était-elle partie ?

– Ça va aller, dit Gaspard en retournant s'asseoir.

– Tu as tué… balbutiai-je. Combien ? Combien est-ce que tu en as tué ?

– Des humains ?

– Non, je veux dire, des personnes…

– Je ne sais pas… des dizaines. Il ne faut pas chercher à s'en souvenir, on se défend, tu comprends ? On fait ce qu'on a à faire et après on oublie : sinon, on devient dingue. Oublie, dit-il en passant doucement la main devant mes yeux, comme pour en gommer ce qui se trouvait en face de moi.

– Pourquoi est-ce qu'ils m'ont recrutée ? demandai-je, au bord des larmes. Pourquoi ?

– Tu as accepté, dit Gaspard avec un air désolé.

– Je n'avais pas le choix.

– Comment ça s'est passé ?

J'hésitai. Je n'en avais jamais parlé à personne – cette seule idée me terrifiait. Mais j'avais envie de lui dire, j'avais le sentiment qu'il comprendrait.

– J'ai tué quelqu'un, avouai-je enfin, les yeux fixés sur le sol.

– Ça arrive, dit-il, nullement ému.

– C'était… J'ai juste essayé de me défendre, murmurai-je. Je ne voulais pas, je ne savais même pas qui c'était !

La neige, le couteau, le sang… Justin dans sa voiture aux vitres teintées. Tout s'était passé si vite.

Ils sont parmi nous.

J'avais dit oui, bien sûr. Justin s'était montré si gentil, et ça avait été comme si nous nous connaissions depuis toujours. J'avais accepté de travailler pour l'Organisation et elle avait réglé tous mes problèmes – comme si cet homme n'était jamais mort. Mais je l'avais tué, et ça personne ne pourrait rien y changer, pas même Justin.

Pourquoi avait-il fallu qu'il m'attaque ? Je n'avais rien à lui donner, je n'étais qu'une petite étudiante désargentée comme des centaines d'autres sur le campus et lui était probablement un ivrogne comme des centaines d'autres. Le loup avait repris le dessus et m'avait fait faire ce qu'il fallait pour survivre. Cependant, le doute subsistait, l'horrible doute : qui pouvait jurer qu'il m'aurait réellement tuée si je n'avais pas frappé la première ?

– Je ne voulais vraiment pas, répétai-je.

– Je sais, dit Gaspard. Saralyn, tu…

– Ils sont là, le coupai-je.

Justin apparut, flanqué d'une dizaine de techniciens. Il balaya les alentours de sa lampe torche pour estimer les dégâts et fit un signe de tête. Une nuée d'hommes sortis de nulle part se mit au travail, plantant des spots, prenant des photographies, relevant des échantillons, avant d'effacer consciencieusement les traces de notre passage. Demain, personne ne pourrait avoir la moindre idée de ce qui s'était passé ici cette nuit.

Laura nous examina rapidement et décréta que nous devions être emmenés de toute urgence à l'hôpital. J'avais été blessée en divers endroits, mais je ne m'en étais pas rendu compte avant qu'elle ne me le fasse remarquer – mes sensations commençaient tout juste à me revenir. J'eus un regard pour la monstrueuse silhouette étendue au milieu des corps inertes des loups et évitai soigneusement de croiser les yeux vitreux de l'homme qui gisait à nos pieds. J'étais tellement fatiguée.

– Vous pouvez marcher ? demanda Justin.

Gaspard fit signe que oui et alla sans aide jusqu'à la voiture, bien trop fier pour avouer que chaque pas lui était douloureux. Moi, je ne tenais plus debout et mon amour-propre était loin d'être assez important pour me rendre mes forces. Un technicien me releva et me soutint. Je ne reconnus Spencer que trop tard.

– C'est pas ma journée, on dirait, marmonnai-je.

– À votre place, je serais plutôt content : vous avez une sacrée veine de vous en être tirée avec des égratignures, quand on voit ce qui est arrivé aux autres.

– Oui, je suppose.

– Écoutez, je sais que vous et moi on s'entendra jamais, et je vois bien ce que vous pensez de moi, mais je crois quand même qu'il faut que je vous dise...

– Quoi donc ? demandai-je aussi sèchement que je le pouvais tout en essayant de garder mon équilibre.

– J'ai vu la façon dont Flynn vous traitait, je veux dire, ce gars sait y faire avec les femmes, et j'ai remarqué qu'il vous plaisait, comme à toutes les autres... Je crois que je dois vous prévenir que c'est pas un type bien.

– Qu'est-ce que vous insinuez ? demandai-je, soulagée d'apercevoir la voiture.

– Je vous conseille de pas l'approcher de trop près, il est pas comme on croit, vraiment pas.

Je m'écartai de lui d'une secousse et entrai dans la limousine aux vitres fumées de Justin sans lui répondre. Notre patron avait un faible pour les véhicules à quatre roues. Justin démarra après avoir récupéré nos clefs de voiture qui devaient nous être rapportées le lendemain. Gaspard et moi, couverts de sang, ne savions comment nous tenir pour ne pas souiller les beaux sièges de cuir : jamais je n'avais été enfermée dans une boîte aussi luxueuse, mais pour moi elle n'était qu'un corbillard de plus.

– Arrêtez de vous tordre dans tous les sens : on nettoiera plus tard, dit Justin avec un geste de la main.

Il se frotta pensivement le front du côté de son index et, rencontrant mon regard dans le rétroviseur, m'adressa un sourire d'encouragement.

Qu'aurais-je fait sans Justin ?

J'observai Gaspard – nous étions ridicules et pitoyables, cependant, je ne parvenais pas à nous trouver drôles. J'avais peut-être éliminé une créature dangereuse, mais Gaspard avait commis un meurtre. Nous n'étions pas meilleurs qu'eux : de quel droit les décrétions-nous corbusards, quand une multitude de techniciens s'abattait sur notre charnier pour faire disparaître les dernières preuves de notre culpabilité ?

Justin conduisait vite et en silence, tandis que Laura somnolait à sa droite. Comme s'il avait compris ce qui hantait mon âme révulsée, Gaspard posa sa main sur la mienne. Je la lui retirai, pensant malgré moi aux paroles de Spencer ; c'était ce que mon instinct m'avait dit, lui aussi, lorsque j'avais rencontré mon coéquipier. Mais j'avais appris à le connaître, du moins la part de lui-même qu'il voulait bien me montrer, et l'instinct s'était endormi, ronronnant comme un chat devant un feu de cheminée. Peut-être avais-je eu tort.

L'hôpital se dressa enfin devant nous, dernier rempart entre la grisaille de la ville et les ardeurs estivales de la campagne. Justin se gara dans le parking réservé au personnel et nous entraîna avec l'aisance d'un vieil habitué dans un couloir qui sentait la mort. Il débouchait sur la morgue – un corps recouvert d'un drap reposait sur une table. Son pied droit, orné d'une étiquette, dépassait et l'éclairage des néons lui donnait des teintes jaunâtres qui me soulevèrent le cœur. Un infirmier se leva à notre entrée et nous le suivîmes sans un mot. Nous progressâmes lentement, et, après quelques mètres de locaux quasiment déserts, nous entrâmes dans une salle vide. Notre guide referma la porte derrière nous et serra la main de Justin. Un homme aux cheveux gris arriva peu après, et salua Justin et Laura avec bonhomie. Ils se mirent à l'écart et Laura lui parla à grand renfort de gestes. Gaspard tomba plus qu'il ne s'assit sur une chaise et je suivis son exemple, ne trouvant plus face à moi que la déprimante compagnie d'un plateau de chirurgie.

Le médecin ne posa aucune question et nous examina en hochant la tête d'un air entendu. L'infirmier apporta du matériel médical et ferma la pièce à clef. Le médecin, toujours sans prononcer un seul mot, s'occupa de Gaspard tandis que Laura me recousait. Mon coéquipier était tellement impassible que je me sentis obligée de serrer les dents sans protester durant toute cette fort pénible expérience. Je me mis à compter les points de suture pour passer le temps – j'arrêtai aux alentours de vingt-trois : c'était démoralisant.

Justin me questionna sur les événements de la nuit et je prétendis ne me souvenir de presque rien, sinon de l'arrivée des loups. Gaspard me scrutait avec intensité, comme s'il essayait de lire dans mon esprit, mais il se contenta de corroborer ma version des faits sans émettre la moindre réserve. De toute façon, il était resté évanoui pendant une partie de la bataille. Il endossa l'entière responsabilité du meurtre avec un flegme horrifiant – Justin approuva d'un signe de tête.

– Bien, dit-il, tout me semble réglé. Ce monstre est donc le fruit d'une erreur d'invocation ?

– Nous ne connaissons pas exactement les circonstances de son apparition. Nous pensons que les trois premières victimes, des novices, ont voulu s'amuser et ont perdu le contrôle de la créature. La quatrième… et la cinquième victime vivaient dans les environs et ont été agressées chez elles. Quant à l'homme, nous ignorons ce qu'il faisait dans les bois, conclus-je, sentant qu'il était inutile de mentionner la tragique fin de la vache.

– Bien, répéta Justin. Quelque chose à ajouter au rapport, Gaspard ?

– Je ne suis pas d'accord. Je ne crois pas qu'il s'agissait d'une erreur : des novices n'auraient jamais pu invoquer un tricéphale. Et Meredith… La quatrième VFS, se reprit-il, était une sorcière. Je ne pense pas que sa mort soit accidentelle – Virgile s'est servi du monstre pour l'éliminer. Je demande la permission de riposter.

– Permission refusée, dit Justin. Nous n'avons pas à nous mêler des affaires des corbusards. Je sais que la mort de cette Meredith te chagrine, mais elle n'était pas des nôtres et tu ne dois pas laisser tes sentiments interférer avec ton travail.

Gaspard cilla mais ne protesta pas : les ordres étaient irrévocables et il le savait aussi bien que moi.

– Fin du rapport, dit-il, comme à regret.

– VFS signifie ? demanda Justin en se tournant vers moi.

– Victime de Force Surnaturelle, ânonnai-je.

– Exact. Cette première mission a-t-elle été instructive, Saralyn ? demanda Justin.

– Oui. Maintenant, je sais que je ne peux plus penser à rien : dans cette ville, ils sont tous télépathes, grognai-je pour essayer de détendre l'atmosphère.

Justin éclata de rire.

– Je t'apprendrai, dit-il. Il suffit de bloquer l'accès de tes pensées, c'est plus facile qu'on croit.

Laura termina de panser mes plaies et m'ordonna quelques jours de repos, elle viendrait juger de mon état dans une semaine. Tout ça me promettait de belles cicatrices. L'infirmier et le médecin nous rendirent nos armes, dont nous avions été délestés durant l'épisode du rafistolage, sans faire le moindre commentaire. J'aurais juré qu'ils n'avaient rien entendu de notre conversation ; le réseau de l'Organisation ne finissait pas de m'étonner.

Justin me raccompagna chez moi et me fit raconter la réunion des dirigeants. Je m'exécutai comme le brave petit soldat que j'étais, mais ne soufflai mot ni de Lorenzo ni de l'intérêt que l'Étranger me portait. Je ne voulais pas déclencher de guerre, pas maintenant. Et puisque j'étais obligée de prendre part à cette partie de poker entre les dirigeants, je devais à tout prix garder quelques atouts dans ma manche si je voulais être encore en vie à la fin de la partie.

*

Devant la porte de mon appartement, il y avait deux hommes en grande discussion qui saturaient l'air de pouvoir. J'hésitai un instant entre dévaler l'escalier que je venais de monter et sortir mon arme.

– Qu'est-ce que vous voulez, encore ? demandai-je avec lassitude.

Ils se retournèrent comme un seul homme et eurent un tressaillement de surprise devant mon lamentable état. Terriblement synchrone. C'est vrai qu'avec mes habits déchirés, couverts de terre et de sang, mes bandages et les cernes violacés que je devais avoir sous les yeux, j'offrais probablement un spectacle assez déconcertant.

– Vous vous êtes beaucoup entraînés ou est-ce que Virgile a développé une technique de clonage ?

Dans leur stupeur, aucun des deux ne réagit à ma vanne hilarante. Il y a des fois où je me demande pourquoi je me fatigue.

Chapitre 15

– Que vous est-il arrivé ? demanda l'un des deux.

Il était encore jeune et probablement pas très puissant, mais du point de vue physique, je ne faisais pas le poids. Surtout dans mon état actuel.

– Accident du travail. Vous pouvez dire à votre chef que le problème est réglé et qu'il peut retourner cueillir du gui au clair de lune en toute tranquillité.

Mais qu'est-ce qu'il me voulait ?

– Vous pourrez le lui dire vous-même.

– Non, ça certainement pas : je vais me coucher. Écartez-vous de ma porte, dis-je, passablement exaspérée.

– C'est urgent, insista l'autre.

– Donnez-moi une seule bonne raison de sacrifier une nuit de sommeil.

– Notre maître doit L'affronter cette nuit. S'il perd, Il sera le nouveau dirigeant sorcier.

Je fronçai les sourcils. Les sorciers étaient considérés comme les plus importants des corbusards – mais il y avait plus grave encore…

– Virgile dirige le Conseil, lâchai-je, plus pour moi-même qu'à l'intention des deux hommes. Vous voulez que j'aille lui prêter main forte, c'est cela ?

– Euh, oui. Oui, en gros, c'est l'idée.

Mais d'où ils sortaient ces deux-là ? Ils avaient l'air si peu sûrs d'eux que je ne me sentais même pas menacée – ou peut-être était-ce la fatigue qui endormait mon instinct.

– Le seul problème c'est que, comme vous pouvez le constater, ma main n'est pas très forte en ce moment. Je tiens à peine debout : je ne suis certainement pas en état de me battre. Sans compter que cette histoire ne me concerne nullement.

– Nous serions navrés d'être contraints d'avoir recours à la violence, dit le plus âgé des deux en me barrant le passage d'un air blasé.

– Virgile est vraiment un salopard, crachai-je.

– Vous nous suivez gentiment ? demanda-t-il en me prenant par le bras.

Je calculai rapidement mes chances de m'en tirer – zéro, nada. J'étais très en colère.

– Ça suffit, dit une voix grondante. Retournez dans la salle d'audience et attendez là-bas.

Les deux sorciers s'entre-regardèrent. Le plus proche me lâcha et ils disparurent à l'instant où Virgile se matérialisait devant moi.

– Vos tours de passe-passe ne m'impressionnent pas. Vous pouvez aussi laisser tomber la voix façon « terrible démon » : c'est totalement ridicule. Ça marche peut-être avec vos petits novices mais pas avec moi.

– Je suis navré, la courtoisie est l'une des choses qui se sont perdues au cours des siècles, dit-il, comme s'il n'avait pas remarqué ma fureur.

– Je ne peux pas vous aider. J'espère que vous en êtes conscient.

– C'est là que vous vous trompez. Il m'a provoqué en duel ; je sais que je vais perdre. La seule façon de l'éviter est que vous m'accordiez votre soutien : dites que vous me permettez de régner sur les sorciers et il me laissera en paix.

– Que je vous *permets* ? Les corbusards n'ont jamais demandé leur avis aux humains, et vous êtes en train de solliciter ma permission ?

– Oui.

– Pour quel genre d'idiote me prenez-vous ?

– Ce sont les conditions de l'Étranger, je n'y suis pour rien.

– Pourquoi aurait-il exigé une chose pareille ? C'est absurde !

– Je l'ignore. Tout ce que je vous demande, c'est de me faire confiance.

– Je ne peux pas : je sais par quel massacre vous êtes arrivé au pouvoir.

– Vous ne croyez pas en mes bonnes intentions, et je ne peux vous en blâmer. Je ne nie pas avoir commis des erreurs, mais tout homme a droit à une seconde chance, n'est-ce pas ?

– Je pourrais l'envisager si vous étiez un homme.

– Si vous ne le faites pas pour moi, faites-le pour mes sujets : Il va les massacrer.

Virgile et ses belles paroles…

Virgile le fou, Virgile le menteur…

– Mon métier est d'éliminer les vôtres, pourquoi m'embarrasserais-je de vos problèmes ?

– Vous vous méfiez toujours, constata-t-il avec une moue ennuyée. Laissez-moi vous montrer. Prenez ma main, dit-il en la tendant.

– Pour quoi faire ?

– Prenez-la, je vous dis.

Je posai ma main sur la sienne, balançant entre incrédulité et défiance. Je levai les yeux – j'ignorais ce qui s'était passé, mais nous n'étions indubitablement plus dans mon immeuble.

– Téléportation ? demandai-je.

– Oui.

Décevant, comme expérience : pas de tunnel coloré ou d'éclairs. Seulement un endroit, puis un autre, comme si nous n'avions fait qu'un pas en avant.

– Savez-vous où nous sommes ?

Une cour pavée de marbre, des femmes, des enfants de tous âges, des vieillards, un escalier d'une blancheur indescriptible, et, devant nous, cet immense bâtiment qui ressemblait à un palais. Je n'avais jamais vu un endroit si beau, si calme. Je secouai la tête.

– C'est le Temple, l'endroit où nous honorons les Anciens Dieux, dit-il.

– Ils sont morts, m'étonnai-je.

– Venez avec moi.

Je le suivis avec réticence parmi les sorciers qui déambulaient à pas paisibles entre les colonnes de marbre étincelant et remarquai de nouveau sa démarche cahotante.

– C'est un vieux souvenir, dit-il. J'aurais pu le faire disparaître, mais il y a certaines choses qu'il vaut mieux ne jamais oublier, vous ne croyez pas ? En un sens, chaque défaite, chaque trahison, chaque mort, est une leçon que la vie nous donne.

C'était peut-être vrai, cependant ce que Virgile voulait conserver ce n'était pas l'enseignement de ces blessures : c'était la haine.

– Chacune de nos vieilles cicatrices est un avertissement, ajouta-t-il.

Il effleura du bout des doigts celle de ma gorge, puis désigna celle qui me parcourait le bras, bien cachée sous mes vêtements.

Je ne pouvais pas bouger et l'épouvante me donnait la chair de poule.

– Comment savez-vous ?

– Voilà toute votre existence résumée en deux cicatrices, n'est-ce pas fascinant ? La première a réveillé le loup, la seconde a fait couler le sang qui a attiré la meute.

– Que dites-vous ? demandai-je, fascinée autant qu'horrifiée.

– Je sais d'où elle vient, dit-il en regardant la manche de ma veste comme s'il pouvait voir à travers. Mais vous ne voulez pas en parler, n'est-ce pas ?

J'avalai ma salive et hochai lentement la tête – au moment où l'homme était mort, alors que j'appuyais encore sur le couteau enfoncé dans sa poitrine, ses ongles s'étaient refermés sur mon bras. En tombant, il avait labouré ma chair et la trace en était restée ; comme si, dans un ultime sursaut, il avait voulu s'assurer que cette nuit serait toujours imprimée en moi. Et il avait réussi.

– Venez. N'ayez aucune crainte : ils ne peuvent pas nous voir, dit Virgile, reprenant sa marche.

Mes jambes flanchaient et j'avais mal au cœur, mais je le suivis sans hésitation. Une salle immense qui semblait pouvoir contenir l'ensemble de la population du Continent se dévoila à nos regards. Il y avait des milliers de fleurs sur lesquelles se déversait une clarté étonnante, comme si le soleil s'était lui-même penché pour les voir de plus près : j'en eus le souffle coupé. Un sentiment de sérénité engloutissait tout ; angoisse, peur, n'étaient plus que souvenirs inconsistants face à cette paix. Les sorciers formaient un cercle, assis par terre, paumes vers le ciel.

– Que font-ils ?

– Ils prient, dit Virgile.

– Pour quoi ?

– Le retour des Dieux.

Au centre du temple, se dressaient quatre statues disposées en cercle, elles aussi. Au milieu d'elles, une fontaine ruisselait joyeusement.

– Reconnaissez-vous les statues ? demanda-t-il.

– Oui, je crois. Lazare, dis-je en avisant un homme au visage sombre drapé d'un manteau. Je pointai ensuite le visage parfait de la plus puissante des déesses. Nausicaa, continuai-je.

Ne restaient plus que la statue de la déesse aux yeux entièrement incolores et celle de l'imposant dieu de la mort.

– Saskia et Falcor, terminai-je.

– Savez-vous pourquoi les yeux de Saskia sont transparents ? On dit qu'elle était si sage que son âme y apparaissait et qu'il suffisait de les regarder pour devenir sage à son tour. Les mythes ont quelque chose de captivant, ne trouvez-vous pas ? Nous sommes les descendants de Nausicaa, la déesse aux multiples pouvoirs. Nous avons fait nôtres ses attributs pour perpétuer son œuvre.

– La tunique grise, dis-je, faisant brusquement le lien entre l'habit de leur caste et la déesse.

– Oui. Nous maintenons sa vision dans l'attente de son retour.

– Je ne crois pas qu'elle aurait approuvé ce que vous avez fait : elle aimait la connaissance, pas le goût du sang, dis-je avec mépris.

– D'après la légende, les Dieux qui nous ont créés renaîtront pour nous anéantir, continua Virgile, comme pour lui-même.

– Et vous priez pour leur retour ?

– Nous implorons leur pitié : les oracles sont inéluctables.

– Je ne crois pas aux mythes. Les Fondateurs sont morts et ils le resteront.

– Question de point de vue, Mademoiselle Fara, simple question de point de vue. Bien sûr il y a toutes ces *nouvelles religions*, les dieux uniques… Mais les Quatre Vénérables balayeront ces inepties lors de leur éveil.

Il secoua la tête en grimaçant son mépris et je me retins de lui dire que la plupart de ces « nouvelles » religions avaient déjà des centaines d'années, au point qu'on racontait qu'une croix de bois pouvait anéantir un vampire. Aujourd'hui, les Fondateurs n'étaient plus qu'une légende pour les humains.

– Regardez ces pauvres gens qui prient pour notre salut : quel mal font-ils ? Pouvez-vous réellement laisser des femmes et des enfants à la merci de l'Étranger ?

– Vous leur avez fait pire que ce qu'il pourra jamais leur infliger, rétorquai-je.

– Ce que racontent les livres de l'Organisation est faux, ils vous montent contre moi pour que vous n'ayez pas de remords à m'assassiner. Dites-moi : supporterez-vous de les laisser mourir ? Vous pouvez les sauver, vous êtes la seule qui en soit capable. Allez-vous le regarder nous exterminer sans rien faire ?

– Qu'y a-t-il dans cette fontaine ? demandai-je en m'en approchant, troublée par la couleur des reflets sur le métal.

– Le pouvoir, le fruit des sacrifices, dit Virgile, comme à regret.

– Du sang, murmurai-je avec horreur.

J'eus l'impression qu'un voile s'était soudain levé, me révélant la véritable nature de ce lieu – leur véritable nature.

– C'est ce qui maintient cet endroit, dit-il. Regardez mon peuple, regardez-les !

– Emmenez-moi ailleurs. Je ne veux pas rester ici. Je ne veux pas !

– Regardez-les ! rugit-il plus fort.

– Non ! Laissez-moi partir !

Le contact de ses doigts – je clignai des yeux. Nous étions dans une longue salle rectangulaire entourée de tentures blanches qui touchaient le sol et au bout de laquelle il y avait un trône vide. Un splendide lustre en cristal était suspendu au milieu du plafond. Il éclairait beaucoup mieux qu'il n'aurait dû. Je connaissais cet endroit. Pourtant, je n'avais pas beaucoup fréquenté les salles de bal dans ma vie. Je m'approchai du trône où Virgile s'était assis, l'air préoccupé.

– Vous voyez que je fais tout ce que vous me demandez, dit-il. Ne pouvez-vous pas seulement m'accorder votre soutien, vous n'entendrez plus parler de moi ensuite.

– Pourquoi tenez-vous tellement à régner ?

– N'écoutez-vous rien de ce que je dis ? Il va les massacrer !

– Pourquoi ? Il n'a aucun intérêt à cela : il récupère une armée, il serait fou de la détruire. Dites-moi, depuis combien de temps êtes-vous le dirigeant de cette communauté ?

– Près de vingt ans, répondit-il. Mon prédécesseur a régné durant quatre-vingt-cinq ans. Dragon était un tyran, il aimait le goût du pouvoir.

– Dragon ?

– Oui, c'était comme ça que tout le monde l'appelait. Croyez-moi, Saralyn, c'est de moi dont ce peuple a besoin.

J'avais détesté la façon dont il avait sifflé mon prénom. J'aurais voulu le croire, mais mon instinct me disait de ne pas lui faire confiance. Il était redoutable et il mourait de peur – c'était lui qu'il voulait sauver, pas les siens.

– Rack vous a mise en garde contre moi. On dirait qu'il vous a laissé une très forte impression : votre esprit n'arrête pas d'y penser. Il vous fait quel effet ? Ce genre d'effet-là ? demanda-t-il sans bouger.

Je sentis distinctement les crocs s'enfoncer dans ma gorge. Ma peau se déchirait tandis que mon sang jaillissait en un flot bouillonnant. Je tombai à genoux, terrassée par la douleur, et pressai la paume de ma main contre la chair pantelante. Il me semblait que des milliers d'aiguilles chauffées à blanc entraient dans mes veines pour en lacérer les contours délicats.

Faire couler plus de sang. Toujours plus.

Mais il n'y avait rien : ni blessure ni sang. Les spasmes de douleur disparurent instantanément et je me relevai, les jambes encore flageolantes.

– Suggestion mentale ? interrogeai-je d'une voix tremblante.

– Les vampires sont des animaux. Si vous saviez ce qu'ils sont en réalité, vous ne les laisseriez pas vous approcher.

– Vous êtes tous aussi dangereux les uns que les autres, dis-je en reculant. Seulement, contrairement à vous, Rack ne prétend pas être différent de ce qu'il est. Ce sont peut-être des femmes et des enfants qui vont prier au temple, mais c'est toujours du sang qui coule dans la fontaine. C'est votre guerre : menez-la à votre guise, je ne souhaite pas y être mêlée. Sachez seulement que si le vainqueur s'avise de menacer la population de cette ville, je le tuerai, que ce soit vous ou Lui.

Un bruit. Qu'est-ce que c'est que ce bruit ?

– Vous ne pouvez pas rester neutre, dit Virgile d'un air fatigué. Même si je vous laissais faire, vous n'y parviendriez pas longtemps. Il est trop fort pour moi et pour vous aussi.

La rumeur enfla. Les voix, les centaines de voix qui murmuraient dans mon esprit, et toutes leurs mains invisibles qui se resserraient autour de moi.

Tu as peur, pauvre petite louve traquée. Dis-le, dis seulement que tu le soutiens et tout sera fini.

– Dis-le, grimaça Virgile.

Virgile est fou. Il faut sortir.

Courir sans s'arrêter et sortir.

Je me retournai et courus droit devant moi, écartant l'idée qu'il pouvait ne rien y avoir derrière la tenture qui me faisait face. Il *devait y* avoir quelque chose. Des escaliers – j'aurais dû le savoir : ce qui se cache s'enfonce dans la terre. Je m'y précipitai, malgré les protestations de chacun de mes muscles. Virgile ne bougeait pas ; je le percevais, immobile derrière moi, riant peut-être à mes vains efforts. Je me cognai contre une trappe fermée : j'eus beau la frapper de toutes mes forces, elle ne frémit pas. Je me sentais au bord de la crise de nerfs, ne sachant si je devais laisser la colère ou la terreur prendre le dessus.

– Acceptez de me soutenir et je vous laisserai sortir. Je pourrais même songer à guérir vos blessures. Allons, soyez raisonnable.

– Vous êtes fou, dis-je en le regardant, appuyé contre la rampe à quelques pas de moi.

Je sortis mon poignard et essayai de le glisser à travers les rainures du bois. Virgile me jeta à bas de l'escalier d'un simple signe de tête. Je lâchai mon poignard et me retins de ne pas hurler de douleur. L'idée me vint que jamais plus je ne pourrais bouger.

– Vous ne me tuerez pas : vous avez besoin de mon soutien, dis-je.

– C'est exact, mais considérez que je pourrais vous faire extrêmement mal. J'en serais désolé, naturellement, mais vous ne me laissez pas tellement le choix.

– Je suis très têtue, il est inutile de perdre votre temps.

– À bout de ressources, n'est-ce pas ? dit-il en s'approchant. C'est regrettable, très regrettable.

Il semblait osciller entre la désolation et un franc amusement. Un sourire se dessina sur ses lèvres : nul ne résistait longtemps à la torture et il le savait. Il rassembla son pouvoir ; le masque se craquela, et, durant un instant, j'entrevis son visage exsangue. Je ne le quittais pas des yeux, malgré la certitude de ne pouvoir esquiver – rien ni personne ne peut échapper au pouvoir : j'allais souffrir plus que je ne parviendrais jamais à l'imaginer, peut-être jusqu'à la démence. Mon esprit n'était pas assez fort pour résister. Mais soudain, le sourire de Virgile s'effaça, l'épouvante crispa ses traits.

– Non, balbutia-t-il. Pas toi... pas contre moi !

Il recula d'un pas. Je profitai de son désarroi pour me redresser et m'asseoir. Je palpai rapidement mes membres. Mon poignet me faisait horriblement mal mais rien d'autre ne semblait cassé ; j'avais eu de la chance. Je perçus un discret bruit de respiration dans mon dos. Virgile avait l'air hypnotisé : les yeux exorbités, il fixait un point au-dessus de ma tête. Il ressemblait à une souris fascinée par un serpent. Je me retournai lentement, terrifiée à l'idée de ce que j'allais voir. Mais la salle était vide. Perplexe, je regardai du nouveau du côté de Virgile.

Il avait disparu.

Je me relevai et ramassai mon poignard, bien décidée à ouvrir cette trappe même si je devais en enlever toutes les échardes une par une avec mes ongles. Le battant s'ouvrit d'une poussée – une rose rouge tomba de nulle part sur le sol, me faisant tressaillir. Je jetai un dernier regard circulaire et me hissai hors de ce que je supposais être la salle des audiences de Virgile, tenant avec peine sur mes jambes contusionnées. Les deux sorciers que Virgile avait rudoyés étaient assis autour d'une table, à quelques pas de là, et jouaient aux cartes. Ils se levèrent brusquement à mon arrivée – peut-être que le jeu était interdit pendant le service –, m'observant avec étonnement. Un certain nombre de bruits relativement inquiétants sortirent de la salle du dessous. Indécis, les deux hommes considérèrent alternativement ma personne et la trappe, sans doute dans l'attente d'un quelconque signe leur indiquant ce qu'ils devaient faire.

– Il y a un problème, je crois qu'il a besoin d'aide, haletai-je.

Ils se précipitèrent en bas. Je regardai autour de moi ; nous étions dans un magasin d'antiquités, plein de meubles poussiéreux d'un goût douteux. Les pas des sorciers résonnaient encore sur les dalles de marbre.

Je sortis à la hâte et, totalement désorientée, choisis une direction au hasard. Je marchai longtemps sans rien reconnaître de ce que je voyais. J'avais envie de m'asseoir au milieu de la rue déserte et de laisser couler l'envie de pleurer qui me brûlait les yeux. J'avais mal, j'étais fatiguée et tout le monde voulait ma mort ; à quoi bon lutter ? Le bruit d'un moteur se rapprocha. Je tournai la tête vers la route et observai avec morosité la voiture qui arrivait. Elle ralentit et s'arrêta quelques mètres devant moi.

– Allez gamine, grimpe !

– Cal ? demandai-je en passant la tête par la vitre.

Je ne me fis pas prier pour monter. J'eus à peine claqué la portière que nous redémarrions. Il m'observa dans le rétroviseur et fronça les sourcils.

– Eh ben dis donc, on t'a pas ratée !

– Comme tu vois. Mais qu'est-ce que tu fais ici ?

– Le Maître m'a envoyé te chercher, il pensait que tu aurais besoin d'aide.

– Mais, comment savait-il que j'étais là ?

– C'est un peu difficile à expliquer. Disons que tout le monde commence à connaître Virgile, sa réaction était assez prévisible : il n'a jamais eu bon caractère, dit Cal en haussant les épaules.

Il me raccompagna jusqu'à mon immeuble. Je remarquai que ma voiture avait été garée juste devant par les techniciens qui l'avaient rapportée. Cal avait été parfait et avait immédiatement compris qu'il était dans son intérêt de ne pas poser trop de questions. Peut-être qu'il avait fouillé dans mes pensées et qu'il savait tout, mais je n'aurais pu jurer de rien.

– Merci, dis-je. Je ne sais pas pourquoi vous faites ça, je veux dire Lorenzo et toi, mais merci.

Cal sourit – il avait tiqué en m'entendant prononcer le prénom de son dirigeant, visiblement surpris.

– Le Maître ordonne, j'obéis. Mais ça m'a fait plaisir de te rendre service. En fin de compte, peut-être y a-t-il encore de l'espoir, dit-il d'un air vague. Tu veux que je te raccompagne à ton appartement ? ajouta-t-il finalement en désignant la porte de mon immeuble du menton.

– Non, merci. Ça va aller, maintenant, dis-je en m'extirpant de la voiture. Il est l'heure que chacun rentre chez soi.

Cal approuva d'un signe de tête et démarra. Je montai les escaliers avec difficulté et fis une longue pause un étage avant le mien afin de faire une arrivée plus discrète et de reprendre mon souffle. J'examinai le palier avec circonspection avant de m'y engager tout à fait : il était parfaitement vide, ainsi qu'il était censé l'être à cette heure tardive. Mes clefs de voiture étaient sous mon paillasson et le chat m'accueillit avec beaucoup de démonstrations d'affection et de joie, ayant probablement compris que j'étais son passeport pour le garde-manger. J'avoue que ça me fit assez plaisir de me sentir appréciée par quelqu'un, même si c'était un chat névrosé ayant un goût prononcé pour les bouchées de thon à la duchesse.

Je me couchai sans fermer les rideaux, prise dans le gris halo de l'aube et l'odeur entêtante de shampoing qui se dégageait de mes cheveux encore trempés. Une fois que j'eus réussi à trouver une position relativement indolore, je sombrai dans un sommeil sans rêves.

Chapitre 16

Je me réveillai en sursaut, persuadée qu'un maniaque était en train de me faire passer sous un rouleau compresseur. Les séquelles de la nuit précédente n'étaient pas loin du compte – je me levai en laissant échapper un gémissement de douleur, prête à me recoucher. La vision du réveil m'empêcha de mettre mes projets à exécution : il était cinq heures de l'après-midi et je réalisai que je mourais de faim. De toute façon, le chat partageait probablement mon sentiment et je devais m'en occuper. Il faisait une chaleur à la limite du supportable. Je frissonnai et fis jouer chacune de mes articulations, vérifiant que tout avait l'air normal. Je m'en tirais bien, même s'il me faudrait probablement deux ou trois semaines pour me remettre complètement.

Je fis couler un bon litre d'eau glacée sur ma tête pour me réveiller, puis j'entrai dans le salon en enfilant un peignoir. Mes sens semblaient s'être émoussés. Ça arrivait parfois, lorsque j'avais abusé de mes possibilités physiques, et ça pouvait durer quelques jours, le temps que mon organisme récupère. J'entendis un léger bruit en provenance de la cuisine. Je m'en approchai, et restai bêtement plantée sur le seuil. Le chat était au pied de la table, le nez plongé dans sa gamelle avec une expression d'intense satisfaction. Une boîte vide était posée sur le bord de l'évier. Peut-être bien que mes capacités physiques n'étaient pas les seules à subir le contrecoup du choc. Je passai la main dans mes cheveux, éberluée.

– Dis-moi, depuis quand les chats savent-ils se servir d'un ouvre-boîte ? m'interrogeai-je à haute voix.

– Je me suis permis… il semblait affamé, dit une voix derrière moi.

Je me retournai d'un bloc, collant mon dos contre la table, et cherchai à attraper l'ouvre-boîte.

– Vous ne me tuerez pas avec ça, reprit l'intrus avec un sourire moqueur.

– Lorenzo, murmurai-je en manœuvrant pour mettre la table entre lui et moi.

– Je vous fais peur, dit-il d'un ton presque triste.

Il avait l'air tellement peiné que je m'en voulus de ne pas pouvoir lui faire confiance. J'aurais volontiers protesté, mais ça n'avait rien d'une question. Et puis, c'était vrai : lorsque j'étais enfermée avec lui, je me sentais autant en sécurité qu'une dinde le 23 décembre.

– Vous êtes un vampire, vous vous souvenez ?

Il me fixa. J'eus un léger mouvement de recul.

– Comment êtes-vous entré dans mon appartement ?

– Je crains d'avoir forcé la serrure.

– Vous avez quoi ?

– Eh bien, j'ai frappé, mais vous ne répondiez pas, alors j'ai pensé que vous deviez dormir. Je n'ai pas voulu vous déranger.

– Vous n'avez pas voulu me déranger alors vous avez fracturé la serrure de ma porte d'entrée ? J'ai l'air d'une idiote ?

– Pour être parfaitement honnête, j'étais certain que vous refuseriez de m'ouvrir, alors j'ai préféré entrer pendant que vous dormiez. Ne vous inquiétez pas, j'ai seulement nourri le chat. D'ailleurs, comment s'appelle-t-il ?

– Le chat ?

J'ouvris des yeux grands comme des soucoupes : ce vampire était étrange. Ou alors il avait une idée derrière la tête. Je reculai d'un pas avec méfiance : je n'aimais vraiment pas être enfermée toute seule avec un vampire.

– Il n'a pas de nom, je ne compte pas le garder.

Il y avait en lui quelque chose de tellement triste – ça me déstabilisait : j'aurais voulu pouvoir lui dire que je comprenais.

– Je n'en peux plus, avouai-je en posant les mains à plat sur le rebord de l'évier. J'en ai assez : dites-moi ce que vous voulez et allez-vous-en.

– Je suis seulement venu voir comment vous vous sentez. Calvin m'a dit que vous étiez en piteux état et j'ai voulu m'assurer que tout allait bien. Vos nuits me paraissent extrêmement intéressantes.

– Je trouve aussi. Écoutez, je... je suis désolée, balbutiai-je, sentant qu'il était temps de me sortir de cette déplaisante situation.

– De quoi donc ?

– Pour ce que j'ai fait la dernière fois et... je suis vraiment désolée que vous soyez l'un des leurs, ajoutai-je.

– Pas autant que moi.

– Je vous remercie d'avoir envoyé Cal me chercher. Je ne suis pas certaine que j'aurais réussi à rentrer sans aide.

– Si, bien sûr, vous y seriez arrivée. Alors, pourquoi n'avez-vous pas soutenu Virgile ? Pourtant, il est tellement convaincant quand il veut s'en donner la peine.

– C'est à cause de vous. J'ai failli le croire, mais en repensant à ce que vous m'aviez dit, j'ai compris ce qu'il était réellement. Enfin, je crois. Qu'est-ce qui lui est arrivé, hier ?

– Il a disparu.

– Mais comment ? Ça s'est passé si vite, murmurai-je.

– Vous le savez : c'est Lui qui l'a *escamoté*. Nous sommes reliés, reprit-il après un instant. Les dirigeants forment une entité de pouvoir unique, et le lien qui nous rattachait à Virgile a été rompu.

– Est-ce que ça signifie qu'il est mort ?

– Je l'ignore.

– Mais si Virgile n'est plus là, qui va prendre la tête des sorciers ?

– L'Étranger, très probablement. Je suppose qu'il va finir par ne plus être si étranger que ça à nos affaires. Impossible d'être certain de quoi que ce soit : aucune information concernant leur clan ne filtre plus depuis que Virgile a été destitué.

C'était peut-être une impression, mais on aurait presque dit que ça lui faisait plaisir. Pour ma part, je pensai, fort peu charitablement, que la disparition de Virgile n'était pas une si mauvaise chose que ça. Il m'avait l'air plutôt fragile, psychologiquement parlant.

Et je discutais tranquillement dans ma cuisine avec un *vampire*. Mais qu'est-ce qui ne tournait pas rond chez moi ?

– Oui, reprit-il, Il projette sans doute de prendre le contrôle des sorciers, et ça lui sera aisé : sans chef, plus de clan. Nous ne savons pas qui Il est ou ce qu'Il a fait de Virgile, bien que j'aie ma petite idée là-dessus, – il eut un sourire cruel. En fait, je me demande si les sorciers le savent eux-mêmes. La seule chose dont nous sommes certains, c'est que ça a commencé.

– Qu'est-ce qui a commencé ?

Son sourire devint amer.

– Les temps changent. Rien ne sera plus jamais comme avant, je présume. La nouvelle ère verra notre triomphe ou notre perte. Il secoua la tête avec lassitude. Je n'aime pas les révolutions, elles apportent toujours leur lot de destruction. Mais elles sont inéluctables, soupira-t-il.

– Qui dirigera la coalition, à présent ?

– La coalition ? Il se mit à rire. Il n'y a plus de coalition, pas de terreur, pas d'alliance et personne ne veut prendre la place de Virgile. C'est trop dangereux et ils ont peur.

– Peur de quoi ?

– De mourir, comme tout le monde.

– Vous, non ?

– Je suis déjà mort, Mademoiselle Fara. Je ne veux pas mener cette guerre.

– Saralyn, dis-je, me demandant ce que je pouvais bien être en train de faire. Vous pouvez m'appeler Saralyn.

Il me regarda dans les yeux pendant un long moment et hocha lentement la tête.

– Saralyn, répéta-t-il.

– S'il n'y a pas de coalition, qui va se battre contre l'Étranger ? demandai-je en détournant le visage.

– Des clans se formeront, certains s'allieront à Lui et d'autres le combattront… qui peut savoir ?

– Est-ce que… enfin, je veux dire, ce que j'ai…

– Vous voulez savoir si vous avez mal fait de ne pas accorder votre soutien à Virgile, c'est cela ?

– Oui.

– En ce qui vous concerne, vous avez bien fait : Virgile était dangereux pour vous. Au niveau d'Edencity, je l'ignore. Je ne suis pas certain que l'ORPHS n'aurait pas préféré Virgile, ajouta-t-il en haussant les épaules.

– Pourquoi ?

– Les réponses viennent en leur temps. Vous devriez vous y résoudre si vous ne voulez pas causer trop de dégâts. Chaque fois que vous serez tentée de satisfaire votre curiosité avant que le moment ne soit venu, pensez que vous tuez sans doute quelqu'un.

– Vous ne me direz rien de plus, n'est-ce pas ?

– Je ne *sais* rien de plus.

– Je ne vous crois pas.

Il recula d'un pas et pencha la tête d'un air profondément méditatif.

– Vous avez mal, dit-il.

– Oui, je ne sais même plus exactement où, dis-je, me crispant pour lutter contre la douleur diffuse qui m'envahissait.

– Vous savez que je pourrais remédier à cela.

– Vous ne me toucherez pas, dis-je, prête à prendre la fuite.

– Les vaillants petits soldats de l'Organisation, dit-il d'un air moqueur. Vous avez tort de refuser, vous souffrez inutilement.

– Je voudrais que vous sortiez. Partez, s'il vous plaît.

– Si vous changez d'avis, vous savez où me trouver, dit-il en obtempérant.

J'ouvris la porte et il butta contre ma voisine d'en face, la faisant lâcher le sac-poubelle bleu électrique qu'elle tenait à la main. Lorenzo le rattrapa avant qu'il ne touchât le sol et le lui remit avec un sourire, défiant les lois les plus élémentaires de la physique. Mary jeta un coup d'œil quelque peu interloquée dans sa direction tandis que son fils, Sean, shootait dans un ballon imaginaire en direction de la cage d'ascenseur. J'essayai de garder une expression décontractée et tirai Lorenzo en arrière par un pan de sa chemise.

– Quels réflexes, dit-elle d'un ton admiratif.

– Mary ! Comment allez-vous ? demandai-je, décidant de prendre les devants avant que la situation ne s'aggrave. Je vous présente mon cousin euh... Peter, bredouillai-je lamentablement.

Elle ne semblait pas entièrement convaincue, et maintenant, Lorenzo m'observait lui aussi d'une drôle de manière. Mon cerveau se mit à chercher désespérément une échappatoire : il venait de faire quelque chose d'impossible et était habillé d'une façon remarquable – beaucoup trop remarquable pour ce quartier.

– Il est prestidigitateur, ajoutai-je sur un ton d'excuse.

Lorenzo me jeta un regard navré. Un sourire perfide s'insinua sur ses lèvres tandis que je me sentais devenir cramoisie.

– Ah ! dit Mary d'un air rasséréné.

Puis elle se détendit, visiblement satisfaite par mon explication.

– Salut Sean, lançai-je au gamin.

– Salut, dit-il un peu perplexe, nous considérant attentivement, mon « cousin Peter » et moi.

– Vous faites sortir des lapins de votre chapeau, ce genre de trucs ? demanda-t-il en fronçant les sourcils.

C'était vrai qu'on avait un mal fou à imaginer Lorenzo faisant une chose pareille. Si je m'étais attendue à le voir sortir quelque chose de son chapeau, j'aurais plutôt parié pour un bazooka. Mais dans l'urgence, je n'avais rien trouvé de plus crédible.

– Pas exactement, répondit mon « cousin ».

Voyant qu'il était sur le point de s'étendre dangereusement sur le sujet, je décidai qu'il était temps d'abréger la conversation.

– Allons Peter, ne reste pas planté là ! Entre ! m'exclamai-je avec tout l'enthousiasme dont j'étais capable.

– Est-ce que vous n'étiez pas en train de sortir ? demanda Mary, l'air perplexe.

– Eh bien, si... mais en fait, je crois... Il n'est que cinq heures et demie, m'exclamai-je, prise d'une subite inspiration. Ma pendule est déréglée : nous avons une heure d'avance. Donc, nous ferions mieux de rentrer.

J'entraînai Lorenzo à l'intérieur, le poussant à moitié dans mon entrée. Je criai un « au revoir » en direction de mes voisins avant de claquer la porte.

– Mais qu'est-ce qui vous a pris ? demandai-je furieuse.

J'étais partagée entre l'envie de l'écharper et cette vague terreur que me faisait ressentir sa soudaine proximité. En fait, la certitude qu'il me réduirait en bouillie avant même que je n'aie eu le temps de lui fêler le petit doigt contenait sans trop de difficultés mes pulsions agressives.

– Qu'ai-je donc fait pour m'attirer vos foudres ?

– Rien, justement, vous n'avez rien fait pour m'aider !

– Vous n'en aviez pas besoin, vous vous en sortez très bien.

Je lui jetai un regard trouble, ne sachant pas réellement à laquelle de mes pensées il répondait.

– Vous devriez avoir plus confiance en vous, ajouta-t-il.

– Personne ne s'habille plus comme ça depuis deux siècles ! m'écriai-je, entendant avec épouvante ces mots sortir de ma bouche.

– Ces vêtements sont tout ce qu'il y a de plus actuels, s'étonna-t-il.

– Peut-être, mais à part quelques résidents des beaux quartiers qui ne mettraient jamais les pieds ici, personne n'a les moyens d'acheter ce genre de chose dans cette ville. Personne.

Pourquoi avait-il l'air si humain ? Pourquoi rien de ce que je disais ne le mettait en colère, lui, le vampire violent et sanguinaire ?

– Votre cousin Peter. Prestidigitateur, répéta-t-il en éclatant de rire. Il n'y a vraiment que des humains pour croire à une explication pareille : vous voulez tellement que tout soit normal, vous êtes prêts à avaler n'importe quoi. Le petit garçon n'a pas été dupe.

– On s'en moque. Vous attendez là cinq minutes et vous sortez, marmonnai-je en m'écrasant contre le mur.

– Ce n'est pas moi que vous devez craindre. Ils sont descendus, dit-il après un instant. Vous devriez aller voir le Vieux, lui seul pourra vous aider, mais, le moment venu, sachez que je serai de votre côté. Oh, j'oubliais : vous êtes surveillée.

– Quoi ?

Il sortit et ferma la porte derrière lui. Je mis quelques secondes à réagir. J'ouvris la porte à toute volée et me précipitai sur le palier, mais il s'était déjà volatilisé.

– Par qui ? demandai-je au vide.

Je réintégrai mon appartement, claquant rageusement le battant. Le chat s'enfuit sous la table. Pauvre animal, il allait finir pas être réellement traumatisé.

Je passai les deux jours suivants dans un état semi-comateux, mettant mes heures de veille à profit pour décider si le Vieux pourrait réellement m'aider ou si ce n'était qu'un traquenard de plus.

J'avais besoin de savoir.

*

Je me garai devant les « Délices de Bacchus » et me rendis chez le mage à pied, me remémorant le chemin en cours de route. Je ressentais une légère appréhension, mais toutes les meilleures raisons du monde ne purent venir à bout de ma curiosité. La porte de l'immeuble était ouverte, et, au cinquième étage, sur le palier, il m'attendait.

– Je commençais à douter de vous voir revenir, dit-il. Entrez.

Il s'effaça pour me laisser passer. L'entrée n'avait pas changé depuis la dernière fois. Il m'emmena dans un salon décoré dans le même style. Sur la table basse, devant le fauteuil où il me fit asseoir, il y avait deux tasses en porcelaine blanche remplies de thé fort, dont l'arôme montait jusqu'à mes narines, et une boîte de mes biscuits préférés.

– Sans sucre, c'est cela ? demanda-t-il en me tendant une tasse.

– Est-ce que tout le monde lit mes pensées dans cette ville ? répondis-je, vaguement agacée.

– Beaucoup le pourront tant que vous ne saurez pas en bloquer l'accès. Je suis certain qu'on vous expliquera comment faire d'ici peu : cela demande certaines aptitudes et de nombreuses heures d'entraînement, mais vous devriez y arriver sans trop de difficultés.

– Oui, c'est ce que Justin m'a dit. Comment dois-je vous appeler ?

– Vous le savez déjà, répondit-il.

– N'avez-vous pas un nom ?

– J'en possédais un autrefois, mais il s'est perdu dans les méandres de la communauté. Comme beaucoup d'autres. Cela semble vous choquer, pourtant les spécialistes ne sont pas les derniers à nous traiter d'animaux, non ?

Je me sentis rougir et baissai la tête. Qui de nous deux était le plus humain ? Je n'aurais su le dire.

– Ici, chacun abandonne son identité pour une place. Bien rares sont ceux qui peuvent encore se targuer d'avoir un prénom et encore moins un nom de famille – nous ne sommes plus un, nous sommes des fonctions dans cette immense ruche.

– Une ruche ?

– Oui. Les aweryths sont tous reliés, qu'ils le veuillent ou non : on ne quitte jamais la ruche. Regardez-moi, je suis un exclu, et pas un jour ne passe sans que je ne les sente – chacun d'entre eux.

– Pourquoi avoir quitté la communauté ?

– Cette ville est une cage et vous le percevez autant que moi. Parfois, vous êtes davantage un animal qu'un être humain et il en est de même pour nous. On a voulu faire de moi le premier des détenus, le dirigeant des mages. Je ne voulais pas jouer les chefs de meute, alors j'ai dû partir. Quand on refuse une fonction, c'est la communauté tout entière qu'on renie.

– Si cette vie est aussi pénible aux mages que vous le dites, pourquoi restez-vous tous ici ?

– Nous sommes les plus faibles, ce n'est un secret pour personne : nous sommes incapables de survivre sans la communauté. C'est pourquoi nous ne la quittons jamais réellement. Voilà, je suis le Vieux, et vous êtes la Louve. Vous avez longtemps hésité à venir me trouver, ajouta-t-il pensivement.

– Oui, je n'étais pas certaine de devoir venir, mais Lorenzo me l'a conseillé et j'ai pensé…

– Oh, il aurait donc réussi à recouvrer son nom, dit-il d'un air moqueur. Les membres de l'ORPHS ne font confiance à aucun d'entre nous, pourquoi le croire ?

– Je n'en sais rien, avouai-je. Êtes-vous réellement neutre dans ce conflit ?

– J'aide ceux qui me le demandent si leur cause me paraît juste. Que désirez-vous savoir pour avoir bravé le premier des commandements humains ?

Jamais tu n'écouteras leurs dires, jamais ta confiance tu ne leur accorderas. Je regardai autour de moi et repensai aux mises en garde de Gaspard.

– Gaspard prétend que vous manipulez notre esprit pour cacher la réalité de cet endroit. Pourtant, ça a l'air si vrai.

– Et vous, que croyez-vous ?

– Je pense que chacun voit la vérité, dis-je sans savoir pourquoi.

– Oui, vous avez raison. Monsieur Flynn est parfois un peu paranoïaque. Cet endroit n'a pas de réalité, il faut la lui insuffler. Vous le voyez tel que vous le concevez, c'est une projection de votre esprit. Maintenant que vous voilà rassurée, dites-moi ce que vous cherchez.

– Je veux savoir pourquoi je suis impliquée dans les affaires des non-humains, dis-je, me retenant de prononcer le mot « corbusard » pour ne pas l'offenser.

– Tout le monde cherche à comprendre ce qui se passe dans cette ville, et l'Étranger est la clef du problème. Il s'interrompit et prit une gorgée de thé. Bien sûr, Il n'a été qu'un déclencheur ; le conflit était inéluctable : personne ne peut maintenir sa domination éternellement et celle des sorciers durait depuis trop longtemps. Notre équilibre était précaire, nous en étions conscients bien avant qu'il ne soit rompu. Mais les nôtres veulent lutter et réinstaurer un système qui s'effondre de toutes parts. Le seul moyen d'y parvenir est de trouver l'Étranger et de l'anéantir. Seulement, Il est bien trop puissant, Il nous échappe. Mais vous, Il vous a contactée, Il a besoin de vous. Vous êtes jeune et sans défense : les dirigeants pensent qu'ils pourront vous manipuler sans mal et atteindre leur ennemi à travers vous.

– Que veut-Il de moi ?

– Je l'ignore, Lui seul le sait.

– Les rêves, dis-je, essayant de leur trouver un sens cohérent.

– Oui, c'est sans doute le moyen qu'Il a trouvé pour communiquer avec vous.

– Mais je ne les comprends pas !

– Alors, c'est qu'il n'est pas encore temps. La réponse se trouve souvent dans la question, Mademoiselle Fara, c'est cela qu'il vous faut chercher : votre question.

– Je veux savoir la vérité, dis-je, consciente de la sottise d'une telle demande.

– La vérité ? Nous sommes des mythes, les produits de Dieux oubliés et de mensonges remontant à des centaines, voire des milliers d'années. La vérité a-t-elle encore un sens quand vous êtes face à nous ?

Malgré moi je ressentis profondément la sagesse de ses paroles. Mais tellement de choses restaient là, dans l'obscurité, prêtes à se précipiter sur moi pour m'anéantir. Je n'avais aucune chance contre une menace dont j'ignorais tout.

Et ces roses, songeai-je, *que c'est étrange, pour de telles créatures, d'envoyer des roses.*

– Ah, les fleurs, dit-il. Les roses ont tant de significations différentes... Il est probable qu'elles ont pour lui un sens très précis, mais je ne saurais dire si c'est un bon ou un mauvais présage. Soyez tranquille, Il ne vous tuera pas – pas tout de suite. Ce qu'il cherche, vous seule le possédez.

– Mais quoi ?

– Ce qui se trouve au fond de vous. Pour des raisons que j'ignore, Il pense que vous serez l'instrument de la victoire de l'un des camps. Libre à vous de décider lequel. Mais si vous vous trompez dans vos choix, il n'y aura pas moyen de revenir en arrière, et vous ne serez pas la seule à en subir les conséquences.

Il parut soudain absent.

– Il est là, Il rôde et vous surveille. Il essaye de vous faire comprendre.

– Pouvez-vous entrer en contact avec Lui ?

– Seulement s'Il le désire. Il est lié à vous : le passé, l'avenir, tout est lié.

– Je vous en prie, dites-moi ce que vous savez.

– Je ne peux pas vous aider davantage, tout comme je ne peux prendre vos décisions à votre place. Sans compter que le vampire a raison : les réponses sont jalousement gardées et précipiter les choses est dangereux. Ils n'aiment pas qu'on se mêle de leurs affaires.

– Qui ?

Il secoua la tête et regarda ma tasse intacte, toujours posée sur la table.

– Vous ne buvez pas ?

– Non, je… Je n'aime pas faire ce genre de choses en public. Lorenzo a dit que j'étais suivie, savez-vous par qui ? demandai-je en désespoir de cause.

– Je pense que vous le savez mieux que quiconque. Vous possédez toutes les réponses et si vous les ignorez c'est qu'il est trop tôt. Ou alors que vous refusez de les voir. Je vous souhaite bonne chance, Mademoiselle Fara. Vous en aurez besoin.

Puis, il se plongea dans un profond mutisme : l'entretien était terminé. Je pris congé. Le Vieux resta assis dans son fauteuil tandis que je m'éloignais. Je m'arrêtai, la main sur la poignée, et me retournai une ultime fois. Il sourit et secoua gravement la tête, paraissant sur le point de dire quelque chose. Mais il resta muet, réduisant mes derniers espoirs à néant. Pourquoi ne pouvait-il pas me dire la vérité ? Il n'y avait rien au fond de moi, ni vie ni réponses : je n'avais pas de passé et il me semblait parfois que j'étais tout autant dépourvue d'avenir. Tout ce que j'avais, c'était mon nom. Ce nom que personne d'autre ne portait.

*

Cette histoire de filature me rendait totalement folle que je passai les jours suivants à me méfier de tout et de tout le monde. Mais, à part une voiture gris métallisé qui était un peu trop souvent derrière moi à mon goût, je ne remarquai rien de suspect. Ça n'était peut-être pas la même voiture : après tout, les rues d'Edencity grouillaient de véhicules pareils à celui-là et je ne pouvais pas aller accuser ses passagers de m'espionner sans aucune preuve.

Au bout d'un moment, me montrer suspicieuse envers le monde entier ne me perturba plus tant que ça. Faire sans cesse des détours et changer d'itinéraire chaque jour devint une habitude. Ne faire confiance à personne aussi : c'était le prix de la survie. Je n'avais pas tellement de raisons de m'en faire – à part mes cauchemars récurrents, il n'y avait rien d'anormal. De plus anormal que d'habitude je veux dire. D'ailleurs, j'envisageais sérieusement de faire insonoriser ma chambre, parce qu'à force de m'entendre me réveiller au milieu de la nuit en hurlant, mes voisins allaient finir par se poser des questions. Et les questions, c'était notre affaire, pas celle des humains.

Épilogue

La sonnerie de l'interphone retentit. Je me forçai à garder les yeux fermés et à ne pas bouger.

Une porte qui se ferme. Le noir.

Garder ses pensées bloquées derrière la porte, dans le noir.

La sonnerie hurla de nouveau, balayant mon barrage mental. Il était inutile de continuer – il aurait fallu recommencer le processus à zéro et c'était impossible avec tout ce bruit. Je me levai avec mauvaise humeur pour aller ouvrir. Le chat vint se frotter contre mes jambes pendant que je répondais, manquant de me faire perdre l'équilibre.

– C'est Gaspard. Je peux monter ?

– Oui, bien sûr.

Je m'adossai contre le chambranle de la porte, essayant de recouvrer mes esprits et de faire disparaître les taches sombres qui dansaient encore devant mes yeux. Gaspard parut, portant deux grandes boîtes en carton blanc.

– De quoi manger, annonça-t-il en me les présentant comme des trophées.

Je m'écartai de la porte pour le laisser entrer.

– Qu’est-ce qui se passe ? demandai-je.

– Rien.

– Alors, qu’est-ce que tu veux ?

– Rien, juste qu’on fasse un peu mieux connaissance, dit-il en écarquillant les yeux. Ce que tu peux être parano.

– C’est de ta faute.

J’ouvris une des boîtes qui contenait une quantité faramineuse de nouilles, me sentant tout à coup atrocement mal à l’aise.

– Tu sais que je ne mange pas…

– Idiote, dit-il en me donnant une légère tape sur la tête. De quoi est-ce que tu as peur ?

– Je n’en sais rien, répondis-je, trop prise au dépourvu pour protester. Quand je suis sortie de l’orphelinat, j’ai arrêté… manger tous dans le même grand réfectoire, dormir tous dans le même grand dortoir, les mêmes douches pour tout le monde… je ne supporte plus ces choses. Et j’ai passé tellement de temps dans cette cellule…

– Dans la Maison mère ?

– Oui. Tu sais, je crois…

– Quoi ? Qu’est-ce que tu crois ?

– Non, rien, soupirai-je. Rien du tout.

– Tu ne peux pas vivre comme ça pour toujours. Essaye de faire un effort !

– D’accord, d’accord ! capitulai-je. Mais tu goûtes d’abord.

Il me regarda, interloqué, puis se détendit.

– Encore ce sens de l’humour désastreux, dit-il, il faut arrêter ça aussi.

– Pourquoi ? Il y a des gens qui me trouvent drôle. D’autres pas, ajoutai-je.

– Vraiment ? Enfin, si je voulais te tuer, j'emploierais pas le poison. C'est dégueulasse : je tiens pas à te voir prise de spasmes et de convulsions, ça me couperait l'appétit. En plus, c'est une façon vraiment lâche d'assassiner les gens, tu trouves pas ?

– D'accord, j'ai compris. Va immédiatement déposer tes armes au vestiaire.

Il s'exécuta, se délestant de trois couteaux, deux pistolets et quelques chargeurs d'avance. Et il osait me traiter de paranoïaque ! Il s'avachit sur mon canapé neuf, encore aussi rutilant que s'il sortait de sa housse en plastique.

– T'as l'air d'avoir bien récupéré, dit-il en me considérant.

C'était vrai, la plupart de mes plaies étaient en bonne voie de cicatrisation et les bleus commençaient à s'estomper.

– Toi aussi, dis-je, toujours sur mes gardes.

– Je suis venu pour m'excuser de ma conduite un peu brusque. Je dois reconnaître que je me suis comporté comme un imbécile.

– Oh ! marmonnai-je, décontenancée. Si tu le dis.

– Je le dis, répondit-il, l'air surpris.

– Alors... merci, enfin, je veux dire : tes excuses sont acceptées.

– Tu m'as sauvé la vie, dit-il doucement. Tu es une des nôtres à part entière, maintenant.

– Alors, tu n'es plus mon supérieur ? demandai-je après une hésitation.

– Je n'ai jamais été ton supérieur, dit-il en éclatant de rire. Ça ne me déplairait pas, mais je suis seulement ton équipier.

– Gaspard, je ne sais pas si j'y arriverai, avouai-je. Tout est si compliqué et...

– Tu y arriveras, coupa-t-il. Je te promets que tu y arriveras. Tu fais des cauchemars, c'est ça ?

– Oui, tout le temps.

– Je te mentirais si je te disais que ça s'arrête un jour : il y a des trucs auxquels on ne s'habitue pas. Mais tu deviendras plus forte avec le temps. Les choses vont finir par s'arranger.

Je souris et hochai la tête.

– Eh, tu sais faire ça aussi, s'extasia-t-il. C'est la première fois que je te vois sourire en quoi… trois semaines ?

Je me détournai sans répondre pour rejoindre la cuisine. Comment avais-je pu douter de lui ? Spencer était vraiment un sale type et je m'en voulais de l'avoir cru. Le chat vint se frotter contre les jambes de Gaspard en ronronnant.

– Comment il s'appelle ? demanda-t-il alors que je posais les boîtes sur la table.

– Jamara.

– Je t'avais dit que tu le garderais.

– Oui, tu l'avais dit, répétai-je machinalement.

Ce chat avait survécu à suffisamment d'expériences surnaturelles pour entrer dans le *Livre des records* : il méritait sa place parmi nous, les chasseurs de monstres.

J'eus un regard pour les roses. Elles étaient fraîches comme au premier jour. Je me promis de les jeter le lendemain : il n'était pas prudent de conserver ce genre de choses. Je ne savais toujours pas qui Il était, mais j'étais certaine que je l'apprendrais tôt ou tard, et qu'alors, je regretterais le temps de l'ignorance. L'eau bouillit, faisant écho au tintement du micro-ondes. Dehors, les gens couraient sous la pluie comme des centaines de petites fourmis affolées. *Vous êtes des survivants, les soldats qui devront se battre jusqu'à la fin contre les erreurs commises par la Nature. Vous êtes des survivants, jamais des victimes – pas même dans la mort.*

J'étais une survivante.

Combien d'entre eux survivraient avec moi ?

La série Edencity
se poursuit dans
Les Patrouilles du crépuscule.

EDEN CITY

LES PATROUILLES DU CRÉPUSCULE

de N. M. Zimmermann

Quand on est en guerre, il n'y a plus de règles. Il ne reste plus que la survie et nos seules armes: connais ton ennemi. Nous étions en guerre, ça, il n'y avait aucun doute, mais notre ennemi était une ombre parmi les ombres et il m'arrivait de me réveiller en pleine nuit hantée par l'idée qu'en le regardant bien attentivement, nous finirions par dissiper les ténèbres pour y découvrir notre propre visage. Autour de moi, tout le monde semblait marcher droit devant, dans une direction précise. Je suivais, mais en réalité, j'ignorais où nous nous rendions. Aujourd'hui encore, j'avais répondu à la convocation de mon supérieur et j'étais là, assise bien droite sur ma chaise de métal, à regarder l'écran qui me faisait face, sans réussir à comprendre ce que Justin attendait de moi.

Achevé d'imprimer en France par France Quercy, à Mercuès
Dépôt légal : 3e trimestre 2007
N° d'impression : 71765/